Alexandra Fröhlich

MEINE RUSSISCHE SCHWIEGER MUTTER
UND ANDERE KATASTROPHEN

Roman

Knaur Taschenbuch Verlag

Die Handlung und die Charaktere dieses Romans sind frei erfunden,
Ähnlichkeiten mit lebenden Personen sind nicht beabsichtigt
und rein zufällig.

Besuchen Sie uns im Internet:
www.knaur.de

Wenn Ihnen dieser Roman gefallen hat und Sie auf der Suche sind nach
ähnlichen Büchern, schreiben Sie uns unter Angabe des Titels
»Meine russische Schwiegermutter« an:
frauen@droemer-knaur.de

FSC
www.fsc.org
MIX
Papier aus ver-
antwortungsvollen
Quellen
FSC® C083411

Originalausgabe Dezember 2012
Knaur Taschenbuch
© 2012 Alexandra Fröhlich
© 2012 Knaur Taschenbuch Verlag
Ein Unternehmen der Droemerschen Verlagsanstalt
Th. Knaur Nachf. GmbH & Co. KG, München
Alle Rechte vorbehalten. Das Werk darf – auch teilweise –
nur mit Genehmigung des Verlags wiedergegeben werden.
Redaktion: Angelika Lieke
Umschlaggestaltung: ZERO Werbeagentur, München
Umschlagabbildung: FinePic®, München
Satz: Adobe InDesign im Verlag
Druck: C. H. Beck, Nördlingen
Herstellung, Bindung und digitaler Farbschnitt: Kösel, Krugzell
Printed in Germany
ISBN 978-3-426-51256-2

2   4   5   3   1

»Was für einen Deutschen den Tod bedeutet,
ist für einen Russen gesund.«
Russisches Sprichwort

»Ich kenne das russische Volk und bin nicht geneigt,
dessen Vorzüge zu übertreiben, aber ich bin davon
überzeugt, und ich glaube daran, dass dieses Volk das
geistige Leben der Welt um etwas Eigenartiges und
Tiefes, etwas für alle Bedeutendes bereichern kann.«
Maxim Gorki (1868–1936)

»Wodka macht aus allen Menschen Russen.«
Ivan Rebroff (1931–2008)

PROLOG

Unauffällig mustere ich meine Schwiegermutter von der Seite. Da sitzt diese Irre, mit zusammengekniffenen Lippen, der Lidstrich noch verschmierter als üblich, ihr falsches Haarteil hat sich von den Klemmen am Hinterkopf befreit, wirr schlängeln sich die blonden Strähnen um ihr kantiges Gesicht. Sie sieht aus wie eine Comicfigur, die einen Stromschlag bekommen hat. Hat sie nicht. Sie ist einfach, wie sie immer ist. So verrückt wie ein tollwütiges Frettchen.

»Darya, meine Liebe«, flüstere ich und versuche, einen Hauch Sanftmut in meine Stimme zu legen, »Darya, ich bitte dich, wenn die Polizeibeamten gleich zurückkommen, lass mich reden. Ich regle das schon, ja? Lass mich einfach machen, okay?«

Sie kneift die Lippen noch fester zusammen.

»Herrgott, ich bitte dich doch nur, ein einziges Mal die Klappe zu halten. Das kann doch nicht so schwer sein!«

Ohne mich eines Blickes zu würdigen, öffnet sie ihre Handtasche, entnimmt ein goldenes Döschen und beginnt, ihre Nase zu pudern. Das ist kein gutes Zeichen.

»Darya, Dascha«, flehe ich zuckersüß, »bitte, ich mach das schon. Ich hole uns hier raus. Dascha, bitte!« Betteln hilft manchmal, Erniedrigen hilft immer.

Sie nickt würdevoll. »Charascho.«

Ich habe keine Ahnung, ob sie mich verstanden hat. Meine Schwiegermutter spricht kein Deutsch. Sie lebt seit achtzehn Jahren in meinem Land. Aber sie spricht kein Deutsch. Manchmal sagt sie zum Abschied »Tschüssi« oder »Bis gleich«, wenn wir uns erst in zehn Tagen wiedersehen. Sie kennt ein paar Phrasen, Redewendungen, Satzfetzen, ansonsten verweigert sie sich meiner Sprache. Doch wenn ich mich mit ihrem Sohn unterhalte, sehe ich am Blitzen ihrer Augen, dass sie mehr versteht, als sie zugibt.

Auch ihren Wortschatz muss sie heimlich um wesentliche Vokabeln erweitert haben. »Dreckschwein, Nazi«, brüllte sie noch vor zwei Stunden völlig akzentfrei, als sie mit ihrem Gucci-Täschchen auf die Polizisten eindrosch, die uns in der Nacht auf dem Ohlsdorfer Friedhof stellten.

»Entschuldigung, die Dame weiß nicht, was Sie von ihr wollen, sie ist nicht von hier«, wandte ich zaghaft ein, während ich dezent versuchte, die Leiche des achtzig Kilogramm schweren Neufundländers zu meinen Füßen beiseitezuschieben.

Im Gegensatz zu Darya bin ich von eher mickriger Statur, geschönte einhundertdreiundsechzig Zentimeter groß, dreiundfünfzig Kilo leicht. Weiß Gott, wie wir es überhaupt geschafft haben, diesen stinkenden Köter bis hierherzuschleifen. Er roch schon nicht gut, als er noch lebte. In jenem Zustand allerdings war er unerträglich.

Ich war sofort dafür gewesen, Wassilij, auch liebevoll Wassja genannt, nach dem Einschläfern beim Tierarzt zu lassen. Und ich wusste sofort, dass mein Vorschlag inakzeptabel war. Also wanderte das tote Trumm in die Billstedter Datscha, lagerte unter einer schwarzen Plane im aprilfeuchten Schrebergarten meiner Schwiegereltern und weste vor sich hin, während wir uns in endlose Diskussionen verstrickten.

Im Garten begraben? Nein, dann sind die Johannisbeeren,

die Gurken, die Tomaten ungenießbar, weil das Erdreich verseucht wird. Eine durchaus interessante Theorie, der ich nicht zu widersprechen wagte.

Auf freiem Feld verscharren? Zu würdelos.

Pietätvoll auf einem Tierfriedhof beisetzen? Eine kurze Recherche ergab, dass diese Zeremonie mit weit über tausend Euro zu Buche schlagen würde – inklusive Sarg aus Kirschbaum und individuell gestaltetem Marmorgrabstein, exklusive einer jährlichen Pacht der Grabstätte in Höhe von circa zweihundertfünfzig Euro. Von den Kosten der Grabpflege ganz zu schweigen, denn wer hat schon die Zeit, jeden Tag von Billstedt ins Hamburger Umland zu fahren, um Laub zu harken oder vertrocknete Blüten abzuknipsen? Aber was sollte Wassja auch auf einem Tierfriedhof? Er war schließlich ein vollwertiges Mitglied der Familie.

Rostislav, mein Schwiegervater, enthielt sich elegant einer Entscheidung, indem er den Kopf hin- und herwiegte, unverständlich vor sich hin brummelte und von Zeit zu Zeit spontan in Tränen ausbrach. Immerhin war ein naher Verwandter gestorben.

Artjom, mein Mann, war, wo er immer war, wenn man ihn brauchte: nicht da. Unabkömmlich, beruflich unterwegs, weit weg, in einer anderen Stadt. Schatz, das verstehst du doch, du machst das schon, ich verlass mich auf dich.

Darya kam das nicht ungelegen. So konnte sie ungestört überlegen, was mit Wassja werden sollte. Sie kommt aus Moskau, eigentlich aus Jakutsk, Sibirien, aber das erwähnt sie ungern, jedenfalls hat sie jahrelang in Moskau gelebt, und dort gibt es nur eine letzte Ruhestätte für herausragende Persönlichkeiten. Das ist der Nowodewitschi-Friedhof. Chruschtschow liegt dort, Puschkin, Gogol, Molotow, Prokofjew – einfach jeder, der einmal etwas auf sich gehalten hat.

Nun ist sie zwar irre, aber nicht irre genug, den Leichnam eines Hundes nach Russland überführen zu wollen. Ein Pendant zum Nowodewitschi musste also her. Es war schnell gefunden. Da sie in Hamburg gestrandet war, durfte es nichts Geringeres als der Friedhof Ohlsdorf sein. Natürlich ist Ohlsdorf höchstens ein müder Abklatsch vom Nowodewitschi, kein Prokofjew, kein Puschkin, aber immerhin Hans Albers und Heinz Erhardt, mehr kann man in diesem Land nicht verlangen.

Mein Einwand, dass es in Deutschland unmöglich sei, einen Hund auf einem regulären Friedhof zu beerdigen, wurde mit einem hoheitsvollen Lächeln abgetan. Natürlich müsse man den inoffiziellen Weg wählen, es gebe da doch sicherlich einen Friedhofswärter mit finanziellen Problemen und einem großen Herzen, der ein Gebüsch, ein Stück Wiese, ein Beet kenne, das für Wassja geeignet sei.

»Dascha«, sagte ich, »Dascha, vergiss es. Wir sind hier nicht in Russland.«

Nur einen Tag später fand ich mich auf einem Spaziergang über das weitläufige Ohlsdorfer Gelände wieder, fest untergehakt von Darya, die auf ihren Louboutins in schwindelerregender Höhe neben mir herstöckelte. Den Plan mit dem Friedhofswärter hatte sie verworfen, jeder irrt einmal im Leben, stattdessen favorisierte sie nun eine noch inoffiziellere Variante.

Wir brauchten nur drei Stunden, um ein angemessenes Gebüsch für Wassja zu finden. Ein an diesem Tage besonders gütiger Gott führte uns zu einem Platz unweit der letzten Ruhestätte von Carl Hagenbeck, Gründer des berühmten Zoos. Darya betrachtete die Bronzeplastik eines Löwen auf dem Grabmal und schaute selig.

Nach sechs weiteren Tagen legte sich endlich ein feiner Dauerregen über die Stadt, Wassja wurde in den Kofferraum des alten Kombis gewuchtet und nach Ohlsdorf überführt. Wie gewünscht war das Areal wegen des Wetters nahezu menschenleer, unbeobachtet zerrten wir den Kadaver so weit unter einen blühenden Rhododendron, bis er vom Weg aus nicht mehr zu sehen war, fuhren zurück nach Billstedt und warteten darauf, dass es Nacht wurde.

Gegen ein Uhr war es Darya dunkel genug. Und mir alles egal. Wahrscheinlich lag das am Cognac, den ich in den letzten Stunden wie Wasser konsumiert hatte. Nein, ich trinke nicht, ich bin keine Säuferin. Alkohol ist für mich vielmehr ein Medikament, ein Balsam, der sich über meine Nerven legt und ihnen Normalität vorgaukelt. Schwankend erhob ich mich und nahm Darya die Autoschlüssel ab.

»Nimm du die Schaufel. Ich fahre.«

Insgeheim hoffte ich, dass wir auf der Fahrt nach Ohlsdorf in eine Verkehrskontrolle gerieten und meine Fahne auffiele. Ich würde meinen Führerschein verlieren. Aber das war mir das Scheitern unserer Unternehmung wert. Ich fuhr Schlangenlinien, ich missachtete rote Ampeln und die Geschwindigkeitsbegrenzung – es störte niemanden. Neben mir saß Darya, ungerührt, und hielt die Schaufel umklammert.

Wir parkten an der Fuhlsbütteler Straße, schlugen uns durch stille Kleingärten, bis wir vor dem Zaun des Friedhofs standen. Weit über zwei Meter hoch, mit einem engmaschigen Drahtgeflecht, ragte er vor uns in den Nachthimmel. Ich grinste triumphierend.

»Darya, meine Liebe, nach dir«, sagte ich höflich und dachte: Da kommt die nie rüber. Schon gar nicht in diesem Outfit.

Ich hatte erwartet, dass sie dem Anlass und unserem Unterfangen entsprechend in Schwarz und praktisch gekleidet sein würde. Stattdessen trug Darya einen Catsuit im Leoprint, darüber ein dunkles, bodenlanges Samtcape, High Heels und eine passende Clutch. Sie sah aus wie eine Mischung aus Graf Dracula und Barbarella.

Ihre falsche Löwenmähne wippte dramatisch im Mondlicht, dann flogen Schaufel, Schuhe und Handtasche über den Zaun. Behende wie ein Affe erklomm sie das Hindernis, ließ sich ächzend auf die andere Seite fallen und zischte: »Dawai!«

Für den Bruchteil einer Sekunde war ich versucht, einfach wegzugehen, mich ins Auto zu setzen, nach Hause zu fahren, mir die Bettdecke über den Kopf zu ziehen und die Wahnsinnige ihrem Schicksal zu überlassen. Aber ich wusste sofort: Das ist zu kurz gedacht. Sie wird dich finden, sie wird dich stellen, und dann wird sie dich mit der Schaufel erschlagen.

Nach mehreren Anläufen überwand ich den Zaun. Geduckt schlichen wir durch stachelige Sträucher, nach einer halben Stunde hatten wir das Ziergehölz, unter dem Wassja auf uns wartete, erreicht. In einem verbissenen gemeinschaftlichen Kraftakt zogen wir den Koloss einen halben Kilometer bis zur auserkorenen Grabstätte und schaufelten abwechselnd das Loch. Mit Genugtuung bemerkte ich, dass diese Arbeit weder Samtcape noch High Heels gut bekam.

Schweigend, verschwitzt und in seltener Eintracht hatten wir schon eine ungefähr zwei mal zwei Meter große und etwa dreißig Zentimeter tiefe Grube ausgehoben, als uns Taschenlampenstrahlen ins Gesicht trafen. Meine Schwiegermutter schrie auf und schwang die Schaufel über den Kopf. Ich stand in der Grube und widerstand nur schwer dem Impuls, mein Haupt in die lose Erde zu stecken.

Zwei Polizeibeamte gaben sich als solche zu erkennen und fragten irritiert, aber nicht unfreundlich, was wir da täten und ob wir so nett wären, uns auszuweisen. Ich krabbelte beflissen aus dem Loch und suchte nach einer nicht allzu unglaubwürdigen Ausrede, als Darya losbrüllte und mich mit ihren Deutschkenntnissen verblüffte.

Selbst der gutmütigste und phlegmatischste deutsche Polizist reagiert ungehalten, wenn er als »Dreckschwein« und »Nazi« tituliert wird. Wer wollte es ihm verdenken? Ich jedenfalls war voller Verständnis, als sich die Beamten auf Darya stürzten und versuchten, ihr die Schaufel zu entwinden.

Im sich anschließenden Handgemenge stolperte einer der beiden über den bis dahin unbemerkt gebliebenen Wassja und ging mit einem Schmerzensschrei zu Boden. Meine helfend ausgestreckte Hand missverstand er als tätlichen Angriff – auch das konnte ich ihm nicht übelnehmen – und briet mir mit seiner Taschenlampe beherzt eins über.

Die Polizisten verzichteten nun darauf, unsere Personalien vor Ort aufzunehmen, wir wurden wie Verbrecher abgeführt und landeten auf der Rückbank eines Streifenwagens.

Auf der Fahrt zum Revier schimpfte Darya ununterbrochen vor sich hin. Glücklicherweise auf Russisch. Ich starrte aus dem Fenster, während mir Sprichwörter durch den Kopf schossen. Mitgefangen, mitgehangen. Kleine Sünden bestraft der liebe Gott sofort. Wer den Schaden hat, braucht für den Spott nicht zu sorgen.

Das wird teuer, denke ich und hypnotisiere die Tür der Arrestzelle. Hausfriedensbruch, Störung der Totenruhe, ordnungswidrige Beseitigung eines Tierkörpers, Widerstand gegen Vollstreckungsbeamte, in Tateinheit mit Körperverletzung. Erneut fixiere ich Darya. In ihren Augen sammeln sich Tränen, an ihrer Nase hängt ein Tropfen.

Meine Schwiegermutter hat nah am Wasser gebaut, wie der Rest meiner angeheirateten Familie. Warum sie gerade jetzt heult, erschließt sich mir nicht. Bereut sie die Schwierigkeiten, in die sie uns gebracht hat? Hat sie Angst vor den Konsequenzen? Trauert sie um Wassja und fragt sich, was nun aus ihm wird? Oder ist es ein allgemeines, diffuses Bedauern über die Ungerechtigkeit der Welt? Ich frage nicht nach, ich bin zu müde, mir ist übel, und mein Kopf schmerzt vom Hieb der Taschenlampe.

Ich tätschele Daryas Knie, als die Zellentür aufgeschlossen wird und ein Beamter den kleinen Raum betritt.

»Der Dolmetscher für Frau Polyakowa ist da. Wir können jetzt das Protokoll aufnehmen. Wenn Sie mir bitte folgen.«

Darya schaut mich fragend an, ich nicke aufmunternd und bedeute ihr, mit dem Polizisten zu gehen. Entschlossen zieht sie die Nase hoch und wankt auf erdverkrusteten Absätzen ihrem Schicksal entgegen.

Fünf Minuten später werde auch ich von einer Beamtin in ein Büro geführt, sie gibt mir meinen Personalausweis zurück.

»Frau Matthes, Sie wohnen noch unter der angegebenen Adresse?«

»Ja.«

»Was machen Sie beruflich?«

»Ich bin Anwältin«, sage ich. Die Frau bekommt große Augen und schüttelt den Kopf.

»Das heißt, Ihnen war die Tragweite Ihrer Handlung bewusst? Dass Sie sich strafbar machen?«

Ich zucke die Schultern. Was heißt schon bewusst – nach all dem Cognac?

»Ist Frau Polyakowa Ihre Mandantin?«

»Nein.«

»Sie sind befreundet?«

»Nein.«

»Woher kennen Sie die Dame denn?«

Durch eine gläserne Trennwand kann ich die »Dame« im Nebenraum beobachten. Gerade schreit sie und fuchtelt mit den Händen. Der Dolmetscher schreit und fuchtelt zurück. Später erfahre ich, dass er aus Kasachstan kommt. Darya Polyakowa aus Moskau wird von einem Kasachen übersetzt. Eine Zumutung.

Ich seufze. »Frau Polyakowa ist meine Schwiegermutter.«

»Oh.« Pause. »Sie haben also nach der Heirat Ihren Mädchennamen behalten?«

»Ja. Ich fand, Paula Polyakowa klingt lustig, aber nicht seriös.«

»Ganz ehrlich, Frau Matthes, letzte Nacht haben Sie keinen besonders seriösen Eindruck auf meine Kollegen gemacht.« Im Blick der Polizistin liegt Häme.

Ich räuspere mich. »Es wäre mir recht, wenn wir uns auf die Sachlage konzentrieren könnten.«

»Na klar«, mein Gegenüber grinst, »dann erklären Sie mir mal ganz sachlich, was Sie nachts auf dem Friedhof wollten und warum Sie die Beamten angegriffen haben.« Hier habe ich kein Mitleid zu erwarten.

In knappen Worten schildere ich die Fakten, mehr oder minder erfolgreich bemüht, keinen Vorsatz zuzugeben. Anschließend liest mir die Polizistin meine Aussage vor, ich unterschreibe das Protokoll.

»So, Frau Matthes, natürlich stellen wir Strafanzeige. Aber da sonst nichts weiter gegen Sie vorliegt, können Sie nun gehen. Wahrscheinlich möchten Sie auf Ihre Schwieger-

mutter warten? Das wird wohl noch ein bisschen dauern.«
Sie grinst schon wieder.

Nebenan hockt Darya zusammengekauert auf ihrem Stuhl
und wird von nicht hörbaren Schluchzern geschüttelt. Auch
der Dolmetscher scheint den Tränen nahe. Der zuständige
Beamte dagegen scheint zu überlegen, wen von beiden er
zuerst schlagen soll.

Im Vorraum des Reviers setze ich mich unter den scheelen
Blicken der Polizisten auf eine Holzbank. Mir fallen sofort
die Augen zu. Zwei Stunden später weckt mich Darya.

»Färrtik! Gähen!« Als ob sie ahnt, dass ihr Befehlston in
dieser Situation unangebracht ist, fügt sie leise hinzu: »Dawai, Poletschka.«

Ich hasse es, wenn sie mich so nennt. Ich hasse diese Frau.
Und in diesem Moment hasse ich mein ganzes verfluchtes
Leben. Im Windschatten meiner Schwiegermutter stolpere
ich in den grellen Tag.

Begonnen hatte alles mit einem scheinbar lukrativen Mandat. An einem Maitag vor etwa einem Jahr trat diese russische Familie durch die Tür meiner kleinen Kanzlei in mein Leben und hat es seitdem nicht mehr verlassen. Mein externer Sekretariatsservice hatte den Termin vereinbart. Als ich wissen wollte, worum es dabei ginge, bekam ich die lakonische Antwort, so richtig habe man das nicht verstanden, aber es seien wohl irgendwelche Streitigkeiten mit dem Vermieter des Ehepaares Polyakow.

Genau genommen dem Ex-Vermieter, wie mir Herr Polyakow, ein gemütlich wirkender, untersetzter Mann mit spärlichem mausgrauem Haar, gestenreich erklärte. Sein Deutsch war zu diesem Zeitpunkt nur unzureichend, dafür sprach er fließend Italienisch. Das half bei unserem Erstgespräch nicht wirklich, da sich meine Kenntnisse dieser Sprache auf »O sole mio« und »Ciao« beschränkten. Zumindest verstand ich, dass ihr ehemaliger Vermieter sie bestohlen habe, ein Instrument sei verschwunden.

Viel mehr begriff ich leider nicht, da Herr Polyakow während seiner holprigen Ausführungen unentwegt von seiner imposanten Frau, die mindestens einen Kopf größer war als er, unterbrochen wurde. Offensichtlich war sie mit seiner Version der Geschichte nicht einverstanden und sah sich gezwungen, ihn in ihrer Muttersprache zu korrigieren. Auf meine Frage, ob sie denn schon Anzeige erstattet hätten, starrten sie mich ratlos an.

»Po-li-zei«, sagte ich, »waren Sie bei der Polizei?«

Beide zuckten erschrocken zurück und schüttelten die Köpfe. »Kaine Polizei, kaine Polizei.«

Wir kamen nicht recht weiter. Kurz war ich versucht, die beiden an einen Kollegen zu verweisen, der Russisch oder wenigstens Italienisch sprach. Angesichts meiner finanziellen Lage verwarf ich den Gedanken wieder.

Ich hatte mich damals erst vor ein paar Monaten von meinem langjährigen Lebensgefährten getrennt und darüber hinaus die Partnerschaft in unserer Gemeinschaftskanzlei gekündigt. Als Einzelkämpferin wollte ich nun wieder ran an die echten Menschen. Paula Matthes, die Rächerin der Enterbten, Kämpferin für Recht und Ordnung, für eine bessere Gesellschaft, in der jeder das bekommt, was ihm zusteht.

So sah ich mich. Allerdings stand ich mit dieser Sichtweise alleine da, meine Auftragsbücher waren leer, und ich wähnte mich, gerade Ende dreißig, bereits am Tiefpunkt meiner juristischen Karriere.

Jetzt saßen endlich zwei Menschen vor mir, teuer gekleidet und mit reichlich Gold behangen – mindestens 750er, das erkannte mein geschulter Höhere-Tochter-Blick sofort –, und deshalb versuchte ich, dem Ehepaar Polyakow zu erklären, dass wir wohl einen Dolmetscher bräuchten. Nach längerem Hin und Her standen sie abrupt auf, Herr Polyakow sagte: »Wiedärkommen. Wiedärsähen.«

Weg waren sie. Ich rechnete nicht ernsthaft mit einem Wiedärsähen. Ich irrte.

Keine vierundzwanzig Stunden später kehrten sie zurück, unangemeldet. Ich versuchte noch, die Form zu wahren, und blätterte hektisch im unbefleckten Terminkalender.

»Ich muss mal schauen, ob ich Sie so spontan dazwischenschieben kann …« Ich konnte.

Das Ehepaar setzte sich vor meinen Schreibtisch, Herr Polyakow wippte vergnügt mit den Beinen, Frau Polyakowa nickte mir kurz zu, um dann etwas missmutig meine kahlen Wände zu betrachten.

Ich räusperte mich. »Nun, wir hatten ja wegen der leichten Sprachbarriere schon bei Ihrem letzten Besuch über einen Dolmetscher gesprochen …«

»Warten. Artjom kommt«, sagte Herr Polyakow freundlich und wippte weiter.

Fünfundvierzig Minuten voller Schweigen zogen sich. Fünfundvierzig Minuten, in denen ich so tat, als studierte ich Akten, während ich überlegte, ob ich diese Zeit schon als Arbeitsleistung auf der Rechnung geltend machen könnte, ohne als geldgierige deutsche Schlampe dazustehen, die ausländische Mitbürger übers Ohr haut.

Herr Polyakow wippte. Seine Gattin guckte weiter ins Nichts, durch das frisch gestrichene Weiß in eine Art Trance versetzt. So ruhig habe ich sie selten wieder erlebt.

Dann öffnete sich die Tür, und herein trat ein Mann unbestimmbaren, aber eher mittleren Alters, von dem ich erst annahm, er müsse sich verlaufen haben. Cremefarbener Leinenanzug, ein goldenes, weit geöffnetes Hemd darunter, eine funkelnde Panzerkette auf der unbehaarten Brust, Panamahut, cremefarbene Lederhandschuhe, helle Schlangenlederboots. Ein südamerikanischer Großgrundbesitzer auf dem Weg zu einer Rinderauktion, dachte ich.

Doch beim zweiten Blick stellte ich die Ähnlichkeit mit Frau Polyakowa fest: groß, mit der Körperspannung eines Athleten, schwarze Locken, die ihm mit scheinbar unbeabsichtigter Lässigkeit ins Gesicht fielen, eine gebogene Nase im markanten Gesicht, dunkle, melancholisch blickende Augen. Attraktiv, aber insgesamt eine leicht übertriebene Erscheinung.

Die Erscheinung durchmaß mit zwei Schritten den Raum, und bevor ich aufstehen konnte, war sie schon hinter meinem Schreibtisch an mich herangetreten, entledigte sich ihrer Handschuhe, ergriff meine Rechte und deutete einen Handkuss an.

Es mag sein, dass ich ein Nähe-Distanz-Problem habe, aber meines Erachtens gibt es zwischen zivilisierten Menschen unsichtbare, von allen akzeptierte Grenzen.

In der Schlange vor dem Postschalter legt man nicht sein Kinn auf die Schulter des Vordermannes.

An der Kasse im Supermarkt schiebt man seinen Einkaufswagen nicht in die Hacken anderer Kunden.

Und niemals, wirklich niemals, verlässt man als Besucher unaufgefordert die Besucherseite eines Schreibtisches und entweiht die Privatsphäre des Besitzers, indem man ungeniert auf seinen Monitor starrt.

Ich war konsterniert. Einerseits.

Andererseits war die ganze Szene inklusive ihrer skurrilen Darsteller derart absurd, dass ich, von einem unterkühlten Lächeln abgesehen, zu keiner Abwehrreaktion imstande war.

»Artjom. Unsärr Sonn«, sagte Herr Polyakow erklärend und stellte schlagartig sein Wippen ein.

»Frau Matthes«, sagte Artjom und strahlte mich an, »entschuldigen Sie bitte die Verspätung. Der Verkehr …«

Welche Verspätung?, dachte ich. Wir hatten doch gar keinen Termin. Und welcher Verkehr? Es ist elf Uhr dreiundzwanzig an einem Mittwoch, da sind Staus in Eimsbüttel eher selten.

Artjom rückte von mir ab und setzte sich zu seinen Eltern. »Frau Matthes«, sagte er wieder, »ich finde es großartig, dass Sie uns helfen wollen. Ich möchte Ihnen jetzt schon für Ihr Engagement danken. Wenn Sie nicht wären, wüssten wir nicht weiter.«

Sein fließendes Deutsch hatte einen schweren, unverkennbar osteuropäischen Akzent, seine Stimme war voll und tief, versehen mit diesem Timbre, das insbesondere bei weiblichen Zuhörern durch die Ohren über den Unterleib abwärtsschießt und die Kniescheiben zum Summen bringt. Ich bemühte mich, das Zittern meiner Beine zu ignorieren. »Herr Polyakow«, erwiderte ich, »ich danke Ihnen für Ihr Vertrauen, aber bis dato weiß ich noch gar nicht genau, worum es eigentlich geht und ob ich Ihnen tatsächlich helfen kann.«

»Deshalb bin ich ja heute gekommen.« Artjom strahlte erneut. »Bitte verzeihen Sie das schlechte Deutsch meiner Eltern. Rostislav, mein Vater, ist als Geschäftsmann hauptsächlich in Italien und der Schweiz aktiv, bisher fehlte ihm einfach die Zeit, die Sprache seines Gastlandes zu lernen. Und Darya, meine Mutter, nun ja …«, er hüstelte, »Mam ist Cellistin, ihre Sprache ist die Musik.«

Bei der Erwähnung ihres Namens setzte sich Darya kerzengerade auf und nickte heftig, bis sich ihre Kreolen in den Haaren verfingen.

Dann erzählte Artjom eine Geschichte, die so unglaublich war, dass ich sie sofort glaubte. Vor einem Jahr hatten seine Eltern eine geräumige Dreizimmerwohnung in Winterhude gemietet. Dass ihr neues Zuhause nicht wirklich im noblen Winterhude lag, sondern im angrenzenden früheren Arbeiterviertel Barmbek, wurde ihnen erst nach dem Einzug bewusst. Schon zu diesem Zeitpunkt fühlten sie sich von ihrem Vermieter arglistig getäuscht, aber da die Wohnung einen kleinen Garten hatte, der perfekt schien für die vier Hunde, fügten sie sich als friedliebende Mitmenschen in ihr Schicksal.

Dass die Heizung im Winter nicht funktionierte, auch darüber hätte man reden können.

Dass die Spülung versagte und die Toiletten ständig verstopften – geschenkt.

Aber dass die Wände anfingen, Zeichen von Schimmel zu zeigen, das war letztendlich zu viel. Schimmel überträgt Krankheiten, und insbesondere der französische Pudel war ein sensibles, anfälliges Tier.

Das Ehepaar Polyakow suchte sich eine andere Bleibe und kündigte. Die Schlüsselübergabe fand während des noch laufenden Auszugs statt, man hatte sich ein wenig mit der Zeit vertan, das kann passieren, und nachdem man im neuen Domizil Kartons und Mobiliar sichtete, stellte man fest: Etwas fehlte. Etwas Entscheidendes. Daryas Violoncello war unauffindbar.

Nun handelt es sich bei einem Cello nicht um einen Eierbecher, der in der Aufregung eines solchen Tages leicht verlorengehen kann. Ein Versehen war ausgeschlossen. Man rief sofort Herrn Reimers an, den Vermieter, der das Gespräch nach zwei Sekunden gruß- und erklärungslos beendete. Alle nachfolgenden Kontaktaufnahmen endeten ähnlich.

»Sie glauben also, dass Herr Reimers das Cello Ihrer Mutter gestohlen hat? Haben Sie das denn auch gesehen?«, hakte ich nach.

»Gesehen nicht direkt. Aber es gibt keine andere Erklärung. Herr Reimers war der einzige Besucher an diesem

Tag. Und während wir Kartons nach draußen trugen, war er mindestens zehn Minuten allein in der Wohnung«, sagte Artjom ernst.

»Aber warum sollte Herr Reimers das Cello Ihrer Mutter stehlen?«

»Dem Zustand seiner Wohnungen nach zu urteilen, hat er wohl Geldsorgen«, erklärte Artjom noch ernster.

»Wie teuer ist denn das Instrument?«

»Es ist sehr wertvoll. Unschätzbar wertvoll«, flüsterte Artjom und begann mit dem zweiten Kapitel seiner Geschichte.

Daryas Violoncello war kein gewöhnliches Violoncello. Es war ein original Testore aus Mailand. Carlo Giuseppe Testore war nicht ganz so berühmt wie sein Kollege Stradivari, wurde aber in Fachkreisen mindestens ebenso verehrt. Das Instrument datierte auf 1691, sein Boden war aus Pappelholz, die Schnecke aus Ahorn, die Zargen aus Buche – ein Meisterstück der Geigenbaukunst.

Was das Violoncello aber so unbezahlbar machte, war nicht allein seine Herkunft, sondern auch seine Historie. Nachdem über die Jahrhunderte zahlreiche bekannte Musiker auf dem Instrument gespielt hatten, gelangte es schließlich in den Besitz von Mstislaw Rostropowitsch, dem bedeutendsten Cellisten aller Zeiten.

Dieser Rostropowitsch verfiel mit Mitte zwanzig dem Charme Ljudmiljas, einer blutjungen, nicht untalentierten Balletttänzerin am Bolschoi-Theater. Die Affäre war ebenso leidenschaftlich wie kurz. Und auch wenn Rostropowitsch drei Jahre später die Sopranistin Galina Wischnewskaja heiratete – vergessen konnte er Ljudmilja nicht.

Als er 1974 die Sowjetunion verlassen musste – »Stellen

Sie sich vor«, Artjom lachte süffisant, »er hatte sich mit so unvernünftigen Dingen wie Demokratie und Menschenrechten beschäftigt. Weiß Gott, warum. Er hat seiner Familie damit viel Kummer bereitet. Aber da sieht man mal wieder, dass eine unerfüllte Liebe einen Mann wirklich verrückt machen kann ...« Jedenfalls schickte er Ljudmilja zum Abschied sein Testore.

Ljudmilja hütete und pflegte das Instrument im Verborgenen und erzählte niemandem von ihrem Geschenk. Erst auf dem Sterbebett offenbarte sie sich und vermachte das Violoncello ihrer Tochter, Darya Polyakowa.

Seitdem hatte das Instrument die Familie auf ihrem Weg begleitet, es wurde bewahrt wie eine Reliquie, kaum dass sich Darya traute, darauf zu spielen – und wenn, dann nur im stillen Gedenken an das unsichtbare Band zwischen Mstislaw und Ljudmilja.

Artjom standen Tränen in den Augen, als er endete, Rostislav wischte sich den Schweiß von der Stirn, Darya schneuzte in ein Taschentuch. Natürlich hatte die Story auch mich nicht kaltgelassen, aber große, coram publico dargebotene Gefühle sind nicht meins, und schließlich war ich als knallharte Anwältin gefordert. Deshalb fragte ich sachlich: »Haben Sie denn das Cello einmal schätzen lassen?«

»Sein Wert geht in die Hunderttausende, er liegt im knapp siebenstelligen Bereich«, sagte Artjom.

»Hunderttausende ...«, jetzt flüsterte ich, »... knapp siebenstellig.« Ich schlug die Augen nieder, aus Angst, dass die reine Gier darin stand. Immerhin berechnet sich das Salär eines Rechtsanwalts auch nach dem Streitwert des jeweiligen Verfahrens. Die Lösung all meiner Probleme schien greifbar nahe.

»Und den Wert können Sie auch belegen?«

Artjom nickte. »Wir haben die Expertise eines renommierten russischen Musikwissenschaftlers.«

»Sehr gut. Können Sie mir dieses Dokument vorbeibringen? Für ein mögliches Verfahren muss ich es übersetzen und beglaubigen lassen.«

»Kein Problem, Frau Matthes«, sagte Artjom.

Ich griff in meine Schreibtischschublade und zückte ein Formular. »Wenn Ihre Eltern mir das bitte unterschreiben. Damit erklären Sie, dass ich Sie anwaltlich vertrete und befugt bin, Ihre Interessen Dritten gegenüber wahrzunehmen.« »Das heißt, Sie helfen uns?«

»Herr Polyakow, es ist mir ein Vergnügen.«

»Nennen Sie mich doch bitte Artjom.«

Sehr gern, dachte ich und spürte dem Klang seiner Stimme nach, die durch meinen Körper rauschte.

2

nachdem Familie Polyakow sich überschwenglich von mir verabschiedet hatte, stürzte ich mich in die Arbeit. Fairerweise, dachte ich, sollte ich zunächst Kontakt zu dem Vermieter aufnehmen. Eventuell zeigte er sich einsichtig und gab das Cello ohne weiteres Aufheben zurück. Oft kommen Menschen schon zur Vernunft, wenn sie einen Anwalt nur an der Strippe haben.

Ich wählte die Nummer von Herrn Reimers.

»Reimers?«

»Guten Tag, Herr Reimers, Rechtsanwältin Matthes hier. Ich vertrete Ihre ehemalige Mieterin Frau Polyakowa und ...«

Schallendes Gelächter, dann machte es klick. Vielleicht eine Störung in der Leitung? Ich rief erneut an.

»Reimers?«

»Herr Reimers, wir sind gerade unterbrochen worden. Matthes mein Name, ich bin die Anwältin von Darya ...«

»Blöde Kuh!« Klick. Nein, keine Störung in der Leitung.

Ich war mir nicht sicher, ob er mit der blöden Kuh nun mich oder meine Mandantin gemeint hatte. Ich beschloss, persönlich beleidigt zu sein, und schrieb einen unfreundlichen Brief, in dem ich die Herausgabe des Cellos innerhalb von vierzehn Tagen forderte und mit weiteren rechtlichen Schritten drohte.

Zwei Wochen lang passierte nichts – außer, dass mich mehrmals täglich abwechselnd Artjom und sein Vater anriefen, um zu erfragen, wie weit ihr Fall gediehen war. Meine Erklärung, dass diese Sache etwas Zeit in Anspruch nehme, da man in Deutschland bestimmte Fristen einzuhalten habe, und mein Versprechen, mich sofort zu melden, wenn es etwas Meldenswertes gebe, ignorierten sie eisern. Nichtsdestotrotz zog ich die Gespräche mit Artjom künstlich in die Länge, nur um in den Genuss seines satten Basses zu kommen.

Kurz vor Ablauf meines Ultimatums erläuterte ich ihm, dass ich nun Klage beim Landgericht einreichen wolle. Der entsprechende Schriftsatz sei in Vorbereitung – dass ich diesen mindestens achtmal überarbeitet hatte, behielt ich für mich. Ich wies Artjom darauf hin, dass an deutschen Gerichten das Prinzip der Vorkasse gilt. Klage gegen Cash. Und die Verfahrenskosten bemaßen sich an der Höhe des Streitwerts.

»Oh«, erwiderte Artjom, »wie viel ist das denn ungefähr?«

»Sie müssen schon mit fünf- bis sechstausend Euro rechnen.«

»Oh«, sagte Artjom wieder, »ich melde mich gleich noch mal.«

Bei seinem nächsten Anruf schlug er vor, die Angelegenheit doch besser in aller Ausführlichkeit zu besprechen, und fragte, ob ich am Samstagabend schon etwas vorhabe.

»Samstagabend?«

»Ja, meine Eltern möchten Sie gern zu einem kleinen Picknick einladen. Im Garten ihres Wochenendhauses. Bitte machen Sie uns die Freude. Wäre Ihnen zwanzig Uhr recht?«

Eigentlich nicht. Normalerweise treffe ich privat keine Mandanten. Nun waren die Polyakows meine einzigen, und ich redete mir ein, sie nicht vor den Kopf stoßen zu wollen. Dass der Umstand, Artjom wiedersehen zu können, ausschlaggebend für meine Zusage war, verdrängte ich geschickt.

Außerdem hatte ich tatsächlich nichts vor. Mein soziales Leben bewegte sich in einem eher bescheidenen Rahmen, nachdem die über zehnjährige Beziehung zu Bernhard gescheitert war. Wir wussten uns schon länger nichts mehr zu sagen, als der Herr eine Mitarbeiterin unserer Kanzlei recht körperintensiv einarbeitete. Daraufhin suchte ich das Weite. Der gemeinsame Freundeskreis, alles Pärchen, hatte sich von mir ab- und ihm und seiner neuen Flamme zugewandt.

Ab und an traf ich mich mit Freundinnen aus Studentenzeiten, ab und an besuchte ich meine Eltern in Nienstedten, um bei der ersten Gelegenheit zu flüchten, da meine Mutter spätestens nach einer halben Stunde ihrem Wunsch nach einem Enkel Ausdruck gab. Immer verbunden mit der abschließenden Bemerkung: »Kind, du wirst schließlich nicht jünger.«

Zu behaupten, dass ich einsam war, traf es nicht. Ich war einsam und verzweifelt und hungrig nach Aufmerksamkeiten jeder Art. Deshalb freute ich mich auf den Abend mit dieser merkwürdigen Familie.

Picknick, Garten, Wochenendhaus, das klang entspannt und leger, und ich fühlte mich bei meinem Aufbruch in Jeans und T-Shirt passend gekleidet.

Natürlich hatte ich mir im Vorfeld über russische Tischgepflogenheiten, insbesondere das Trinkverhalten, Gedanken gemacht. Gleich einem Pawlowschen Reflex schob sich vor mein geistiges Auge das Bild von lauten, ungehobelten Menschen, die Unmengen von Wodka konsumieren und ihre Gläser an die Wand schmeißen. Man hat seine Klischees im Kopf.

So schlimm wird es nicht werden, dachte ich. Die Polyakows waren zwar anders als die meisten Menschen, die ich kannte, aber sie schienen gebildet und keine Säufer zu sein. Vorsichtshalber und als kleines Gastgeschenk nahm ich eine Flasche staubtrockenen Chardonnay mit.

Ich hatte nicht gefragt, wo genau das Wochenendhaus lag, tippte den Straßennamen, den Artjom mir genannt hatte, in mein Navi ein und wähnte mich auf dem Weg zu einem idyllischen Wäldchen in einem Hamburger Randgebiet. Das Gerät lotste mich in eine Kleingartenkolonie in Billstedt.

Ich weiß nicht, was ich erwartet hatte. In meiner Fantasie war aus dem Wochenendhaus so etwas wie ein Schweizer Chalet in den Harburger Bergen geworden. Nun stand ich vor einer windschiefen Gartenlaube mitten in einem Stadtteil, der mir als gebürtiger Hanseatin bislang nur vom Hörensagen als sozialer Brennpunkt und architektonische Hochhausödnis bekannt war.

Unvorsichtigerweise öffnete ich die Pforte des rostigen Zauns, betrat den verwilderten Garten und rief dann fragend: »Hallo?«

Aus einem Gestrüpp rechts von mir stürzte etwas hervor, das ich zunächst für ein Pony hielt. Das Etwas begrub mich unter sich und hechelte mir mit fauligem Atem ins Gesicht, dann bellte es.

»Wassja! Fu! Dawai!«, schrie jemand von irgendwoher.

Ich nahm an, dass dieser Befehl dem Riesen auf mir galt, der sich allerdings nicht rührte.

»Wassja! Fu, fu!«

Das Vieh gähnte mich an, erlaubte mir einen Blick auf seine verrotteten Zahnreihen und wuchtete sich von mir herunter.

Artjom schob sich in mein Blickfeld.

»Frau Matthes, geht es Ihnen gut?«

»Danke, nix passiert«, versicherte ich und ließ mir aufhelfen.

»Da sind Sie ja schon. So früh … Wir haben noch gar nicht mit Ihnen gerechnet!«

Ich schaute auf meine Uhr. Punkt acht. Hatte ich ihn am Telefon falsch verstanden?

»Sagten wir nicht zwanzig Uhr?«, fragte ich irritiert.

»Egal, egal. Wie schön, dass Sie da sind. Kommen Sie …«

Artjom ging voran in den hinteren Teil des Gartens. Jetzt erst wurde mir bewusst, dass er nur eine Jogginghose trug. Das war wirklich sehr leger.

Hinter dem verwitterten Holzhäuschen, dessen grüner Anstrich nur noch in Rudimenten zu erkennen war, erstreckte sich eine überraschend große Wiese mit Obstbäumen, an den Rändern lagen Gemüsebeete. Rostislav eilte mir in Unterhemd und Unterhose mit ausgestreckten Armen entgegen, aus den Augenwinkeln sah ich, wie Darya in einem durchsichtigen Negligé über eine Holzterrasse ins Haus huschte. Ich musste mich völlig in der Zeit geirrt haben, wie unangenehm.

Meine Gastgeber schien dieser Fauxpas nicht weiter zu stören, man drückte mir mit der Bemerkung: »Champagner!« ein Glas Sekt in die Hand, bugsierte mich in einen Campingstuhl an einem riesigen Tisch, der anschließend von Artjom und seinem Vater mit Bergen von unbekannten Nahrungsmitteln beladen wurde.

Während die Männer über den Rasen flitzten, beschränkte Darya sich darauf, aus dem Inneren der Laube Kommandos zu bellen. Nach verrichteter Arbeit entschuldigten sich die Herren, man wollte sich noch kurz frisch machen.

Ich blinzelte in die Abendsonne, hinter mir knisterten die Kohlen in einem Schwenkgrill, auf dem einen Meter lange Fleischspieße lagen, über mir im Apfelbaum zwitscherte eine Amsel, unter einem Busch schnarchte der Neufundländer. Eigentlich ganz schön hier, dachte ich.

Dann trat Darya auf die Veranda, und ich hielt den Atem an.

Sie trug ein langes, eng geschnittenes Abendkleid, silberfarben, mit einem schwarzen, psychedelischen Muster und so tief dekolletiert, dass ich Angst hatte, ihre gewaltigen Brüste könnten jederzeit den Weg in die Freiheit finden. An ihren Füßen klebten kleine, silberne Schläppchen mit winzigen Abätzen, vorne verziert von grauen Federpuscheln. Solche Schuhe hatte ich zuletzt in einem Doris-Day-Film aus den Sechzigern gesehen. Ich war tief beeindruckt.

Sie schwebte auf mich zu, umarmte mich, sank auf den Stuhl neben mir und tätschelte mit ihrer üppig beringten Hand meinen Arm.

»Gutt, gutt«, sagte sie, »gutt, gutt.«

Rostislav und Artjom gesellten sich zu uns, beide nun in tadellos sitzenden Anzügen, einzig die Farbwahl wirkte ein wenig exzentrisch – der Vater in Lindgrün, der Sohn in changierendem Blau-Mauve.

Ich war eindeutig underdressed.

Familie Polyakow schaute mich erwartungsvoll an. Etwas unsicher, was nun zu tun sei, hob ich mein Glas und sagte: »Liebe Polyakows, ich möchte mich ganz herzlich für die nette Einladung bedanken. Da das nun eine Art Arbeitsessen ist, habe ich auch etwas mitgebracht …« Ich griff in meine Handtasche und holte den Schriftsatz nebst Chardonnay hervor.

»Njet! Kain Bisness. Ärrst essen«, rief Rostislav, griff nach dem Wein und deutete auf den Tisch. »Sakusski!«

31

»Vorspeisen«, übersetzte Artjom.

Ach, das sind erst die Vorspeisen, dachte ich, na dann, und steckte die Papiere wieder weg.

Das Gelage begann. Tapfer arbeitete ich mich durch Unmengen von Speisen, die auf meinen Teller geschaufelt wurden, begleitet von den charmanten Erklärungen Artjoms, was ich da jeweils zu mir nahm. Mein Teller leerte sich nie. Kaum hatte ich einen Happen der fremden Köstlichkeiten vertilgt, wurde mir mit wohlwollenden Blicken nachgelegt.

Es gab eingelegte Salzgurken, eingelegte Tomaten, eingelegte Pilze. Diverse Salate – mit Hering und roter Bete, mit Hühnchen, Kartoffeln und Erbsen, mit Kohl und Nüssen, alle mit Mayonnaise. Gekochte Zunge, geräucherten Fisch, Minipfannkuchen mit Schmand und Kaviar.

Und dazu schließlich doch Wodka, der in große Wassergläser geschenkt und mit Todesverachtung heruntergestürzt wurde. Vor jeder Runde stand Rostislav auf, brachte brüllend einen Toast aus – zumindest nahm ich an, dass es einer war –, und die anderen antworteten ebenso brüllend »Wasche sdarowje!« Nach dem dritten Toast brüllte ich mit und warf mein Glas an den Stamm des Apfelbaums, was von meinen Gastgebern erstaunt, aber kommentarlos registriert wurde.

Nach den Sakusski gab es eine Brühe, in der kleine, mit Fleisch gefüllte Teigtaschen schwammen.

»Tortellini!«, rief ich.

»Pelmeni«, verbesserte mich Darya.

Dann kamen die Fleischspieße.

Danach gab es Buttercremetorte, dann Gebäck, Pralinen und starken schwarzen Tee.

Mir war ein wenig übel.

»Könnte ich wohl noch einen klitzekleinen Wodka haben? Zur Verdauung?«, fragte ich schüchtern. Rostislav schenkte mein Glas randvoll und betrachtete mich mit einem milden Lächeln.

»Jetzt müssen Sie etwas sagen«, flüsterte Artjom mir zu, »in Russland heißt es: Trinken ohne Trinkspruch ist Trunksucht.«

Mit kleinen Gleichgewichtsstörungen erhob ich mich und lallte feierlich: »Ich trinke auf das Wohl meiner wunderbaren Gastgeber. Und auf unseren gemeinsamen Erfolg. Eines sage ich Ihnen: Reimers mache ich platt. Platt mach ich den!« Ich leerte mein Glas in einem Zug, Artjom übersetzte, das Ehepaar Polyakow klatschte begeistert.

Während des Essens hatte ich immer wieder versucht, das Gespräch auf den eigentlichen Grund meines Kommens zu lenken. Ohne Erfolg.

»Ärrst essen!« oder »Ärrst trinken!«, sagte Rostislav jedes Mal und füllte auf.

Nach dem Genuss des wunderbaren, aber schweren Mahls und diverser alkoholischer Getränke – neben Wodka wurden auch Wein und Sekt gereicht – stand mir der Sinn überhaupt nicht mehr nach Dingen wie Streitwert, Schriftsätzen oder Gerichtskosten.

Was soll's, dachte ich, morgen ist auch noch ein Tag. Seit langer Zeit fühlte ich mich erstmals wieder wohl. Das schrieb ich zum Teil dem Hochprozentigen zu, aber auch den Polyakows, die ich mittlerweile so originell wie reizend fand.

Ihre Aufmerksamkeiten während des Essens, ihr offensichtliches Bestreben, mir alles recht zu machen und mich zu umsorgen, versetzten mich in einen Zustand tiefer Behaglichkeit. Ich kam mir vor wie ein satter Säugling. Gern hätte ich ein Bäuerchen gemacht.

Da die Nacht kühl war, brachte Darya mir zwischen den Gängen eine Decke, Rostislav hatte Holzscheite entfacht. Ich kuschelte mich in das kratzige Ding, das nach Hund roch, und starrte in die Flammen.

Artjoms Mutter war am Tisch beim Armetätscheln eingeschlafen, schwer ruhte ihre Hand auf meiner, sie schnarchte mit Wassja im Duett. Rostislav hatte sich mit einem Akkordeon abseits ans Feuer gesetzt und sang leise traurige Lieder, stimmlich nicht ganz sicher, aber voller Gefühl. So muss es in der Taiga sein, bildete ich mir ein, genau so.

Der Sohn des Hauses war dichter an mich herangerückt und schenkte mir Wein ein. Attacke, Paula, dachte ich, die Gelegenheit ist günstig!

»Herr Polyakow«, begann ich mit gelockerter Zunge, »was machen Sie eigentlich beruflich?«

»Ich richte Bankette aus, Feiern, Kongresse – in ganz Deutschland. Hauptsächlich für Landsleute, die in Deutschland leben oder hier geschäftlich zu tun haben.«

»Also ein Partyhengst?«, kicherte ich debil.

»Nein, nein. Ich würde mich eher als Event-Manager bezeichnen, auf gehobenem Niveau.«

Event-Manager, aha, ein durchaus ehrbarer Beruf.

»Und Ihr Vater? Sie erzählten, dass er oft in Italien und der Schweiz ist.«

»Hauptsächlich in Italien, ja. Er handelt mit Stoffen.«

»Mit Stoffen?«

»Genau. Er fährt zum Beispiel nach Mailand, kauft dort feines Tuch, lagert die Ware in Deutschland zwischen und verkauft sie dann an Textilfabrikanten in Russland, die auf der Suche nach guter Qualität sind.«

Modebranche. Feines Tuch. Stoffe, die von Italien über Deutschland bis nach Russland exportiert werden. In jener lauschigen Nacht klang das mehr als plausibel und erklärte zugleich den ausgefallenen Kleidungsstil der Polyakows.

»Und wie lange leben Sie schon in Deutschland?«

»Seit über sechzehn Jahren.«

»Ach, und Ihre Mutter spricht immer noch kein Deutsch?«, platzte es aus mir heraus.

»Nun ja«, Artjom zögerte, »Mam ist so sensibel. Unsere Flucht aus Moskau hat sie damals sehr verstört, sie ist irgendwie in die innere Immigration gegangen und hat sich lange völlig aus dem Leben zurückgezogen. Noch nicht einmal Cello hat sie mehr gespielt. In letzter Zeit allerdings hatte ich das Gefühl, dass sie sich wieder ein wenig öffnet. Und dann kommt dieses Schwein und nimmt ihr das Wertvollste! Ich weiß nicht, ob sie sich davon noch einmal erholt, mit Ende fünfzig …« Artjoms Stimme schwankte.

Merkwürdig, dachte ich, Darya kommt mir so handfest vor, gar nicht zart besaitet, aber ich kenne sie ja nicht. Neben mir unterdrückte Artjom trockene Schluchzer. Um ihn zu beruhigen und weil der Wein mich mutig und neugierig gemacht hatte, versuchte ich es mit einem Themenwechsel. Ich legte meine Hand auf seinen Arm – das schien mir eine landestypische Geste zu sein – und fragte: »Sie sagten gerade, Sie seien aus Moskau geflohen. Mögen Sie mir mehr davon erzählen?« Er mochte.

Wie ich schon wusste, war seine Mutter eine in der Sowjetunion nicht unbekannte Solocellistin, ihre ganze Familie hatte sich seit Generationen der Musik verschrieben. Sein Vater Rostislav hatte als Professor für Geophysik an der Lomonossov-Universität gearbeitet, er entstammte einer Sippe berühmter Naturwissenschaftler und Mediziner. Dann kamen Gorbatschow und Glasnost und Perestroika, und das ganze marode System brach zusammen. Viele Betriebe und Institutionen konnten keine Gehälter mehr zahlen. Auch Rostislav an der Lomonossov war davon betroffen. Um seine Familie zu ernähren, stieg er nebenbei in die Modeboutique seines entfernten Cousins Maxim Moissejewitsch Komarow ein.

Durch einen Zufall lernte er wenige Monate später Pier Luigi Castello kennen, einen Wollweber aus dem norditalienischen Como: Er fuhr ihn mit dem Auto an. Pier Luigi, auf einer Sightseeing-Tour durch Moskau und völlig überwältigt von russischer Baukunst, war ihm benommen vor die Räder getaumelt. Rostislav schaffte den leicht Verletzten zu sich nach Hause und versorgte seine Wunden.

»Mein Vater entstammt schließlich einer Ärztedynastie, er wusste, was zu tun war!«

Der Italiener war unendlich dankbar, zwischen den Männern entstand eine tiefe Freundschaft, die bis zum heutigen Tage andauerte. Pier Luigi führte Rostislav in die Geheimnisse der Woll- und Seidenweberei ein und verschaffte ihm erste Kontakte zu Mailänder und Turiner Stoffhändlern.

Die neue Moskauer Oberschicht, ausgehungert nach Jahrzehnten der Entbehrung, gierig nach ein wenig Luxus und plötzlich zu nicht immer redlich erworbenem Reichtum gekommen, riss Rostislav das edle Tuch quasi aus den Händen. So erwarb er nach und nach ein bescheidenes Vermögen. Es reichte jedenfalls, dass Darya nicht mehr selbstgezogenes Gemüse von der Datscha auf dem Markt verkaufen musste.

Anfangs hatte sich Rostislav noch bemüht, Maxim Moissejewitsch für sein neues Geschäft zu begeistern. Doch der schalt den Handel mit italienischen Stoffen eine aberwitzige, von vornherein zum Scheitern verurteilte Idee. Ihre beruflichen Wege trennten sich. Nun, da Rostislav erfolgreich war, stand Maxim plötzlich vor ihm und forderte fünfundzwanzig Prozent vom Gewinn.

»Nachdem ich die ganze Arbeit hatte, kommst du und willst etwas abhaben? Nein, mein Freund, jetzt ist es zu spät. Am Geschäft werde ich dich nicht beteiligen. Wenn deine Familie aber Hunger leidet, dann helfe ich dir gern«, beschied ihn Rostislav.

Maxim, von Neid zerfressen, wandte sich an ein paar Männer aus der Moskauer Halbwelt, zu denen er seit Jahren eine lose Verbindung unterhielt. Auch diese Männer klopften an Rostislavs Tür. Sie forderten vierzig Prozent. Andernfalls müssten sie seinem Sohn das rechte Ohr abschneiden und seiner Frau beide Daumen.

»Mein Vater ist ein pragmatischer Mann«, sagte Artjom, »ein Ohr, das hätte er notfalls in Kauf genommen. Ich habe schließlich zwei davon und trug damals die Haare länger. Aber wie hätte meine Mutter ohne Daumen noch ihrem Beruf nachgehen können?«

Also gab Rostislav den Männern erst einmal Geld und plante heimlich, unterstützt von seinen italienischen Freunden, die Ausreise nach Deutschland. Anträge wurden gestellt, Visa besorgt, das Vermögen über Umwege in die Schweiz transferiert, Wertsachen, Andenken und Unentbehrliches in Kartons verpackt, mit nicht unerheblichen Summen kooperative Beamte motiviert, das Verfahren zu beschleunigen. Am 23. Dezember 1991 war es dann so weit. Familie Polyakow bestieg mit einem kleinen Teil ihres Hab und Guts ein Flugzeug Richtung Deutschland.

»Aber warum seid ihr nicht nach Italien gezogen?«, fragte ich, in der Aufregung über das eben Gehörte zum Du übergehend. »Warum Deutschland?«

»Italien nimmt keine Russen.«

»Und Deutschland schon?«

»Russen nicht. Aber Juden.«

Bis dato hatte ich mir über den Aufenthaltsstatus der Polyakows noch keine Gedanken gemacht, Themen wie Einwanderung und Flüchtlinge lagen außerhalb meiner Lebenswelt, mit echten Migranten war ich noch nie in Berührung gekommen. Auch Juden kannte ich keine. Während meines Studiums hatte ich zwar einen Kommilitonen, der Rosenblum hieß und von dem ich annahm, dass er jüdischer Herkunft sei, aber darin erschöpften sich meine Kenntnisse.

»Ach, ihr seid Juden«, rief ich deshalb überrascht.

»Ja, ja, so in der Art«, antwortete Artjom ausweichend, »wir sind sogenannte Kontingentflüchtlinge.«

Mein Kopf summte vom Alkohol und den ganzen Informationen. »Darauf trinken wir noch einen«, sagte ich und stieß mit Artjom an.

Wir tranken nicht einen, wir tranken mehrere. Irgendwann rutschte ich von meinem Campingstuhl und nahm durch einen Nebel wahr, dass mich jemand auf starken Armen ins Haus trug, in ein Bett legte, von Schuhen und Jeans befreite und zudeckte. Dann schlief ich ein.

3

Der Morgen war das nackte Grauen. Ich erwachte, gepeinigt von unerträglichen Kopfschmerzen und einer bedrohlichen Atemnot. Ersteres schrieb ich den Ausschweifungen der letzten Nacht zu, Letzteres lag an Wassja, der es sich auf meinem Brustkorb gemütlich gemacht hatte.

»Feines Hündchen«, krächzte ich, »feines Hündchen. Runter mit dir. Ab!«

Wassja grunzte.

Ich probierte es mit einem beherzten: »Dawai!«

Wassja rührte sich nicht. Wohin sollte er auch kommen? Er war ja schon da.

Nebenan hörte ich Geschirrklappern und leise Stimmen. Millimeter um Millimeter kämpfte ich mich unter dem Hund hervor, bis es mir gelang, mich aufzusetzen. Ich schaute mich um. Die Wände meines Gästequartiers waren holzvertäfelt und mit dunklen Landschaftsgobelins behängt. Durch die braunen Jalousien der zwei Fenster fiel spärliches Licht. Auf den Fensterbänken und einer kleinen Kommode standen überall Porzellanfiguren – Engel, Hunde, Prinzessinnen und anderer Nippes. Gegenüber vom Bett war ein riesiger Flachbildfernseher an die Wand montiert, völlig überdimensioniert in diesem kleinen Raum. Auf einem Stuhl entdeckte ich meine sorgfältig zusammengefaltete Jeans, darunter die Schuhe. Sofort war ich verlegen. Hatte Artjom mich entkleidet?

Ich schlüpfte in meine Sachen und warf einen Blick in den

Spiegel über der Kommode. Dünne, blonde Haare hingen schlaff auf die Schultern, meine sonst eher grauen Augen hatten eindeutig einen Rotstich. Wahrscheinlich roch ich, wie ich aussah.

Ich nahm meine Handtasche, öffnete zaghaft die Tür und stand in einer einfachen Küche. An der Spüle hantierte Rostislav mit Tellern, auf einer Eckbank saßen Darya und Artjom in ein Gespräch vertieft, genau genommen redete Darya, ohne Luft zu holen. Unter der Bank schossen drei unglaublich hässliche Promenadenmischungen hervor und sprangen kläffend an mir hoch.

Stimmt, dachte ich, da war doch mal von vier Hunden die Rede gewesen. Die Begegnung mit Wassja reichte mir eigentlich vollkommen.

Darya stand auf, packte zwei der kleinen Viecher am Genick und warf sie durch die offene Tür, die auf die Veranda führte, in den Garten. Um diesem Schicksal zu entgehen, sprang das dritte Fellknäuel freiwillig hinterher.

»Paula!« Rostislav drückte und herzte mich, als sei ich eine verschollen geglaubte Verwandte, Darya guckte ob meines Zustands leicht indigniert, tätschelte aber dennoch mütterlich meinen Rücken. Artjom saß in seiner Ecke und lächelte mich erfreut an.

»Da bist du ja! Wie geht es dir? Hast du gut geschlafen?«

»Ja, danke«, röchelte ich, denn Rostislav hielt mich immer noch umschlungen. »Wo kann ich mich ein wenig frisch machen? Und haben Sie, äh, hast du vielleicht ein Aspirin?«

Artjom wies mir den Weg in ein winziges, blitzsauberes Badezimmer mit Waschbecken, Dusche und Toilette. Ich schaufelte mir kaltes Wasser ins Gesicht, fand Zahnpasta, die ich mir auf den Finger schmierte, um den Geschmack von toter Katze in meinem Mund zu eliminieren, und fühlte mich genauso elend wie vorher. Am liebsten wäre ich heimlich geflüchtet, mein Schädel dröhnte, und mir war gar nicht nach Gesellschaft.

Ich schlich zu den Polyakows, die nun auf der Veranda am Frühstückstisch saßen. Die kleinen Kläffer hockten zu Daryas Füßen und musterten mich argwöhnisch.

»Jetzt kann ich dir den Rest der Familie vorstellen«, sagte Artjom und zeigte auf die Hunde. »Das hier ist Sputnik, ein reinrassiger französischer Pudel.«

Wenn der reinrassig ist, dachte ich, heiße ich Helga. Der sieht aus, als hätte er Kontakt mit einer Steckdose gehabt.

Der Zweite im Bunde, ein kurzhaariger Mopsmischling, wurde Caruso genannt. Der Dritte hatte entfernte Ähnlichkeit mit einem Dackel und den schönen Namen Rasputin.

»Angenehm«, sagte ich und setzte mich vorsichtig hin, bemüht, meine Füße außerhalb der Reichweite dieser haarigen Verwandten zu halten.

»Aspirin haben wir leider nicht. Aber trink das«, sagte Artjom und stellte mir ein Glas mit einer bräunlichen, trüben Flüssigkeit vor die Nase, »das wird dir helfen.«

Ich schnupperte vorsichtig, nahm einen Schluck und hätte mich gern spontan übergeben. Das Zeug war fürchterlich, bitter und sauer, insgesamt undefinierbar.

»Kwass«, erklärte Artjom, »ein Saft aus Brot. Mein Vater macht ihn selbst.«

Rostislav nickte stolz.

»Oh, lecker«, sagte ich tapfer und biss schnell in ein Brötchen.

Nachdem ich etwas gegessen und einen Kaffee getrunken hatte, ging es mir ein wenig besser.

»Bisness!«, verlangte Rostislav nun und guckte mich auf-

munternd an. Auch das noch! Aber gut, deswegen war ich
ursprünglich hergekommen. Ich angelte den inzwischen
zerknitterten Schriftsatz aus der Tasche, reichte ihn Artjom,
gab mit meinem dicken Kopf eine nicht ganz gelungene
Einführung in das deutsche Rechtssystem und wiederholte,
was ich schon am Telefon gesagt hatte: dass nach Einreichen des Schriftsatzes Geld fällig sei.

»Kain Prrobläm«, sagte Rostislav und lachte, »Koste, Hilfä!«

»Bitte?«

»Mein Vater meint, dass er gern Prozesskostenhilfe beantragen möchte.«

»Bitte?«

»Pro-zess-kos-ten-hil-fe«, wiederholte Artjom langsam
und laut, als sei ich schwerhörig.

»Das habe ich schon verstanden. Aber dein Vater ist Unter-
nehmer, er hat keinen Anspruch auf Prozesskostenhilfe.
Das ist für Menschen mit einem geringen Einkommen«,
antwortete ich.

»Kain Prrobläm«, lachte Rostislav erneut, »kain Geld!«

»Bitte?«

»Mein Vater meint, dass er kein Geld hat. Eigentlich ist er
fast pleite. Und meine Mutter hat ja überhaupt kein Einkommen.«

Ich starrte die drei Menschen vor mir fassungslos an. Da
saßen sie, mit unschuldigen Blicken, und glitzerten mit ihrem Schmuck in der Sonne wie Weihnachtsbäume.

Ich räusperte mich. »Nun gut, auch wenn dein Vater aktuell
nicht viel verdient, er hat doch sein Vermögen.«

»Kain Geld, kain Geld!« Rostislav war fast außer sich vor
lauter Frohsinn.

»Mein Vater meint, dass er kein Vermögen mehr hat.«

»Aber du hast mir doch gestern erzählt, dass er in der Schweiz …«

»Ach, Paula.« Artjom breitete mit einer großen Geste die Arme aus. »Das ist längst weg. Da war doch die Sache mit den indischen Seidenraupen …«

Vor über einem Jahr waren die indischen Seidenraupen an der Flecksucht erkrankt. Und nicht nur die indischen, auch ihre Brüder und Schwestern aus China, Vietnam, Kambodscha und Japan infizierten sich und sponnen keine Fäden mehr. So schoss der Preis für Rohseide in schwindelerregende Höhen, und das hatte natürlich Auswirkungen auf den Stoffmarkt.

Rostislav sah sich gezwungen, kurzfristig einen Kredit bei einem in Hamburg lebenden georgischen Spediteur aufzunehmen, dem Freund eines entfernten Bekannten. Natürlich zu horrenden Zinsen, aber so sind die Georgier, gönnen einem Russen nicht das Schwarze unterm Fingernagel. Zu allem Unglück blieb er fast noch auf einer Lkw-Ladung teurer Wollstoffe sitzen, die er erst mit großem zeitlichem Verzug und zu einem geringeren Preis als erhofft verkaufen konnte. Mit diesen Rückschlägen hatte er bis heute zu kämpfen.

Mein Kopf dröhnte, mir war flau, aber ich blieb hartnäckig.

»Und euer Schmuck?«, fragte ich drohend.

»Ach, Paula, der ist doch nicht viel wert«, sagte Artjom bedauernd.

Nicht viel wert? Auch wenn ich mich nicht mit indischen Seidenraupen oder dem italienischen Stoffhandel auskannte, ich war in den Elbvororten aufgewachsen, wo gelangweilte Luxushausfrauen ihre Preziosen im Supermarkt zur Schau stellen. Bei Gold und Edelsteinen machte mir keiner was vor.

Hatte ich nicht vorhin einen Brillanten an Daryas Ringfinger blitzen sehen? Ich schaute zu ihr. Sie hatte mit einem abwesenden Blick die Hände unter den Tisch gesteckt, um die Hunde zu kraulen. Und Rostislavs Rolex? Er hielt die Arme verschränkt und schaute sinnierend in den Himmel.

Artjom beugte seinen Kopf so weit zu mir, dass seine Lippen nicht unangenehm mein Ohrläppchen berührten. »Das sind Erbstücke, verstehst du? Erinnerungen an die Heimat. Es würde meinen Eltern das Herz brechen, wenn sie ihren Schmuck verkaufen müssten. Das willst du doch nicht, oder?«

Nein, das wollte ich nicht. Ich wollte nur noch nach Hause, mir war wieder übel.

»Okay«, sagte ich matt, »ich schicke euch die Anträge für die Prozesskostenhilfe. Aber deine Eltern müssen ihre Einkünfte belegen. Hieb- und stichfest. Sonst wird das nichts.«

»Natürlich, Paula, das ist doch klar.«

»Kain Prrobläm!«, freute sich Rostislav.

Auch zum Abschied gab es Körperkontakt, langsam gewöhnte ich mich daran. Rostislav drückte, Darya tätschelte – mit einer plötzlich erstaunlich unberingten Hand.

»Artjom gutt Mann«, raunte sie mir verschwörerisch zu. Verwirrt und verkatert ließ ich mich von ihrem Sohn zum Auto bringen, begleitet von vier Hunden, die auf einmal einen ganz manierlichen Eindruck machten.

»Denkst du bitte noch an die Expertise vom Cello?«, fragte ich betont geschäftsmäßig.

»Natürlich«, versicherte Artjom und steckte mir seine Visitenkarte mit Mobilnummer in die Handtasche – falls es zwischendurch etwas zu besprechen gäbe. Dann blickte er tief in meine rot geäderten Augen.

»Das war eine wunderbare Nacht. Hoffentlich nicht die Letzte …« Er schlug meine Wagentür zu. Ich fuhr los.

Ich habe einen kleinen Tick. Ich bin per se ein ordentlicher Mensch. In Stresssituationen allerdings fange ich an, Dinge zu sortieren und manisch im rechten Winkel zueinander auszurichten. Das gibt mir Halt in unsicheren Zeiten und ist der Beweis, dass die Welt nicht aus den Fugen gerät. Nach einem Tag des Ordnens, Aufräumens und Geraderückens hatte ich mein inneres Gleichgewicht wiedergefunden.

Per Mail schickte ich Artjom die Formulare für die Prozesskostenhilfe und schob alle Bedenken beiseite. Wenn Rostislav seine angebliche Armut nachweisen konnte, sollte es mir recht sein. Ich war Anwältin und nicht beim Finanzamt.

Außerdem brauchte ich diesen Fall und war entschlossen, ihn zu gewinnen. Die Polyakows mochten ein wenig komisch sein, aber ich zweifelte nicht daran, dass sie bestohlen worden waren. Bedürftige ausländische Juden um ihre letzten Besitztümer bringen, dachte ich, das wollen wir doch mal sehen. Wahrscheinlich war Reimers Antisemit.

Innerhalb kurzer Zeit schaffte es Rostislav, alle Formulare auszufüllen und die entsprechenden Belege beizubringen – Einkommensteuererklärungen der letzten Jahre nebst der schriftlichen Versicherung seines Steuerberaters, dass die sprichwörtlichen Kirchenmäuse im Vergleich zum Ehepaar Polyakow Oligarchen waren. Erleichtert reichte ich alle Unterlagen bei Gericht ein.

Darya, Rostislav und Artjom schauten nun täglich bei mir in der Kanzlei vorbei, einzeln, zu zweit oder zu dritt. Sie hatten zufällig immer gerade in der Nähe zu tun und wollten nur kurz wissen, ob es mir gutginge.

Dabei vergaßen sie nie, mir zu versichern, wie glücklich und dankbar sie seien, von so einem herausragenden »Advokat« vertreten zu werden. Auch Freunden, Nachbarn und der Verwandtschaft im fernen Russland habe man schon von mir erzählt und sei von allen Seiten zu dieser Wahl beglückwünscht worden. Kurzum: Der Stolz auf ihre Staranwältin troff ihnen aus jeder Pore.

Die Komplimente trafen mich unvorbereitet und waren mir anfänglich peinlich. Zum einen hatte ich noch nichts getan, was das Lob rechtfertigen konnte. Zum anderen war ich Aufmerksamkeiten dieser Art nicht gewohnt. Meinen Eltern, insbesondere meinem Vater, hatte ich es nie recht machen können. Und auch Bernhard hatte mir in unserer Beziehung eher das Gefühl gegeben, dass ich ein Nichts und er der Nabel der Welt sei.

Aber nach und nach begann ich, die Vorschusslorbeeren zu genießen, und schloss mich der allgemeinen Meinung, ein super »Advokat« zu sein, an. Vielleicht, weil in dieser beruflichen Anerkennung stets die Überzeugung der Polyakows mitschwang, dass ich überdies ein zutiefst liebenswerter Mensch war. Würdig, als vollwertiges Mitglied in den Kreis ihrer Familie aufgenommen zu werden.

Bei ihren Besuchen brachten sie neben ihrer überbordenden Wärme und Herzlichkeit stets kleine Geschenke mit. Rostislav vermachte mir ganze Flaschenbatterien seines Kwass – »So gäsund, Paula, so gäsund.«

Darya – jedes Mal in einem neuen spektakulären Outfit, ihr Stil schwankte zwischen Opernball und Fasching, war aber stets recht offenherzig – steckte mir Gläser mit eingemachtem Gemüse zu. Dabei tätschelte sie wahlweise meine Wange oder meine Hand und vergaß nie, mir wie eine Beschwörungsformel ein »Artjom gutt Mann« zuzuraunen.

Rede du nur, dachte ich. Aber insgeheim stimmte ich ihr zu. Artjom schien anders zu sein als die Männer, die ich bislang kennengelernt hatte. Nun gut, das waren nicht allzu viele, aber allesamt eher nüchterne, wortkarge Vertreter ihres Geschlechts. Gleich und Gleich gesellt sich eben gern, und ich bin kein Ausbund an Gefühlsduselei.

Trotz seiner expressiven Art, sich zu kleiden, war Artjom sehr emotional und auf eine altmodische Art galant. Wenn er mit weit ausholenden Schritten meine Kanzlei betrat, umwehte seine unmissverständlichen Annäherungsversuche stets ein Hauch von Melancholie.

Mal vermachte er mir eine alte, zerfledderte Ausgabe von »Russische Liebesgeschichten« und flüsterte bedeutungsschwanger: »Falls du Dostojewski oder Turgenjew magst ...«, mal brachte er mir eine CD mit – »Chansons!« –, deren russische Interpreten für mich unaussprechliche Namen hatten. Doch die Musik rührte mich. Artjom rührte mich.

Außerdem musste ich mir eingestehen, dass ich ihn unglaublich sexy fand. Seine Hemden waren immer einen Tick zu weit aufgeknöpft und erlaubten den Blick auf eine makellos muskulöse, unbehaarte Brust. Seine Gesten waren ausladend, einnehmend und zeugten von einem unerschütterlichen männlichen Selbstbewusstsein.

Wenn ich ihn sah, musste ich unwillkürlich an eine Szene aus dem Film »Ein Fisch namens Wanda« denken: John Cleese bringt Jamie Lee Curtis fast um den Verstand, indem er während des Liebesspiels auf Russisch rezitiert. Damals im Kino konnte ich nicht nachvollziehen, was daran so scharf sein sollte. Nun dachte ich ein wenig anders.

Der Anblick war trist. Viel dunkles Blau, ein paar Grautöne, ausschließlich gedeckte Farben. Hosenanzüge, drei Blazer, eine Batterie weißer Blusen, etliche Jeans, kaum Röcke, das war alles, was mein Kleiderschrank hergab.

Im hintersten Winkel entdeckte ich das einzige Kleid. Zart türkis, mit einem kleinen Ausschnitt, gerade und eng geschnitten, knapp knielang. Aus reiner Seide. Nicht so teuer, wie es aussah. Es musste wohl vor der Erkrankung der Seidenraupen produziert worden sein.

In einem Anflug von Übermut hatte ich es mir nach der Trennung von Bernhard gekauft. Sozusagen als sichtbares Zeichen meines neuen Lebens. Ich hatte es noch nie getragen. Entschlossen griff ich danach. Heute musste ich gut aussehen.

Artjom hatte am Vormittag seinen Kopf zur Tür hereingesteckt und mich gefragt, ob ich am Abend frei sei.

»Eigentlich wollte ich noch ein paar Akten durcharbeiten«, sagte ich und starrte auf meinen leeren Schreibtisch.

»Ach, komm schon, Paula«, ein abgründiger Blick aus dunklen Augen, »man kann doch nicht immer nur arbeiten. Man muss doch auch sein Leben genießen.«

»Na gut, ein Stündchen oder so kann ich mir wohl erlauben. Was hast du denn vor?«

»Was hältst du davon, wenn wir schick ausgehen? Erst einen Happen essen und dann in eine Bar oder einen Club?«

An einem Dienstag? Warum eigentlich nicht …

»Okay, klingt gut.«

»Sehr schön. Ich hole dich um sieben ab. Bei dir zu Hause?«

Ich schrieb ihm meine Privatadresse auf.

Für den Rest des Tages machte ich mir Gedanken, was ich wohl zu diesem Rendezvous anziehen könnte. Ich wollte nicht als graue Maus neben dem prächtigen Pfau untergehen. Um vier Uhr schloss ich die Kanzlei, um mich – immer nervöser werdend – zwei Stunden vor meinen Kleiderschrank zu stellen.

Jetzt drehte ich mich in meinem einzigen Kleid vor dem Spiegel und schwankte zwischen »Wow!« und »Fehlkauf!«. Vor mir stand eine Frau, die ungewohnt weiblich wirkte. Ich spitzte die Lippen und warf meinem Spiegelbild einen Kuss zu. Gar nicht so schlecht, Frau Matthes, dachte ich.

Um zwanzig vor acht kam Artjom. Ohne ein Wort der Entschuldigung oder eine Erklärung für seine Verspätung bugsierte er mich in ein Taxi. Der Wagen hielt im Portugiesen-Viertel am Hafen. Ich fing schon an, mich auf eine frische Seezunge bei Kerzenschein zu freuen, als Artjom die Tür zu einem brasilianischen Rodizio aufriss.

»Du magst doch Fleisch«, sagte er und ging voran.

Das Restaurant hatte die Ausmaße einer Bahnhofshalle, es war laut und heiß. Mehrere Kellner schossen auf uns zu, hauten Artjom auf die Schulter, umarmten ihn, musterten mich und pfiffen anerkennend. Einer grölte: »Eeeeeh, ein neues Chica!« Man kannte sich offenbar. Besitzergreifend nahm Artjom meine Hand und zog mich auf dem Weg zu unserem Tisch wie ein Kind hinter sich her.

Man knallte uns in Windeseile Teller, Gläser und eine Flasche Rotwein vor die Nase, und ohne etwas bestellt zu haben, wurden uns im Minutentakt von fetttriefenden Spießen diverse Sorten toten Tiers auf den Teller heruntergesäbelt.

»Hau rein. Du kannst so viel essen, wie du willst«, forderte Artjom mich auf, »das ist die Spezialität hier.«

Na, dann hau ich mal rein, dachte ich, Seezunge wird gemeinhin überbewertet.

Für die nächste halbe Stunde war an ein Gespräch mit meinem Tischherrn nicht zu denken, da er sich voller Genuss Schwein, Rind und Lamm auf seinem Teller widmete. Ich gab nach der dritten Portion auf, hielt mich an meinem Weinglas fest und beobachtete Artjom.

Seine Kiefer mahlten, konzentriert hielt er sein Besteck. Er schnitt, er kaute, er schluckte. Artjom war völlig versunken in die Nahrungsaufnahme. Ein nahezu archaischer Vorgang, merkwürdig, aber auch erotisch. Ein echter Mann braucht Fleisch, schoss es mir durch den Kopf. Das hatte zumindest meine Großmutter immer gesagt.

Nachdem er sein Mahl beendet hatte, seufzte Artjom zufrieden, zückte einen Zahnstocher und lächelte mich an.

»Entschuldige, aber ich hatte wirklich Hunger.«

»Das war nicht zu übersehen.«

»Hat es dir denn auch geschmeckt?«

»Danke, das Essen war gar nicht schlecht.«

Seine Hand krabbelte über den Tisch und umschloss meine Rechte.

»Paula«, schon wieder dieser Blick, »ich weiß fast nichts über dich. Erzähl mir von dir. Von deinem Leben.«

Ich blies verlegen die Backen auf. Was sollte ich schon erzählen? Mein Leben war absolut belanglos, um nicht zu sagen, erschütternd ereignisfrei.

»Ich bin Anwältin«, sagte ich deshalb.

Artjom grinste amüsiert. »Das kann doch nicht alles sein. Was machst du in deiner Freizeit? Hast du einen Mann, einen Freund, was ist mit deiner Familie?«

In meiner Freizeit starrte ich an die Decke und kämpfte gegen eine Armutsneurose; den Mann hatte ich verabschiedet und erschrak manchmal darüber, wie wenig Substanzielles von der gemeinsamen Zeit übrig geblieben war; meine Familie bestand hauptsächlich aus Mutter und Vater, die in ihrer Villa an der Elbe saßen und sich grämten, dass aus ihrem einzigen Kind nichts wurde.

Das waren nicht die Details, mit denen man sich beim ersten Rendezvous als interessante, begehrenswerte und geheimnisvolle Frau präsentieren konnte.

Ich holte tief Luft. Artjom hielt immer noch meine Hand, seine angenehm warm und rauh, meine feucht und heiß. Und dann erzählte ich doch alles. Von meiner Kindheit, in der ich früh lernte, zu funktionieren und dass meine Meinung nicht zählte. Von meinem Traum, einmal Menschen zu helfen und Gutes zu tun. Von meinem Vater, dem Richter, der fand, eine Matthes sei zu Höherem berufen, und auf dessen erbarmungsloses Drängen hin ich Jura studiert hatte.

Von Bernhard, den ich während des Studiums kennenlernte und in dessen Arme ich mich aus meinem restriktiven Elternhaus flüchtete. Mit dem ich nach dem Referendariat eine Kanzlei gründete, eine zweck- und standesgemäße Verbindung einging und der mich stets spüren ließ, dass er der große Macher war.

Ich erzählte von seinem Betrug, der Trennung und von meinem Versuch, es nicht mehr allen recht machen zu wollen. Von meinen Existenzängsten und meiner Einsamkeit.

Artjom, der mir aufmerksam zugehört hatte, ergriff meine

zweite Hand. Tränen lösten sich aus seinen Augen, flossen seine Nase hinab und tropften in sein Glas.

»Ach, Paula!«, brach es aus ihm heraus – so laut, dass man von den anderen Tischen interessiert zu uns herüberblickte. »Ich verstehe dich so gut. Dieses Gefühl, im Stich gelassen worden zu sein. Die Einsamkeit. Das kenne ich.« Nun schüttelte es ihn geradezu, ergriffen nahm er seine Serviette und trompetete hinein. Alle Gespräche um uns herum waren verstummt.

Nun ja, dachte ich, so schlimm ist es auch wieder nicht. Wir haben nicht vom Völkermord an den Armeniern gesprochen, nur von meinem bescheidenen Leben. Kein Grund zum Weinen – jedenfalls nicht in der Öffentlichkeit.

Nach dem Genuss zweier Brandys hatte er sich so weit gefasst, dass er die Rechnung begleichen konnte. Auch wenn es unsensibel war, hatte ich, um keine weitere Aufmerksamkeit zu erregen, darauf verzichtet zu fragen, wo genau nun die Parallelen zu seinem Leben lagen, und ihm stattdessen auch meine Serviette gereicht. Geräuschvoll putzte er ein letztes Mal seine Nase und sagte entschlossen: »Jetzt wollen wir uns aber ein bisschen amüsieren!«

Nach der Verköstigung in dem brasilianischen »Spezialitäten«-Restaurant war ich gespannt auf die nächste Location. Ein weiteres Taxi brachte uns in die Gegend am Hauptbahnhof und hielt vorm Maritim-Hotel Reichshof.

Will er sich hier etwa ein Zimmer nehmen?, dachte ich erschrocken, meint er das mit »sich ein bisschen amüsieren«? Ich überlegte schon, wie ich auf so eine Offerte angemessen reagieren sollte, als mich Artjom zielstrebig durch das Foyer in die Hotelbar führte. Erleichtert und gleichzeitig ein wenig enttäuscht folgte ich ihm zum Tresen.

Noch während ich versuchte, mit meinem Kleid möglichst damenhaft einen der taubenblauen Barhocker zu erklimmen, gab mir Artjom mit den Worten: »Ich muss kurz einem Geschäftspartner Hallo sagen. Bin gleich wieder da«, einen Klaps auf den Hintern und entschwand durch eine verspiegelte Schiebetür.

Hupsa, dachte ich, wann hat mir eigentlich das letzte Mal ein Mann auf den Hintern gehauen? Ich musste nicht lange nachdenken: noch nie. Ich war erstaunt, dass es sich nicht ungebührlich anfühlte.

Plötzlich allein gelassen, schwang ich mich auf den Hocker, ruckelte auf der unbequemen Sitzgelegenheit hin und her, zupfte an meinem Kleid und kassierte einen auffordernden Blick der weiblichen Bedienung. Entschlossen blickte ich zurück und fragte, welchen Cocktail sie mir empfehlen könne. Die Dame war vom Fach, erklärte mir – angereichert mit netten Anekdoten – die verschiedenen Spezialitäten des Hauses und wies mit einem gewissen Stolz auf eine Batterie Flaschen in einer Vitrine: »Die beste Auswahl an Single Malts in Hamburg.«

Mit einem Augenzwinkern fügte sie hinzu: »Oder soll ich Ihnen lieber etwas mit Wodka mixen?« Artjom schien auch hier kein Unbekannter zu sein.

Da allein der Gedanke an Wodka meinen Magen rumoren ließ, entschied ich mich für eine Piña Colada, nuckelte an meinem Strohhalm und musterte die Umgebung. Die Bar war klein und schummrig, aber durchaus elegant im Art-déco-Stil eingerichtet. Eine gediegene Wohnzimmeratmosphäre.

Aus den Lautsprechern tröpfelte angenehm schnulziger US-Sound der fünfziger und sechziger Jahre. Außer mir hatten es sich nur noch zwei ältere Herren an einem der

Tische gemütlich gemacht. Sie rauchten Zigarre, lasen Zeitung und tauschten ab und an leise Sätze.

Drei Piña Coladas später kam Artjom wieder.

»Da bin ich«, sagte er überflüssigerweise, »komm, wir suchen uns ein Plätzchen, wo wir mehr unter uns sind.«

Unter uns? Hier war doch fast keiner. Trotzdem folgte ich ihm gehorsam in eine Nische, in der winzige Tische und grüne Clubsessel standen.

In meinem Kopf flirrte es, wohl dem Alkohol geschuldet, ich fühlte mich merkwürdig leicht und der Realität enthoben.

»Bist du eigentlich öfter hier?«, fragte ich neugierig.

»Von Zeit zu Zeit«, schwurbelte Artjom.

»Und du hast hier geschäftlich zu tun?«

»Ab und an.«

»Aha. Was denn genau?«

Artjom legte seinen Arm um meine Schulter und zog mich bestimmt zu sich heran. »Der Concierge ist ein alter Freund von mir. Bei größeren Feierlichkeiten braucht er manchmal meine Hilfe. Aber lass uns doch jetzt nicht über langweilige Geschäfte reden«, brummte er in mein Ohr. Mein rechter kleiner Zeh begann zu zucken. Und bevor ich weitere dumme Fragen stellen konnte, küsste er mich. Auch eine Methode, jemandem den Mund zu stopfen – der Gedanke blitzte kurz auf, dann verabschiedete sich meine linke Hirnhälfte. Artjoms überfallartiger Annäherung hatte ich nichts entgegenzusetzen. Ich war viel zu erschrocken. Und dankbar. Und hingerissen. Wann hatte mich eigentlich das letzte Mal ein Mann einfach so geküsst? Dieser Abend stand wohl ganz im Zeichen neuer Erfahrungen.

Artjom küsste und küsste und küsste. Mit einer Hingabe, die absolut war. Nach einer Weile, die gleichzeitig unendlich und viel zu kurz erschien, löste er sich von mir.

»Das wollte ich schon an dem Abend bei meinen Eltern machen.«

»Wolltest du?«, stammelte ich.

»Unbedingt. Aber du warst leider nicht mehr in der Verfassung dazu.«

»Nun ja«, ich kicherte dämlich, »dafür hast du mir gleich die Klamotten vom Leib gerissen.«

»Paula, was denkst du denn von mir? Meine Mutter hat dich ausgezogen.«

»Deine Mutter?« Die Vorstellung, dass Darya mich im Schlüpfer gesehen hatte, war mir unangenehm.

»Ich konnte schlecht über dich herfallen, solange meine Eltern dabei waren. Ich bin schließlich ein Mann mit Manieren.«

An diesem Abend waren Darya und Rostislav nicht zugegen. Angespannt wartete ich also darauf, dass Artjom seine Gelegenheit nutzte und über mich herfiel. Nichts dergleichen geschah. Stattdessen stand er auf, schlenderte zu einem schwarzen Flügel, der in einer Ecke stand, nahm etwas umständlich Platz und begann zu spielen. Chopin – glaubte ich jedenfalls. Was es auch war, es klang wunderschön. Seine langen Finger glitten geübt über die Tasten, ein Stück reihte sich ans nächste, und ich schmolz dahin. Ein Mann, der Klavier spielen konnte. Eine wahr gewordene Jungmädchenfantasie.

Irgendwann klappte er den Deckel zu und kam an unseren Tisch zurück. Vorsichtig nahm er meinen Kopf zwischen seine Hände und gab mir einen Kuss auf die Nasenspitze.

»Es ist spät, Paula. Ich werde dich jetzt nach Hause bringen.« Mit der Attitüde eines britischen Gentlemans reichte er mir seinen Arm.

Die Fahrt zu mir verlief schweigend, Artjom hielt mich im

Arm und schaute aus dem Fenster. Zum Abschied sagte er nur: »Es war schön, Paula. Wir hören.«

Ich taumelte in die Nachtluft, äußerlich und innerlich derangiert. In meiner Wohnung angekommen, legte ich mich flach auf den Wohnzimmerboden und lauschte meinem galoppierenden Herzschlag. Mensch, Matthes, dachte ich, jetzt reiß dich mal zusammen. Du kannst dich unmöglich in diesen unmöglichen Russen verlieben.

Ich wusste noch nicht einmal, wie alt er war. Wo er wohnte. Etwa bei seinen Eltern? Allein? Oder mit einer Frau zusammen? In einem Anfall von Vertrauensseligkeit hielt ich Letzteres sofort für ausgeschlossen. Trotzdem, ich wusste so gut wie nichts über diesen Menschen.

Aber ich fand ihn begehrenswert. Geheimnisvoll. Im Gegensatz zu mir wusste Artjom, wie man sich interessant macht.

5

Auch wenn die deutsche Bürokratie als langsam und kompliziert gilt, arbeitet sie doch so präzise und unaufhaltsam wie ein Uhrwerk. Endlich lag die Ladung des Landgerichts im Briefkasten, die Verhandlung war auf Montag in zehn Tagen anberaumt. Dem Schreiben entnahm ich, dass die Gegenseite von einem gewissen RA Wilhelm Schubert vertreten wurde. Der Name sagte mir nichts. »Wilhelm« deutete aber an, dass der Kollege wahrscheinlich älteren Semesters war.

Ich schrieb RA Schubert einen Brief, in dem ich noch einmal die Forderungen der Polyakows verdeutlichte und auf der Herausgabe des Cellos bestand. Eine taktische Maßnahme, da ich neugierig auf die Strategie meines Gegners war. RA Schubert antwortete umgehend – mit einem dürren Satz: Sein Mandant werde sich vor Gericht zum Sachverhalt äußern.

Das war ungewöhnlich. Normalerweise hauen sich Anwälte gern vor der eigentlichen Schlacht einen Schriftsatz nach dem anderen um die Ohren, eine Art Kräftemessen, bei dem man den Feind vorab mit der Größe der eigenen Geschütze zu beeindrucken versucht.

Okay, dachte ich leichthin, vielleicht will er das bisschen Munition, das er hat, nicht schon vorab verschießen. Ein ungutes Gefühl blieb, ich schob es beiseite.

Darya und Rostislav waren hocherfreut, dass ihre Sache nun voranging. Jeden Vormittag fanden sie sich in meinem

Büro ein, um auf Russisch erregte Diskussionen miteinander zu führen, deren Klang ich andächtig lauschte und deren Sinn mir verborgen blieb. Wiederholt erinnerte ich Rostislav an die Expertise.

»Alläs gutt, Paula, alläs gutt«, sagte er ein ums andere Mal und ging. Darya verzichtete im Beisein ihres Gatten auf ihr Abschiedsmantra, stattdessen schaute sie wissend auf einen Strauß roter Rosen, der meinen Schreibtisch zierte, und lächelte still.

Artjom machte sich rar. Kurz nach unserem Rendezvous brachte ein Blumenbote besagten Strauß vorbei, versehen mit einer knappen Botschaft: Er hätte außerhalb zu tun, er melde sich, wenn er zurück sei.

Da das fehlende Gutachten mir allmählich auf den Magen schlug, versuchte ich, Artjom auf seinem Handy zu erreichen. Ich verstand immer nur Wortfetzen, unterbrochen von Knacken, Knistern und Rauschen, als befände sich mein Gesprächspartner jenseits des Ural. Dann bekam ich eine SMS:

KEINE SORGE. BIN PÜNKTLICH ZUM PROZESS ZURÜCK. ROSTISLAV KÜMMERT SICH UM DIE ÜBERSETZUNG.

Bei seinem nächsten Besuch drückte mir Artjoms Vater tatsächlich einen Umschlag mit dem Gutachten und einem beglaubigten Schreiben in die Hand, versehen mit amtlichen Stempeln und Unterschriften.

»Alläs gutt, Paula, alläs gutt.«

Erleichtert griff ich nach den Dokumenten und nahm all meinen Mut zusammen, um ein weiteres heikles Thema anzusprechen. Da Artjom als Übersetzer ausfiel, musste ich mein Glück bei Rostislav versuchen.

»Da wäre noch etwas. Eine winzige Bitte«, sagte ich und rang mit den Worten. »Also, ihr seid ja immer sehr schick angezogen. Ganz außergewöhnlich und so … farbenfroh. Aber für den Prozess … Nun ja, ich würde vorschlagen, da doch etwas Gedeckteres zu wählen …«

Rostislav sah mich fragend an.

Das hatte ich befürchtet. Ich versuchte es anders. »Euer Outfit. Vor Gericht. Nicht bunt, nicht sexy, kein Strass. Nicht so viel Schmuck. Eher konservativ. Langweilig. Okay?«

»Kain Prrobläm, Paula, kain Prrobläm.«

Das sah Darya anders. Divengleich rauschte sie am nächsten Tag in die Kanzlei, drückte mir einen ihrer Minikläffer in den Arm und entschied: »Ich shoppen. Du Sputnik. Tschüssi.«

Ich hielt die zottelige Töle auf Armeslänge von mir entfernt, in Sputniks Augen spiegelte sich mein eigenes Grauen, langsam entleerte er seine Blase auf meine Pumps.

Ich setzte das bemitleidenswerte, zitternde Geschöpf auf den Boden, es humpelte unter meinen Schreibtisch und pisste weiter, diesmal auf den Teppich. Vielleicht sollte ich es Darya gleichtun und ihn einfach rausschmeißen? Das brachte ich nicht übers Herz.

Stattdessen wischte ich schnell über meine Schuhe, setzte mich, arbeitete am Computer und ignorierte ihn. Er jaulte ein wenig, sprang auf meinen Schoß, drehte sich zwölfmal im Kreis und schlief ein.

Nur vier Stunden später kam Darya wieder, beladen mit diversen Tüten. Ihre Einkaufstour schien sie besänftigt zu haben. Mit einem befriedigten Ausdruck im Gesicht ließ sie sich auf einen Stuhl fallen. Vorsichtig sagte ich:

»Ich wollte dich nicht beleidigen. Es tut mir leid, verstehst du?«

»Charascho«, erwiderte sie, schnappte sich Sputnik und verschwand. Schade, ich hätte gern einen Blick in die Tüten geworfen.

Am Sonntag vor der Verhandlung fuhr ich nach Nienstedten. Wochenlang hatte ich mich vor einem Besuch in der Casa Matthes gedrückt.
»Kind, wann kommst du denn vorbei?«
»Es ist doch wohl nicht zu viel verlangt, deinen Eltern mal wieder einen Besuch abzustatten.«
»Es wäre schön, wenn die vielbeschäftigte Frau Anwältin einmal zurückrufen könnte …«
Das Genörgel meiner Mutter auf dem Anrufbeantworter konnte ich nicht länger ignorieren.
Auf dem Weg hielt ich an ihrem Lieblingsblumengeschäft. Ich war spät dran, wollte aber nicht mit leeren Händen auftauchen. Gehetzt rannte ich in den Laden, prallte mit voller Wucht gegen Bernhard und landete auf dem Boden. Kopfschüttelnd starrte mein Ex auf mich herab, runzelte seine hohe Denkerstirn und zischte unfreundlich:
»Paula, pass doch auf!«
Kein »Hallo«, kein »Wie geht es dir?«, kein »Hoppla, was machst du denn hier?« – und schon gar keine Hand, die mir aufhalf. Ja, das war der gute alte Bernhard.
Während ich mich aufrappelte, starrte ich zurück. Er sah aus wie immer, vielleicht hatte sein Bauchumfang unter dem recht straff sitzenden rosa-weiß karierten Hemd noch etwas zugenommen. Über den Schultern trug er einen hellblauen Kaschmirpullover, seine Jeans hatte Bügelfalten. Dazu College-Slipper mit Troddeln. Eine Sonnenbrille im akkurat kurz geschnittenen blonden Haar, leichte Seglerbräune. Sein standardisiertes Wochenend-Outfit.

Lässiger Hund geht anders, dachte ich mit einem dreckigen Grinsen.

»Was ist denn so lustig?«, herrschte er mich an.

»Ach, Bernhard, ich freue mich nur, dich zu sehen«, entgegnete ich. »Sag mal, hast du extra ein bisschen zugenommen?«

Bevor er meine Gemeinheit erwidern konnte, ertönte hinter ihm ein langgezogenes, hohes: »Schaaahatz, hast du dir weh getan?«

Meine Nachfolgerin schälte sich aus der hintersten Ecke und schwankte wie ein Containerschiff auf hoher See. Im Gegensatz zu Bernhard war sie nicht wiederzuerkennen. Ich hatte sie als zarte, falsche Blondine in Erinnerung. Nicht besonders helle, aber von einer charmanten Naivität, äußerst attraktiv, sehr schlank.

Davon war nicht mehr viel zu sehen. Sie schien seit Monaten ihre Ansätze nicht nachgefärbt zu haben, ihr Gesicht war aufgedunsen und rot. Und was war mit ihrem Körper passiert? Ich musste zweimal hinschauen, bis ich begriff. Madame war schwanger, so schwanger, dass ich Angst bekam, sie könnte an Ort und Stelle entbinden. Demonstrativ legte sie eine Hand auf ihren unglaublichen Leib, zerrte an Bernhard und sagte: »Ich habe alles bestellt. Wir können gehen. Kommst du?«

Ohne sich zu verabschieden – warum auch, er hatte mich auch nicht begrüßt –, trottete Bernhard gottergeben hinter seinem Walfisch her. Der wuchtete sich auf den Beifahrersitz eines nagelneuen, glänzenden Vans.

Was wohl aus dem schönen Porsche geworden war? Während ich einen Strauß erstand, kicherte ich boshaft in mich hinein und versuchte, diesen kleinen schmerzenden Kloß, der sich von meiner Kehle Richtung Herz schob, zu ignorieren. Was war das? Bedauern? Eifersucht? Nein, Bernhard war langweilig, und er war herrschsüchtig, und er hatte mich betrogen. Gut, dass ich den Scheißkerl los war.

Aber dass er Vater wurde, das gönnte ich ihm nicht.

Jahrelang war ich davon ausgegangen, dass Bernhard und ich eine Familie gründen würden. Ohne zu hinterfragen, ob ich mir tatsächlich ein Kind wünschte oder nur den gesellschaftlichen Ansprüchen genügen wollte.

Es blieb ohnehin eine rein rhetorische Frage. Erst war der Aufbau der Kanzlei wichtiger, dann schlief unser schales Sexleben gänzlich ein – Küsschen, gute Nacht, Licht aus, umdrehen. Jetzt war ich unbemannt, der Zug ins Familienparadies so gut wie abgefahren. Ich spürte einen Stich.

Mehr oder weniger schlecht gelaunt, bretterte ich die Auffahrt zur Casa Matthes hoch. Meine Eltern saßen auf der Terrasse, Vater schaute kaum auf und blätterte weiter in seiner *Wild & Hund,* unter dem Tisch döste sein reinrassiger und völlig degenerierter Weimaraner Eika.

Mutter sagte vorwurfsvoll: »Da bist du ja endlich. Der Kaffee ist längst durchgelaufen.«

»Hallo, Mama, ich freu mich auch, euch zu sehen.«

Schweigend aßen wir gedeckten Apfelkuchen mit Sahne, ich blickte über den weitläufigen Rasen, wie immer auf perfekte vier Zentimeter gestutzt, übersät mit Buchsbäumen, deren dichtbelaubte Äste zu kunstvollen Tierfiguren getrimmt waren. Kein Vergleich zu dem Wildwuchs bei den Polyakows.

»Wie geht es denn Bernhard? Hast du etwas von ihm gehört?«, unterbrach Mutter meine Gedanken.

»Nein, habe ich nicht.« Bloß nicht von der Begegnung im Blumengeschäft erzählen, dachte ich, das führt wieder zu endlosen Diskussionen über Mamas Lieblingsthema – meine Kinderlosigkeit.

»Du solltest dich mal wieder bei ihm melden.«

»Nein, sollte ich nicht.«

»Bernhard war der perfekte Mann für dich, beruflich erfolgreich und aus einem guten Stall. Da kann man doch wohl mal einen kleinen Ausrutscher verzeihen …«

»Kleiner Ausrutscher? Der Mistkerl hat mich nach Strich und Faden beschissen!«

»Paula«, schaltete sich Vater ein, »keine Kraftausdrücke in meinem Haus.«

Mutter jammerte weiter. »Ein Mann hat nun einmal seine Bedürfnisse. Wenn ich deinen Vater jedes Mal wegen so einer Kleinigkeit verlassen hätte …«

»Luise!« Vater schnaubte empört in sein Jagdmagazin. »Das tut doch hier nichts zur Sache. Mein Kaffee ist übrigens alle. Hättest du die Güte mir nachzuschenken, oder muss ich das auch noch selbst machen?« Gebieterisch klopfte er dabei auf den hirnlosen Kopf seines Hundes.

Ich unternahm einen abrupten Themenwechsel. »Seid mir bitte nicht böse, aber ich kann nicht bis zum Abendbrot bleiben. Ich habe morgen einen großen Prozess und muss mich noch mal in die Akten vertiefen.«

»Prozess?« Während Vater eine Reportage über Rehböcke studierte, hob sich seine linke Augenbraue. Das Interesse des Richters a. D. war geweckt.

In epischer Breite schilderte ich den Fall Polyakow und ließ keinen Zweifel daran, wer am nächsten Tag gewinnen würde. Erwartungsvoll legte ich meinen Kopf schief und sah Vater an – wie ein Dackel, der artig den Stock apportiert hat und von seinem Herrchen hinter den Ohren gekrault werden möchte.

»So? Russen?«, kommentierte Vater und klappte sein Heft zu. »Na, in deiner Situation kannst du dir die Mandanten wahrlich nicht aussuchen. Russen!« Kein Ohrenkraulen, nur ein kurzer Tritt, und der Dackel zog wieder den Schwanz ein. Kurz darauf entschuldigte ich mich und fuhr nach Hause.

Vorsichtshalber hatte ich mir für den Montagmorgen drei Wecker gestellt, am Vorabend schon Bluse und Anwaltsrobe gebügelt, die Schuhe geputzt, die Tasche mit der Akte gepackt. Die Verhandlung sollte um zehn Uhr fünfzehn beginnen, ich wollte jeglicher Verkettung unglücklicher Umstände oder Zufällen zuvorkommen.

Trotzdem war ich aufgeregt. Nicht so sehr wegen des Prozesses, vielmehr weil ich Artjom wiedersehen sollte. In meinem Kopf hatte ich verschiedene Szenarien dieser Begegnung durchgespielt. Am besten gefiel mir die Variante, in der er mich stürmisch in seine Arme riss und wir zu Boden sanken …

Jetzt reiß dich mal zusammen, Matthes!, ermahnte ich mich und machte mich auf den Weg.

Mit dem Protagonisten meines gedanklichen Vorspiels und seinen Eltern hatte ich mich vor dem uns zugewiesenen Sitzungssaal verabredet. Um zehn vor zehn stand ich dort, vorerst allein auf weitem Flur.

Dann näherte sich ein Duo durch einen der endlosen Gänge des Landgerichts. Der eine Teil desselben dürr und lang, mit ungelenken Schritten und fliegendem grauen Haar; der andere nebenher trippelnd, klein und von gedrungener Statur. Sie gingen an mir vorüber, der Lange stutzte und drehte sich zu mir um.

»Matthes, Paula?«, fragte er in einem meckernden Falsett.

Ich nickte.

»Schubert, Wilhelm!«

Er schüttelte meine Hand und fügte hinzu: »Ich kenne Ihren Vater, den kenne ich. Wir waren an der Universität, nun ja, in derselben Verbindung. Schöne Zeiten waren das. In Heidelberg, nun ja. Schöne Zeiten.«

Ruckartig bewegte er noch immer meine Hand auf und ab.

»Und nun die Tochter, die Tochter, nun ja. Tritt in die Fußstapfen des Herrn Papa. Soso. Da wünsche ich viel Glück für heute, viel Glück.«

Er stakste dem Dicken hinterher, bei dem es sich um Reimers handeln musste.

Was ist denn das für eine Knalltüte?, dachte ich. Der bringt ja keinen Satz gerade heraus. Und dann noch in derselben Verbindung wie mein Vater. Den schnapp' ich mir!

Vorerst schnappte ich aber nur nach Luft, denn als der vorsitzende Richter um Punkt zehn Uhr fünfzehn seine Tür öffnete, waren die Polyakows wer weiß wo, aber nicht dort, wo sie sein sollten.

Um zehn Uhr siebzehn bogen die drei um die Ecke, Rostislav und Artjom – mein Herz machte einen Flickflack – in eleganten, dunkelgrauen Zweireihern, Darya in einem grünen taillierten Lodenkostüm, zu dem sie ein passendes Hütchen trug, an dem eine riesige Fasanenfeder zitterte. Halali, die Jagd auf Reimers war eröffnet.

Unter den tadelnden Blicken des Richters setzten wir uns, Darya mit unterdrückter Stimme auf Rostislav einredend, ihr Sohn unter dem Tisch mein Knie tätschelnd.

»Artjom«, hauchte ich und schob seine Hand weg, »deine Mutter muss jetzt bitte still sein!«

Darya verstummte.

Der Richter stellte kurz die Personalien der Anwesenden

fest und sagte mit dem Anflug eines Lächelns: »Wie ich dem außerordentlich ausführlichen Schriftsatz von Frau Matthes entnommen habe, sind wir hier auf der Suche nach einem verschwundenen Cello. Ich bin guter Dinge, dass wir es wiederfinden. Frau Matthes, Sie haben das Wort.«

Möglichst sachlich schilderte ich den Tathergang aus Sicht der Polyakows, erwähnte wie beiläufig die Wohnungsmängel, die das Ehepaar zum Auszug bewogen hatten, ließ kurz die einzigartige Geschichte des Violoncellos anklingen, um dann mit einem gewissen Pathos nicht nur auf den monetären, sondern auch ideellen Wert des Instruments zu verweisen, das sich seit Generationen im Besitz dieser jüdischen Immigranten befand. Artjom hatte meine Ausführungen flüsternd übersetzt, alle Polyakows waren zu Tränen gerührt. Ich war gut, sehr gut. Am liebsten hätte ich mir selbst auf die Schulter geklopft.

Grimmig schaute ich zu Reimers und Schubert, die beide mit hochroten Köpfen nebeneinandersaßen. Unterdrückte Wut? Verzweiflung und Scham angesichts ihrer drohenden Niederlage? Auch der Richter wandte sich ihnen zu.

»Nun, die Gegenseite hat ja darauf bestanden, erst vor Gericht Stellung zum Sachverhalt zu nehmen. Ich bin gespannt. Herr Schubert, bitte …«

Kollege Schubert richtete sich zu voller Größe auf, alles Linkische fiel von ihm ab, er lächelte diabolisch und sagte nur ein einziges Wort: »Vermieter-Pfandrecht.«

Der Richter starrte ihn verblüfft an, ich starrte mit.

»Bitte?«

»Mein Mandant hat beim Auszug seiner ehemaligen Mieter lediglich von seinem Vermieter-Pfandrecht Gebrauch gemacht.« Schuberts Sprachanomalie war wie weggewischt. Nach einer kurzen, dramatischen Pause führte er in präzisen, an Schärfe und Süffisanz kaum zu überbietenden Sätzen aus, dass die Polyakows den Mietvertrag gar nicht gekündigt hätten. Sein Mandant habe das Ehepaar zufällig bei ihrem Auszug überrascht, als er zum wiederholten Male vor ihrer Tür stand, um höflichst an die für zehn Monate ausstehende Miete zu erinnern.

»Als Anlage eins überreiche ich hier den Mietvertrag nebst schriftlichen Mahnungen, versandt per Einschreiben mit Rückschein von Herrn Reimers«, schnarrte Schubert.

Kurz wurde mir schwarz vor Augen, hektisch studierte ich die Kopien, die er auch für mich vorbereitet hatte.

»Frau Matthes? Ihre Mandanten schulden Herrn Reimers zehn Monatsmieten?« Der Richter sah mich fragend an.

»Ich, äh, ich bitte um eine kurze Unterbrechung, um mit Herrn und Frau Polyakow Rücksprache zu halten«, stammelte ich.

»Nur zu, nur zu. Wenn's denn hilft.«

»Bewegt euch!«, zischte ich und stapfte auf den Flur.

Drei arme Sünder schauten mich draußen mit großen, blanken Augen an.

»Stimmt das, Artjom? Deine Eltern haben zehn Monate lang keine Miete gezahlt? Und wollten dann heimlich ausziehen?«

»Na ja, ganz so ist es nicht«, erwiderte Artjom beleidigt, »mein Vater hat wegen der Mängel die Miete gekürzt.«

»Aus den Unterlagen hier geht hervor, dass er gar nichts gezahlt hat …«

»Also radikal gekürzt«, sagte Artjom.

»Und das erfahre ich erst jetzt? Vom Anwalt der Gegenseite? Seid ihr noch ganz dicht?« Ich musste meine Stimme dämpfen.

»Mein Vater dachte nicht, dass das wichtig ist, es geht hier doch um das Cello, nicht um die Wohnung«, blaffte Artjom zurück.

»Aber wenn ihr Reimers Geld schuldet, dann hat er das Recht, euer Eigentum als Pfand einzukassieren – und zwar so lange, bis ihr bezahlt habt.«

Die Polyakows schwiegen mich an.

»Okay, wir müssen wieder rein. Gibt's sonst noch etwas, das ich wissen sollte?«

Vehementes Köpfeschütteln.

Entschlossenheit und Selbstbewusstsein vortäuschend, stürmte ich in den Sitzungsraum zurück. Die Gegenseite wirkte vergnügt, der Richter runzelte die Stirn.

»Also, Frau Matthes, ich höre …«

»Herr Vorsitzender, natürlich schulden meine Mandanten Herrn Reimers kein Geld. Aufgrund der unzähligen Mängel in der Wohnung, die auch nach zahlreichen Aufforderungen nicht beseitigt wurden, sahen sie sich gezwungen, die Miete zu mindern. Auch das ist gängiges Recht.«

Dann zückte ich grimmig meinen Trumpf. »Selbst wenn Herr Reimers fälschlicherweise annahm, dass er noch Geld von meinen Mandanten zu bekommen hat, stehen diese angeblichen Schulden in Höhe von …«, ich blätterte gelangweilt in Schuberts Papieren, »… von nur achtzehntausend Euro doch in keinem Verhältnis zum Wert des entwendeten Cellos.«

Kunstvoll zückte ich die Expertise und knallte sie dem Richter auf den Tisch.

»Wenn Sie bitte einen Blick auf dieses Gutachten werfen würden.«

Der Richter warf, sein Stirnrunzeln vertiefte sich, er reichte das Gutachten an Schubert und Reimers weiter. Beide lasen und lachten.

»Diesen russischen Wisch kann ich nicht beurteilen, der ist auf Kyrillisch«, meckerte Schubert, »aber das Übersetzungsbüro ist mir hinlänglich bekannt. Der Inhaber, übrigens ein Ukrainer, wurde erst kürzlich rechtskräftig wegen Urkundenfälschung verurteilt. Da ist die Kollegin Matthes wohl einem Schwindler aufgesessen.«

Mir wurde schwindlig. Doch der Kollege Schubert war noch nicht fertig.

»Auch wir haben das Cello von einem Geigenbauer schätzen lassen. Es handelt sich dabei um ein solides Mittelklasse-Instrument, sein Zustand lässt allerdings zu wünschen übrig. Mit viel gutem Willen bekommt man noch dreitausend Euro dafür.«

Mit zitternden Fingern richtete ich meinen Kugelschreiber akkurat an der Tischkante aus.

»Frau Matthes«, der Richter zuckte hilflos die Schultern, »was sagen Sie dazu?«

»Ein Missverständnis«, krächzte ich, »es kann sich hier nur um ein Missverständnis handeln. Wenn die Gegenseite nichts einzuwenden hat, würde ich die Verhandlung gern vertagen und zu einem späteren Zeitpunkt fortsetzen, damit ich in aller Ruhe und Sorgfalt die nun neu vorliegenden Unterlagen überprüfen und gegebenenfalls …« Ich brach ab.

Der Vorsitzende schaute mich mitleidig an, Schubert und Reimers flüsterten miteinander.

»Lasset gut sein, Mädel, lasset gut sein!«, krähte Reimers jovial. »Ich bin doch froh, dass ich die Verbrecher los bin. Aber dat Cello behalt' ich!«

»Sie wollen Ihrerseits keine Klage wegen der Mietschulden erheben?«, fragte der Richter.

»Ach wat«, Reimers machte eine wegwerfende Handbewegung, »dat Pack kenn' ich. Da is' nix zu holen.«

Das Pack guckte derweil betont unbeteiligt, einer an die Decke, einer auf den Boden, einer aus dem Fenster.

Mein Gesicht brannte. Alle standen auf, der Richter nahm mich beiseite.

»Frau Matthes, ich kenne ja Ihren Vater.« Ach, wer nicht? »Auch wenn er im Ruhestand ist, genießt er immer noch einen hervorragenden Ruf. Ich kann und möchte mir deshalb gar nicht vorstellen, dass seine Tochter in irgendwelche Sachen verwickelt ist …« Er seufzte. »Jetzt lassen Sie um Himmels willen dieses Gutachten verschwinden. Und sorgen Sie dafür, dass es nie wieder auftaucht. Wollen nur hoffen, dass Ihr alter Herr nichts davon erfährt.«

Ich stolperte auf den Gang. Blamiert, dachte ich betäubt, bis auf die Knochen blamiert. Schlimmer geht's nicht. Das wird sich rumsprechen! Ich bin eine wandelnde Witzfigur.

»Paula!« Rostislav knuffte mir kumpelhaft in die Seite. »Kain Prrobläm. Nächste Mal du machst bässärr, dann zack Cello.« Darya stand neben ihm und nickte gütig.

Fassungslos schaute ich die beiden an. Und wo war eigentlich der dazugehörige Sohn abgeblieben? Verlegen lächelnd hielt er sich unauffällig im Hintergrund, als hoffte er, ich könne ihn übersehen. Als ich ihn mit meinen Blicken stellte, kam er zögernd auf uns zu.

»Paula!« Theatralisch hob er die Arme. »Das ist ja nicht so gut gelaufen.«

»Nicht gut gelaufen?«, meine Stimme machte einen hysterischen Kiekser.

»Ich schwöre dir: Unsere russische Expertise ist echter als echt. Dass der Kerl aus dem Übersetzungsbüro so ein Lump ist, ist nun wirklich Pech. Beim nächsten Mal passen wir besser auf, wem wir unsere Dokumente anvertrauen.«

»Es wird kein nächstes Mal geben«, sagte ich und ging.

Ich schlich nach Hause, zog die Vorhänge zu und kroch unter meine Bettdecke. Das anfängliche Gefühl der Taubheit löste sich auf. Blanke, reine Wut breitete sich in meinem Magen aus.

Die haben mich komplett verarscht, dachte ich, von vorn bis hinten angelogen. Und ich Depp habe alles geglaubt. Wertvolles Cello. Ljudmilja und Rostropowitsch. Kranke Seidenraupen. Mietminderung. Oh, mein Gott!

Das Telefon klingelte. Ich ging nicht ran. Mein Vater nahm auch mit dem Anrufbeantworter vorlieb. »Schubert, Wilhelm« hatte dafür gesorgt, dass der alte Herr alles erfuhr.

»Ich hoffe, das ist dir eine Lehre«, donnerte er, »ich habe es dir gleich gesagt. Russen!«

Konsequent stöpselte ich zu Hause mein Telefon aus. Nicht nur mein Vater versuchte, mich zu erreichen. Auch die Polyakows hinterließen kryptische Nachrichten, allen voran Artjom.

»Paula, das ist ein Missverständnis. Ich kann's erklären.«

»Paula? Hallo, Paula?«

»Paula, ruf bitte zurück! Ich muss mit dir sprechen.«

»Paula, bist du da? Nimm doch mal ab.«

»Paula, jetzt reicht's, geh endlich ran!«

Genau, es reichte. Nie wieder wollte ich mit diesen Menschen ein Wort wechseln. Ich verkroch mich in meiner Wohnung, ließ mir vom Bestellservice Pizza und Wein liefern und suhlte mich in meinem Elend.

Nach der Wut kamen Traurigkeit und Enttäuschung. Wie hatte diese Familie mich so schamlos belügen können? Es hätte ihnen doch klar sein müssen, dass uns ihre Geschichte vor Gericht um die Ohren fliegt.

Ich hatte ihnen vertraut. Ich hatte sie liebgewonnen, mich an ihre täglichen Besuche und unmöglichen Auftritte gewöhnt. Gerade weil sie mich so vorbehaltlos zu mögen schienen, weil sie so viel Zutrauen in meine Fähigkeiten hatten, weil sie mich so akzeptierten, wie ich war. Ein schönes Gefühl. Keins, das ich kannte. Nun löste es sich in Luft auf und hinterließ nur die Erkenntnis: Ich war nach wie vor ein ungeliebtes Nichts. Ein besonders dämliches dazu. Eins, das man leicht übers Ohr hauen konnte.

Und ja, ich hatte auch Liebeskummer. Was hatte ich mich auf Artjom gefreut! Mir ausgemalt, wie wir nach gewonnenem Prozess ein rauschendes Fest feierten, wie er mich wieder küsste und wie wir beide, schlimmer als in jeder Liebesschnulze, von unserer Leidenschaft überwältigt wurden.

Doch Artjom war ein Lügner und Betrüger. Er hatte Hoffnungen geweckt, mich manipuliert, sich herausgeredet.

Ab und an standen Blumenboten vor der Tür, denen ich jedes Mal durch die Gegensprechanlage den Rat gab, sich zum Teufel zu scheren und ihren Auftraggeber gleich mitzunehmen. Dann wurde es ruhiger. Ganz ruhig. Ich traute mich, mein Telefon wieder in Betrieb zu nehmen. Es blieb stumm.

Nach einer Woche wagte ich mich in die Kanzlei. Der Briefkasten quoll über, verstopft von zahlreichen Notizen Artjoms, deren Inhalt ähnlicher Natur war wie seine telefonischen Nachrichten. Ich warf sie weg.

Dazwischen fand ich eine Mahnung der Wohnungsgesellschaft, von der ich mein Büro gemietet hatte. Ihre Lastschrift sei von meiner Bank mangels Kontodeckung zurückgegangen, ich möchte doch schleunigst die Rückstände ausgleichen. Ich zerriss den Brief in kleine Schnipsel.

In der Erwartung, dass kein Schwein etwas von mir gewollt haben konnte, rief ich meinen Sekretariatsservice an.

»Frau Matthes, Mensch, wo stecken Sie denn? Hier ist die Hölle los!«

»Ach?«

»Dauernd melden sich verzweifelte Menschen und versuchen, Sie zu erreichen.«

»Lassen Sie mich raten – eine Familie Polyakow?«

»Ja, ja, die auch. Und dann gibt's da noch diverse andere Herren und Damen, die zum Teil sehr hartnäckig sind.«

»Äh, und was wollen die?«

»Einen Termin natürlich, was denn sonst?«

»Ach?«

»Frau Matthes, ist alles okay bei Ihnen?«

»Ja, ja, danke. Sind Sie so nett und mailen mir eine Liste mit den Rückrufnummern? Ich kümmere mich dann darum.«

Benommen stolperte ich in meine kleine Teeküche und trat dabei auf einen dicken Umschlag, den jemand durch den Briefschlitz der Eingangstür gezwängt haben musste. Keine Anschrift. Kein Absender. Wahrscheinlich von Artjom. Hätte mich das Telefonat nicht so verwirrt, wäre der Packen ungeöffnet im Papierkorb gelandet. So riss ich ihn gedankenverloren auf, um dann ungläubig auf das Geld zu starren, das gen Boden flatterte.

Ich rutschte auf allen vieren übers Parkett, sammelte die Scheine ein und begann zu zählen. Es waren exakt vierhundert Fünfeuronoten. Wo kam das her? Wer steckte zweitausend Euro in einen unbeschrifteten DIN-A4-Umschlag und warf ihn in meine Kanzlei? Mir fielen nur drei Menschen ein, denen ich das zutraute.

Was sollte das? Wollten die Polyakows ihr schlechtes Gewissen reinwaschen, falls sie so etwas besaßen? Sollte das meine Bezahlung sein? Schweigegeld wegen der gefälschten Übersetzung? Wie sollte ich das um Himmels willen anständig verbuchen?

Mir fiel die ausstehende Büromiete ein. Nicht nachdenken, Paula, ermahnte ich mich, einstecken! Ich raffte die Banknoten zusammen, stopfte sie in den Umschlag zurück und marschierte zur Bank. Der nette Mitarbeiter guckte nicht mehr nett, als ich den Haufen auf seinen Tresen kippte.

»Das möchte ich auf mein Konto einzahlen.«

»Gern. Ich muss Sie nur um einen Augenblick Geduld bitten. Bei der Menge sind wir gehalten, die Geldscheine auf ihre Echtheit zu überprüfen.« Sprach's, nahm die Kohle und verschwand.

Mir wurde kalt. Mir wurde heiß. Wenn das nun Blüten waren? Schweiß sammelte sich unter meinen Achseln. Ob ich einfach abhauen sollte? Sinnlos, die Bank war videoüberwacht und außerdem meine kontoführende Filiale. Paula, dachte ich, du kannst einpacken, das war's.

Ich begann, die herumliegenden Überweisungsvordrucke akribisch zu sortieren. Das half. Die Polyakows waren zwar verrückt, aber sie würden mir sicher kein Falschgeld unterjubeln. Oder?

Als der Bankangestellte zurückkam, war meine Bluse völlig durchgeschwitzt.

Ich setzte ein möglichst souveränes Lächeln auf und fragte mit leichter Herablassung: »Und, alles in Ordnung? Oder haben Sie schon die Polizei gerufen?«

»Alles in bester Ordnung. Entschuldigen Sie bitte die Unannehmlichkeiten. Aber das ist eine reine Vorsichtsmaßnahme – auch zu Ihrer Sicherheit. Wenn Sie mir die Einzahlung bitte quittieren mögen.«

Ich mochte und überwies schnell noch meine Miete. Dann verließ Paula Matthes, die Geldwäscherin, den Tatort.

Zurück im Büro druckte ich mir die Telefonliste aus und überflog die gut fünfzehn Namen, die zum überwiegenden Teil osteuropäisch klangen. Merkwürdig, dachte ich, was sind das für Leute? Auch den Namen Polyakow entdeckte ich und strich ihn durch. Nie wieder. Kein einziges Wort.

Ich seufzte. Was wohl die anderen von mir wollten? In Ermangelung weiterer Aufgaben beschloss ich, die Liste abzutelefonieren. Ich brauchte Ablenkung, ich brauchte Geld.

Wenn nur ein vernünftiger Fall dabei herauskäme, wäre mir schon geholfen. Und diesmal würde ich auf der Hut sein. Keine aberwitzigen Geschichten mehr. Nicht mit mir. Zuerst rief ich einen Herrn Nazukin an. Der Name klang japanisch. Der unverkennbar russische Akzent meines Gesprächspartners belehrte mich eines Besseren. Herr Nazukin wollte unbedingt, jetzt gleich, sofort vorbeikommen. Die Sache dulde keinen Aufschub, er hätte Probleme mit seiner Frau, nein, mehr könne er am Telefon nicht sagen, eine äußerst delikate Angelegenheit, die sich nur in einem persönlichen Gespräch klären ließe. Er könne in zwanzig Minuten bei mir sein. Wir einigten uns auf sechzehn Uhr, das gab mir die Gelegenheit, zu Hause mein fleckiges Oberteil zu wechseln und das Büro auf Vordermann zu bringen.

Als ich kurz vor vier über die Osterstraße zurück zur Kanzlei schlenderte – ich rechnete nicht ernsthaft damit, dass Herr Nazukin pünktlich sein könnte –, parkte quer auf dem Bürgersteig vor meiner Tür eine schwarze Mercedes-Limousine mit abgedunkelten Scheiben. Da ist aber einer scharf auf ein Knöllchen, dachte ich, während ich meinen Schlüssel zückte.

Hinter mir klappten Türen. Eine riesige Pranke legte sich auf meine Schulter.

»Paula Matthes?«

Ich drehte mich erschrocken um. Vor mir stand ein Riese, von Körperhaltung und Statur einem Gorilla ähnlicher als einem Menschen, mit einem fast kahl rasierten Schädel, bekleidet mit einem schwarz glänzenden Trainingsanzug und Boxerturnschuhen, auf seiner wohl mehrfach gebrochenen Nase thronte eine verspiegelte Ray Ban.

Neben dem Riesen tauchte eine zierliche Frau auf, die ihm

trotz ihrer High Heels nur knapp bis zur Schulter reichte, auch sie sonnenbebrillt und ganz in Schwarz, allerdings in einer sehr teuren Schlangenleder-Leggins zu eng sitzender Bluse und neckischer Pelzstola.

Ich dachte: Ach, du Scheiße!

Ich sagte: »Herr Nazukin?«

Der Hüne nickte.

»Na, dann kommen Sie mal rein.«

Das ungleiche Paar – ihn schätzte ich auf Anfang fünfzig, sie war gut und gern zwanzig Jahre jünger – nahm schweigend vor meinem Schreibtisch Platz.

»Kann ich Ihnen einen Tee anbieten oder einen Kaffee?«

Beide schüttelten den Kopf.

»Vielleicht ein Wasser?«

Eine erneute lautlose Verneinung. Stumm schauten sie mich an.

»Nun, was führt Sie zu mir? Sie sagten, es ginge um Ihre Frau.« Herr Nazukin räusperte sich, nahm endlich die Ray Ban ab und blinzelte mich aus kleinen Schweinsäuglein an.

»Genau. Sie will sich scheiden lassen.«

»Und jetzt brauchen Sie einen Anwalt, der Sie bei dieser Scheidung vertritt?«

Verblüfft guckte er mich an. »Nein, nein. Ich dachte, Sie könnten mit ihr sprechen und ihr den Unsinn wieder ausreden.« Dabei deutete er zaghaft auf seine Begleiterin.

Das war also Frau Nazukin. Ich musterte die Dame, die gelangweilt ihre perfekt manikürten Nägel betrachtete. Ihre Sonnenbrille hatte sie immer noch nicht abgenommen. Jetzt sah ich auch, warum. Unter dem linken Glas war unschwer ein sattes, lila-grünes Veilchen zu erkennen. Mir schwoll die Halsschlagader. Gewalt gegen Frauen – da war er bei mir gerade richtig.

»Herr Nazukin, ich bin keine Eheberaterin. Ich bin Anwältin. Wenn Ihre Frau sich scheiden lassen möchte, ist das ihr gutes Recht.«

»Nein, auf keinen Fall! Sie müssen mit ihr reden. Sie überlegt es sich bestimmt anders«, bettelte Herr Nazukin weinerlich.

Das hatte ich gern, erst die Gattin verprügeln und dann rumjammern: Schatz, es tut mir so leid, mir ist die Hand ausgerutscht, das wollte ich nicht, es wird nie wieder vorkommen, ich liebe dich doch, bitte verlass mich nicht …

Bis zum nächsten Mal.

Die Geschichte kannte ich. Auch aus den wohlanständigen Vierteln, wo die Hausangestellten sich hinter vorgehaltener Hand zuraunten, dass Frau X wieder einmal unglücklich gestolpert und die große Marmortreppe hinuntergefallen sei.

Nun räusperte ich mich energisch. »Frau Nazukin, ich möchte sehr gern mit Ihnen reden. Unter vier Augen.« Sie nickte.

Ihr Mann atmete schwer, zog ein Taschentuch hervor und rieb sich damit seinen Stiernacken.

»Wenn Sie die Zeit dafür haben, jetzt gleich. Ihr Mann kann ja solange einen Kaffee trinken gehen. Und dabei ein wenig nachdenken.« Bei meinen letzten Worten schaute ich ihn streng an.

Herr Nazukin wuchtete sich ergeben von seinem Stuhl und schlich von dannen.

Als die Tür ins Schloss gefallen war, sagte ich leise: »Frau Nazukin, Sie können mir vertrauen. Alles, was Sie mir erzählen, bleibt unter uns, wenn Sie das möchten.«

Wieder nickte sie.

»Sie können aber auch zur Polizei gehen und Anzeige erstatten.«

»Anzeige erstatten? Warum denn?« Sie schob ihre Brille in

die langen, dunklen Haare und schaute mich fragend an.
Oh, das war wirklich ein amtliches Veilchen.

»Wegen Körperverletzung. Ihr Mann hat Sie geschlagen.
Das ist verboten.«

Erstaunt sah sie mich an. »Mein Mann schlägt mich doch
nicht.«

»Frau Nazukin, Sie können wirklich offen mit mir sprechen. Haben Sie keine Angst.«

»Ich habe keine Angst.« Sie lachte. Aus vollem Hals.

Meine Irritation wuchs. »Sie wollen sich doch scheiden
lassen …«

»Mikhail betrügt mich«, sagte sie düster, »das ertrage ich
nicht. Lieber bringe ich ihn um.« Um ihre Worte zu unter-
streichen, hieb sie mit ihrer rechten Faust auf meinen
Schreibtisch, so dass meine Kaffeetasse gefährlich klirrte.

»Aber Ihr blaues Auge?«

»Ein Versehen. Mischa hat sich nur verteidigt.«

Sie sprang auf, und während sie erregt im Zimmer auf und
ab stapfte und ihre Absätze dabei unschöne Spuren im Bo-
denbelag hinterließen, brach es aus ihr heraus: Seit vier
Jahren sei sie nun mit Mischa verheiratet, ihre Liebe seitdem mit jedem Tag gewachsen. Ein guter Mann sei er, ein
fantastischer Mann, so sensibel und feinfühlig, so unglaublich attraktiv. Dabei schaute sie mich herausfordernd an.

»Das ist Ihnen doch auch aufgefallen, oder? Wie gut er aus-
sieht?«

Zum Glück wartete sie meine Antwort nicht ab.

So klug sei er, so stark. Und so wohlhabend. Eine seltene
Kombination. Eine Kombination, die eine bestimmte Sorte
Frau herausfordere und ihren Mann in Versuchung brächte.
Ah, wie sie diese Blondinen hasste, die ständig um Mischa
herumscharwenzelten.

»Was macht Ihr Mann denn beruflich?«, warf ich ein.

»Er besitzt vier sehr gut laufende Nachtclubs.«

»Nun ja, da bleibt der geschäftliche Kontakt zu, äh, weiblichen Angestellten wohl nicht aus.«

Ja, schon gut, sie wisse, dass sie zur Eifersucht neige. Aber ständig sei er nachts unterwegs. Und letzte Woche habe sein Jackett nach einem fremden Parfum gerochen, und sie sei eben durchgedreht, das könne wohl jeder verstehen. Habe sich den schweren, goldenen Kerzenständer gegriffen und sei damit auf ihn losgegangen. Im anschließenden Handgemenge sei das Veilchen entstanden.

Weinend sank sie auf ihren Stuhl. »Ich liebe Mischa so sehr. Er ist mein Leben.«

»Und Sie sind sicher, dass er Sie betrügt?«

»Nein, bin ich nicht. Aber er könnte, wenn er wollte – jederzeit. Das macht mich wahnsinnig.«

»Und deshalb wollen Sie sich scheiden lassen?«

»Ja, sonst passiert noch ein Unglück.«

»Aber eigentlich wollen Sie ihn nicht verlassen?«

»Natürlich nicht!«

Als wäre das sein Stichwort, steckte Mischa in diesem Moment seinen immensen Kopf zur Tür herein. Er sah seine weinende Frau, eilte zu ihr, sank auf die Knie und umschlang sie. Nun schluchzten sie im Duett.

Dass diese Russen immer gleich heulen müssen, dachte ich ärgerlich, das hilft uns auch nicht weiter.

»Herr Nazukin, Ihre Frau hat mir das Problem geschildert. Ich weiß jetzt nicht so ganz, was ich da …«

»Bitte, Frau Matthes«, fiel der Koloss mir ins Wort, »helfen Sie uns. Lena ist mein Leben. Ohne sie bin ich nichts.«

»Etwas Ähnliches hat Ihre Frau gerade über Sie gesagt. Das ist doch schon sehr erfreulich. Ich kann mich gern nach einem guten Paartherapeuten für Sie beide umhören.«

Herr Nazukin lachte dröhnend. »Wir gehen doch nicht zum Irrenarzt.«

»Also, ein Paartherapeut könnte in Ihrer Situation …«

»Kein Irrenarzt.«

Okay, wir bewegten uns im Kreis. »Herr Nazukin, ad hoc fällt mir keine Lösung ein. Ich möchte gern in Ruhe darüber nachdenken.«

»Wie lange?«

Ich fand, dass er ein bisschen drohend klang. »Sagen wir, bis übermorgen? Und Sie beide versuchen, sich bis dahin nicht die Köpfe einzuschlagen?«

»Abgemacht. Danke, Frau Matthes.« Das Duo infernale erhob sich und – ich hatte es kommen sehen – riss mich zum Abschied in seine Arme. Sie trollten sich, und ich spürte eine tiefe Erschöpfung.

Als ich die Kanzlei abschloss, fand ich vor der Tür einen überdimensionierten Strauß roter Rosen. Dieses Mal schmiss ich ihn nicht weg, sondern stellte ihn auf den Schreibtisch. Dabei redete ich mir ein, dass es wirklich schade wäre um die schönen Blumen.

Zu Hause erwarteten mich auf der Fußmatte eine Schachtel Konfekt und abermals Rosen. Hartnäckig ist er, dachte ich, aber das nützt ihm nichts.

Ich stieg in die heiße Wanne, schloss die Augen und dachte über die Nazukins nach. Am besten wäre es, wenn der gute Mischa seinen Job wechselte. Autohändler. Juwelier. Kioskbesitzer. Aber auch da hätte er weibliche Kunden. Holzfäller in Kanada. Die Chance, in den unendlichen Wäldern auf Blondinen zu treffen, schätzte ich gering ein. Trotzdem verwarf ich den Gedanken.

Anderntags rief ich ihn an. Ich brauchte mehr Informationen.

»Herr Nazukin, ich habe da noch ein paar Fragen.«

»Ja?«

»Wie oft sind Sie denn in Ihren Clubs?«

»Fast jeden Tag. Wir haben nur montags geschlossen.«

»Sie sind also sechs Nächte in der Woche nicht zu Hause?«

»Ja …«

»Herr Nazukin, sind Sie Ihrer Frau treu?«

Schweigen. Unwilliges Schnaufen.

»Herr Nazukin, wenn ich Ihnen helfen soll, dann hilft Ihnen jetzt nur Ehrlichkeit.«

»Frau Matthes, ich bin ein Mann. Ein russischer Mann.«

Das kam mir bekannt vor. »Ein Mann hat eben seine Bedürfnisse? Wollen Sie mir das damit sagen?«

»Nein, Frau Matthes, so ist es nicht. Aber in meiner Branche muss ich ein gewisses Image pflegen. Das gehört dazu.«

»Und zu der Imagepflege gehört auch, dass Sie Ihre Frau betrügen?«

»Nein, um Himmels willen, es ist eher so, dass ich nach außen ein bestimmtes Bild von mir vermittle, das nicht unbedingt der Realität entspricht.«

Langsam glaubte ich zu verstehen, worauf er hinauswollte.

»Also, Sie mimen den harten Kerl und Schwerenöter, weil man Sie sonst nicht ernst nimmt? Sie tun nur so, als wären Sie ein ganz Wilder?« Unwillkürlich musste ich lachen.

»Nun, Frau Matthes, wenn Sie es so direkt ausdrücken wollen …« Herr Nazukin klang pikiert.

Ich unterdrückte die Gluckser, die an meinem Zwerchfell zerrten. »Okay, von mir erfährt's keiner. Arbeitet Ihre Frau eigentlich?«

»Natürlich. Sie ist Dozentin für Philosophie und schreibt
an Ihrer Dissertation.« Genau, und ich war Päpstin.
»Herr Nazukin, wir sehen uns morgen um elf in der Kanzlei.«
Den restlichen Tag zerbrach ich mir den Kopf über Mischa
und Lena. Nach und nach reifte eine Idee in mir, die so
simpel klang, dass ich mich wunderte, weshalb die beiden
nicht selbst darauf gekommen waren. Einer angeblichen
Dozentin traute ich mehr Problemlösungspotenzial zu.
Ich surfte zur Homepage der Universität Hamburg und war
verblüfft. In der philosophischen Fakultät gab es tatsächlich eine Elena Nazukin, geboren in St. Petersburg, die an
einer Dissertation mit dem Titel »Nichtmarxistische russische Geschichtsphilosophie am Beispiel der slawophilen
und der eurasischen Philosophie« arbeitete. Nun gut, Mischa pflegte sein Image, ich meine Vorurteile. Beides konnte revidiert werden.

Als Punkt elf die Luden-Limousine auf den Bürgersteig
schoss, war ich noch damit beschäftigt, dreißig weiße Lili-
en unterzubringen, die mir ein Kurier morgens in den Arm
gedrückt hatte. Hand in Hand betraten die Nazukins mein
Büro. Angesichts der Blumen lächelte Mischa versonnen.
»Ja, ja, die Liebe treibt seltsame Blüten …« Er zwinkerte
mir zu.
»Ich dachte, fürs Philosophische ist Ihre Frau zuständig«,
entgegnete ich knapp.
Die beiden blickten mich an wie zwei eifrige Schulkinder,
die hofften, endlich die Geheimnisse des Pythagoras zu
entschlüsseln. Zur Lockerung der Atmosphäre bot ich ihnen Pralinen an.
»Bitte nehmen Sie. Ich habe mehr als genug davon.«
Mischa griff erfreut zu.

Kurz umriss ich die bekannten Fakten: dass es offensichtlich zu wenig gemeinsam verbrachte Zeit gäbe, denn Lena lehre tagsüber an der Universität, Mischa sei nachts in seinen Bars beschäftigt. Das Thema Untreue und Eifersucht klammerte ich, um Sachlichkeit und Neutralität bemüht, bewusst aus.

Nun gelte es, den Alltag des Paares anders zu strukturieren. Da Lena vermutlich in der Gestaltung ihrer Arbeitszeit wenig flexibel sei, müsse man überlegen, ob Mischa einen Teil seiner Aufgaben tagsüber erledigen oder an eine Vertrauensperson delegieren könne.

»Wie soll das gehen?«, fragte Mischa.

»Wann machen Sie zum Beispiel Ihre Abrechnungen? Die Buchhaltung?«

»Wenn ich in den Clubs bin.«

»Sehen Sie, das sind alles Dinge, die Sie vormittags erledigen können.«

Dann schlug ich vor, dass Mischa zu seiner Unterstützung einen Geschäftsführer einstellen solle, der einen Teil der sonstigen Arbeit übernahm, so dass er selbst nur noch zu regelmäßigen Kontrollvisiten aufbrechen müsste.

»Geschäftsführer? Hmm ...« Mischa kratzte nachdenklich seinen kahlen Kopf, seine Kiefer zermalmten ein weiteres Stück Schokolade.

»Sozusagen einen Stellvertreter. Das ist in der Geschäftswelt nicht unüblich.«

»Hmmm ...« Mischa kaute und kaute.

»Vielleicht haben Sie schon einen engagierten Mitarbeiter, der dafür in Frage kommt. Oder jemanden aus der Familie, dem Sie unbedingt vertrauen.« Das war ein Schuss ins Blaue, aber ich ahnte, dass Familienmitglieder bei meinen Klienten einen besonders hohen Stellenwert besaßen.

»Sergej«, murmelte Mischa, »mein Neffe zweiten Grades. Ein cleverer junger Bursche. Er arbeitet für mich.«

»Sehen Sie«, rief ich, »das passt doch!«

»Aber Sergej kann nicht einfach …«

»Herr Nazukin, natürlich nicht. Das ist ein Prozess. Nach und nach werden Sie ihm mehr Aufgaben übertragen. Ich bin sicher, Sergej wird dankbar sein, von seinem erfolgreichen Onkel lernen zu dürfen.«

Ich hatte, wie erhofft, den richtigen Ton getroffen.

Mischa schlug sich auf die Schenkel. »Ah, das schätze ich an euch Deutschen: Ihr seid so wunderbar pragmatisch. Was für eine naheliegende und praktische Lösung. Dass ich nicht selbst darauf gekommen bin.«

Auch Lena machte einen zufriedenen Eindruck. »Ach, Mischa«, flüsterte sie, »das wäre wunderbar, wenn du nicht mehr so viel unterwegs wärst. Du könntest auch mehr Zeit in deinem Atelier verbringen.«

»Ihr Mann hat ein Atelier?«

»Ja, er malt. Abstrakt.«

Ein Bordellier, der sich in seiner Freizeit künstlerisch betätigte. Langsam begriff ich, dass nichts so sein musste, wie es vorgeblich war.

Beim Abschied stellte ich endlich die Frage, die mich die ganze Zeit über beschäftigt hatte und deren Antwort ich insgeheim schon wusste.

»Wie sind Sie eigentlich auf mich gekommen?«

»Sie sind uns empfohlen worden. Von guten Freunden, denen Sie offenbar sehr am Herzen liegen und die große Stücke auf Sie halten.«

Beide Nazukins zwinkerten mir verschwörerisch zu.

Euphorisiert von meinem kleinen Erfolg arbeitete ich in den folgenden Tagen die Telefonliste ab, der Sekretariatsservice lieferte neue Namen, mein Terminkalender füllte sich. Keiner der künftigen Kunden mochte am Telefon sagen, worum es ihm ging. Ich nahm es hin. Mit dem ungewohnten Gefühl der Vorfreude sah ich den Verabredungen entgegen.

Noch während ich überlegte, was ich Herrn Nazukin als Honorar in Rechnung stellen konnte – vierhundert Euro schienen mir durchaus angemessen –, schleppte ein UPS-Fahrer ein enormes Paket in die Kanzlei. Unter dem Packpapier kam ein in Gold gerahmtes Bild zum Vorschein, es maß etwa zwei mal drei Meter, Öl auf Leinwand. Die Formen und Farben des Werks erinnerten vage an einen Sonnenuntergang, vielleicht sollten es auch züngelnde Flammen sein. In der Mitte prangte ein tiefrotes stilisiertes Herz, das aus einem Riss blutete.

Herrje, dachte ich, ist das kitschig. Ich überlegte, was wohl mein Vater, Sammler erlesener expressionistischer Drucke, dazu sagen würde. Vergnügt beschloss ich, es aufzuhängen. Vorher riss ich den Umschlag, der am oberen Rand klebte, ab und öffnete ihn. Knisternde, nagelneue Banknoten lachten mir entgegen. Die Sache mit den Umschlägen war wohl eine Gepflogenheit unter osteuropäischen Geschäftsleuten. Ich zählte das Geld, und mir wurde blümerant. Mit zitternden Fingern blätterte ich fünftausend Euro auf den Tisch.

Misstrauisch hielt ich einen Schein gegen das Licht. Soweit ich es beurteilen konnte, war er echt. Drei Mal verwählte ich mich, dann tippte ich Mischas Nummer korrekt ein.

»Mischa, Entschuldigung, Herr Nazukin, haben Sie mir ein Paket geschickt?«

»Ja. Stimmt was nicht? Fehlt etwa der Umschlag?«

»Nein, nein, der Umschlag ist dabei.«

»Gut, ich hatte dem Fahrer gesagt, was ihn sonst erwartet. Ich hatte den Eindruck, dass er mich verstanden hat.«

Das glaubte ich sofort.

»Herr Nazukin, das ist viel zu viel Geld.«

»Bleiben Sie ruhig bei Mischa, liebe Paula.«

»Gern. Also, Mischa, das kann ich nicht annehmen. Außerdem muss ich Ihnen unbedingt eine ordentliche Rechnung stellen.«

»Natürlich können Sie das annehmen. Sie haben unsere Ehe gerettet. Das ist unbezahlbar. Und vielleicht brauche ich noch einmal Ihren Rat. Vergessen Sie bitte nicht, Ihre Mehrwertsteuer auf der Rechnung auszuweisen.« Dann hängte er auf.

Mehrwertsteuer, dachte ich, na klar, was denn sonst?

In der folgenden Zeit bevölkerten die unterschiedlichsten Menschen meine Kanzlei. Männer und Frauen. Alte und Junge. Reiche und weniger Begüterte. Hausfrauen, Geschäftsleute, Handwerker, Studenten. Russen, Ukrainer, Georgier, Kasachen, Tartaren, Usbeken. Fast alle beglückwünschten mich zu dem geschmackvollen Bild, das nun an der Längswand des Büros hing.

Ich schlichtete Nachbarschaftsstreitigkeiten, kittete Partnerschaften, half bei verzwickten Immobiliengeschäften, führte verlorene Söhne auf den rechten Pfad zurück, vermittelte zwischen Arbeitgebern und ihren Angestellten.

Die meisten meiner Klienten steckten mir Umschläge zu. Andere bezahlten in Naturalien. Bald verfügte ich über einen beeindruckenden Vorrat an eingelegten Salzgurken und ukrainischem Speck, und ich zählte auch zu den glücklichen Besitzern einer original mongolischen Jurte.

Vielen schrieb ich Rechnungen – mit Mehrwertsteuer. Das Geld der anderen, die das nicht wollten, wanderte in eine Containerschublade, aus der ich die Ausgaben des täglichen Bedarfs bestritt. Ich bestellte ein neues, großes Schild für die Kanzlei, das ich jeden Morgen voller Stolz betrachtete. Perlmuttfarben schimmerte es, mit eingeprägten, mattgoldenen Schriftzügen:

Kanzlei Paula Matthes – Anwältin & Mediatorin

Da mir völlig klar war, wer meinen kometenhaften Aufstieg als Lebensberaterin zu verantworten hatte, schwand mit den steigenden Einnahmen meine Wut auf die Polyakows. Dankbarkeit stellte sich ein. Und ein gewisses Verständnis. Denn ich verdiente nicht nur, ich lernte auch.

Dass in unglaublichen Geschichten oft ein Fünkchen Wahrheit glomm.

Dass umständliche Umgangsformen und abstruse Ausreden halfen, das Gesicht zu wahren.

Dass die Familie in der befremdlichen neuen Heimat alles war.

Dass große Gefühle die Kleinlichkeit des Alltags erträglicher machten.

Und dass Pünktlichkeit in Deutschland völlig überschätzt wurde.

Arbeitsame Tage perlten bunt durch mein Leben. Ich vervollkommnete die Ausstattung meiner Kanzlei mit einem russisch-deutschen Wörterbuch, mehreren Flaschen guten Wodkas und Brandys, anständigen Trinkgläsern und großen Dosen starken schwarzen Tees.

Weiterhin watete ich durch ein Blumenmeer, durch Wohnung und Kanzlei waberte ein schwerer, süßlicher Duft, auch die Konfektlieferungen rissen nicht ab, meine Klienten wussten die Leckereien zu schätzen.

Mittlerweile war ich dazu übergegangen, Artjoms Briefe nicht mehr wegzuwerfen, sondern verwahrte sie in einer kleinen Schachtel unter meinem Bett. Das, was er mit dem ihm eigenen Hang zur Dramatik schrieb, war einfach zu schön, um vernichtet zu werden.

Mal zitierte er Größen der russischen Literatur. Mal drohte er, seinem Leben ein Ende zu setzen, wenn ich mich nicht meldete. Dann wieder beschwor er unsere Seelenverwandtschaft und dass wir füreinander bestimmt seien. Jeder Brief endete mit dem Satz: Paula, ja ljublju tibja – ich liebe Dich.

Dennoch, wenn ich seine Nummer in den Displays meiner Telefone erkannte, nahm ich nicht ab. Darya und Rostislav hatte ich verziehen. Ihrem herzenbrechenden Sohn noch nicht.

Meine Eltern hielt ich mir leidlich vom Leib. Mutter vertröstete ich bei ihren Anrufen mit dem Hinweis, ich hätte zu viel zu tun, um vorbeizukommen. Die Kommunikation mit Vater mied ich völlig.

Doch eines Tages erwischte er mich.

»Paula«, dröhnte er in den Hörer, »es wird Zeit, dass wir ein ernstes Wort miteinander reden.«

»Worüber denn?«

»Mir sind komische Geschichten über deine Kanzlei zu Ohren gekommen.«

»Und?«

»Was sind das für Personen, die da ein und aus gehen?«

»Mandanten. Vielleicht erinnerst du dich: Ich bin Anwältin.«

»Mandanten? Was für Mandanten? Wo sollen die denn alle auf einmal herkommen?«

Ich zögerte. War ich mutig genug? Ich war.

»Aus Russland, Papa. Alles Russen. Du kennst doch den Spruch: Vorsicht, die Russen kommen!«

Grußlos legte ich auf und begann, das Lied von Pippi Langstrumpf zu pfeifen. Ich fand, mein neuer Mut stand mir gut.

Nachts wachte ich auf. Draußen vor dem Haus schepperte es, gegrölte Schlachtgesänge drangen durch mein Fenster. Betrunkene Jugendliche, dachte ich, müssen die ihr Mütchen unbedingt hier kühlen? Ich drehte mich auf die andere Seite und steckte meinen Kopf unter das Kissen.

Dann klingelte und klopfte es an meiner Tür. Verschlafen taumelte ich durch den Flur und linste durch den Spion. Draußen stand Frau Hinrichs, die ältere Dame aus der Nachbarwohnung. Ich öffnete.

»Frau Matthes, unten steht ein Mann!« Sie wirkte aufgeregt.

»Ach, das ist nur einer? Klingt wie eine ganze Horde. Machen Sie sich keine Sorgen, das hört bestimmt gleich auf. Und wenn nicht, hole ich die Polizei.«

»Ich glaub', der will zu Ihnen.«

»Zu mir?«

»Er ruft immerzu Ihren Namen. Und andere Sachen, aber die versteh' ich nicht. Das ist ein Ausländer!«

»Oh.«

»Das ganze Haus ist schon wach.«

»Danke, Frau Hinrichs. Ich kümmere mich drum.«

Ich schmiss die Tür zu, raste in die Küche und auf den Balkon, der zur Straßenseite lag. Unten stand Artjom. Er hielt sich an einer Straßenlaterne fest, sang eine schaurige Weise und ließ eine leere Ein-Liter-Schnapsflasche auf dem Asphalt zerbersten.

Danach krabbelte er auf das Dach eines parkenden Autos und schrie: »Pauuuulaaaa, Pauuuulaaaa!« Es klang wie Wolfsgeheul. Auch in den umliegenden Häusern war inzwischen fast überall das Licht angegangen. Ich schaute auf mein Küchenradio. 3.17 Uhr.

In Schlafanzug und Puschen flitzte ich drei Stockwerke runter und raus auf die Straße. Als Artjom mich sah, brüllte er: »Pauuuulaaaa, ja ljublju tibja!«

»Was machst du hier? Bist du bescheuert?«, schnauzte ich ihn an.

»Lublulublu«, blubberte es aus ihm heraus. Er war nicht bloß betrunken. Er war stockbesoffen.

Ich zerrte ihn vom Autodach, legte seinen Arm um meine Schulter, bugsierte ihn zur Eingangstür und hoffte inständig, dass kein Nachbar die Szene beobachtet hatte. Willig ließ Artjom sich von mir durchs Treppenhaus zu meiner Wohnung schleppen und kam meinem Gesicht mit gespitzten Lippen gefährlich nah.

»Pauuuulaaaa, pazeluj menja«, heulte er. Er stank wie ein alter sibirischer Bär.

Meine Hoffnung war vergebens. Oben am Treppenabsatz wartete Frau Hinrichs. Mit ihrem wirren weißen Haar und dem gelben Morgenmantel ähnelte sie einem Racheengel.

»Kennen Sie den Herrn, Frau Matthes?«

»Oh, Frau Hinrichs, es tut mir so leid. Ja, das ist ein Mandant von mir, seine Frau hat die Scheidung eingereicht. Liebeskummer, Sie verstehen?« Etwas Dümmeres fiel mir nicht ein. »Entschuldigen Sie bitte vielmals den Lärm, aber er ist einfach am Boden zerstört.«

»Der arme Kerl«, seufzte Frau Hinrichs und verschwand kopfschüttelnd in ihrer Wohnung.

Erleichtert klappte ich die Tür mit dem Fuß zu und verfrachtete den armen Kerl in mein Bett. Kaum, dass er lag, schlief er schon. Ich zog ihm die Schuhe aus, deckte ihn zu und strich ihm vorsichtig über das Haar. Er grunzte. Ich zog mich aufs Sofa zurück und starrte ins Dunkle.

Irgendwann musste ich eingeschlafen sein, denn als Kaffeeduft meine Nase kitzelte und ich die Augen aufschlug, war es taghell. Aus dem Bad drang das Rauschen der Dusche. Der Herr findet sich ja gut zurecht, dachte ich und ging in die Küche. Um mich zu beschäftigen, spülte ich eine Reihe leerer Joghurtbecher aus, um sie anschließend ordnungsgemäß in den gelben Sack zu stecken.

»Paula, du bist wach. Wie schön!« Strahlend und frühlingsfrisch lehnte Artjom am Türrahmen, ein Handtuch um die nackten Hüften geknotet. »Ich war so frei und habe deine Zahnbürste benutzt. Ich hoffe, das stört dich nicht.«

Meine Zahnbürste? In Zeitlupe stellten sich mir die Nackenhaare auf.

Interessiert schaute Artjom über meine Schulter. »Was machst du da?«

»Ich sortiere Müll«, sagte ich.

»Und vorher wäschst du ihn? Ihr Deutschen seid manchmal wirklich komisch.« Gutgelaunt durchsuchte er die Hängeschränke und nahm zwei Tassen heraus. »Wie trinkst du deinen Kaffee, Paula? Mit Milch und Zucker?«

Ich drehte mich um und schmiss ihm einen nassen Joghurtbecher an die Stirn.

Verdutzt rieb er sich den Kopf und lachte. »Paula, so tem-
peramentvoll kenne ich dich gar nicht.«

Ich schnappte den gut gefüllten Gelben Sack und drosch
damit auf ihn ein. Der Mistkerl lachte noch immer. Kurz
entschlossen klebte ich ihm eine. Jetzt hatte er genug, hielt
entschlossen meine Arme fest und schob mich mit stähler-
nem Griff ins Wohnzimmer. Dort fielen wir übereinander
her. Wie die Tiere.

Sex hatte mir nie viel bedeutet. Er war eine Abfolge be-
stimmter körperlicher Bewegungen, die zwangsläufig zu
einer Beziehung gehörten. Ab einem bestimmten Alter
wurde eben von Männern und Frauen erwartet, dass sie
miteinander schliefen. Also taten sie es.

Meine Jungfräulichkeit büßte ich mit siebzehn ein. Im Gar-
tenhaus seiner Eltern quetschte sich ein Jüngling zwischen
meine Schenkel. Dank seiner Aufregung überstand ich die
Prozedur in wenigen Sekunden. Er ließ mich erstaunt zurück: So ging das also. Keine große Sache. Und keine Ahnung, warum die anderen Mädchen so ein Aufheben davon
machten.

Auch die drei Männer vor Bernhard hinterließen keinen
bleibenden Eindruck. Bernhard selbst ging die Sache mit
dem Sex an, wie er alles in seinem Leben anging: zielge-
richtet, ergebnisorientiert, auf das Wesentliche konzentriert. Das Wesentliche war er. Vor dem eigentlichen Akt
gönnte er mir ein kurzes Vorspiel, bis er entschied, dass ich
bereit war. Dann rollte er sich ächzend auf mich und spätestens nach fünfzehn Minuten herunter.

Nicht einmal vergaß er, vorher seine Kleidung, ordentlich

zusammengefaltet, auf einen Stuhl an seiner Bettseite zu legen. Stets löschte er das Licht. Das nahm ich ihm auch nicht übel, denn der nackte Bernhard war nie ein schöner Anblick gewesen. Schon mit Anfang dreißig neigte er zu einer schwabbeligen Weichheit in der Körpermitte, er war stark, wenn auch hell behaart, sogar auf dem Rücken.

Aus Büchern und Zeitschriften wusste ich, dass der Orgasmus ekstatisch zu sein hatte, eine kurze, alle anderen Eindrücke überlagernde Explosion. Nicht, dass ich überhaupt keine Orgasmen kannte. Meine glichen nur eher sanften Wellen, die vom Unterleib ausgehend in konzentrischen Kreisen unaufdringlich durch den Körper schwappten und nicht weiter störten. Ich hätte gut nebenbei eine Akte lesen können. Selbstredend eilten Bernhard und ich danach sofort ins Bad. Wir wuschen uns vorher. Wir wuschen uns hinterher. Hygiene war ihm wichtig.

Mit Artjom war es anders. Schon, dass er sich so gut anfühlte, straff und muskulös, die Haut glatt. Dass er mir Zärtlichkeiten und Schweinereien ins Ohr flüsterte, mich streichelte und biss – an Stellen, die ich im ersten Schreck als unanständig empfand. Dass er bei der Erkundung meines Körpers bewundernde Laute ausstieß, als ob es an mir tatsächlich etwas zu bewundern gäbe. Dass seine Ausdauer nicht zu erschöpfen war, dass er forderte und nahm und erst befriedigt schien, als ich es war.

Verschwitzt und ermattet lagen wir, ineinander verknotet, noch eine lange Weile ruhig auf dem Boden. Ich spürte meiner Welle nach, die diesmal einem Tsunami geglichen hatte.

»Alles okay, Paula?«, flüsterte Artjom in mein Ohr.

Zu mehr als einem »Mmmh« war ich nicht fähig.

Er knabberte schläfrig an meinem Hals. »Und das war erst der Anfang, Paula«, murmelte er.

Irgendwann löste er die Knoten, schlenderte in die Küche und kochte erneut Kaffee. Ich blieb träge auf dem Boden liegen und beobachtete ihn. Ein nackter Mann in meiner Küche, dachte ich, an den Anblick könnte ich mich gewöhnen.

Er versorgte mich mit einem süßen pechschwarzen Gebräu, brachte mir eine Decke und zündete sich eine Zigarette an.

»Das ist eine Nichtraucherwohnung«, protestierte ich.

»Das war eine Nichtraucherwohnung«, erwiderte er siegessicher.

Er zog sich an und telefonierte gleichzeitig auf seinem Handy. In einem irren Stakkato redete er auf jemanden ein und beendete das Gespräch mit einem: »Charascho, Mam, charascho.«

Mam? Hatte er etwa seine Mutter angerufen? Warum? Bevor ich fragen konnte, steckte er mir seine Zigarette in den Mund und gab mir einen Kuss auf die Stirn.

»Ich muss los, Paula. Wir sehen uns.«

Die Haustür klappte schneller zu, als ich »Tschüss!« sagen konnte. Trotzdem paffte ich zufrieden vor mich hin, schnupperte am Teppich, der ein wenig nach Artjom roch, und beschloss, ihm endgültig zu verzeihen. Was soll's, dachte ich, geschwindelt haben wir doch alle schon. Und vielleicht war diese Sache mit der gefälschten Übersetzung wirklich nicht die Schuld der Polyakows. In diesem Moment wollte ich das gar nicht mehr so genau wissen.

Stattdessen, fand ich, sollte ich meine Einstellung zum Sex grundsätzlich überdenken.

Der Karton auf meinem Schreibtisch bewegte sich leicht. Innen rumorte es. Durch die Luftlöcher versuchte ich, einen Blick auf seinen Inhalt zu erhaschen. Was immer da drin war, es lebte.

»Was haben Sie mir denn Schönes mitgebracht?«, fragte ich die ältere Dame, die mir mit fest zusammengepressten Knien und im Schoß gefalteten Händen gegenübersaß.

Frau Petrowa hatte mich wegen eines Zwistes mit ihren Nachbarn aus Ghana aufgesucht. Es ging um verliehene Haushaltsgegenstände, nichts Schlimmes, vielmehr eine Verkettung von Missverständnissen, die aus dem unterschiedlichen Verständnis der deutschen Sprache entstanden waren. Im Verlauf der Schlichtung gelang es mir sogar, ihr begreiflich zu machen, dass »Neger« nicht die korrekte Anrede für Menschen aus Afrika war.

Wieder wackelte der Karton. Ein Kratzen, ein Scharren war zu hören.

»Frau Petrowa, raus mit der Sprache: Was ist da drin?«

Sie lächelte freundlich und sagte: »Kuritsa.«

»Bitte?«

Immer noch lächelnd öffnete sie die Pappkiste. Aus sicherer Entfernung – ich war mit meinem Stuhl etwas zurückgerollt – beobachtete ich das Huhn, das nun keck den Kopf aus seinem Gefängnis hob und sich empört schüttelte.

»Ein Huhn, wie schön!«, rief ich. Ich ahnte, dass eine entsprechende Reaktion von mir erwartet wurde.

Frau Petrowa nickte eifrig.

»Und was macht das Huhn auf meinem Schreibtisch?«

»Ist fur dich. Gäschänk. Fur Hilfä.«

Ich hatte es befürchtet. »Das ist wirklich ganz, ganz lieb gemeint«, sagte ich, »und wie ich sehen kann, ist das ein besonders hübsches Huhn, aber …«

Frau Petrowa runzelte die Stirn und schob ihre Unterlippe vor, die Hände so fest verschränkt, dass die Knöchel weiß hervortraten. Das Huhn gackerte feindselig.

Vorsicht, Paula, dachte ich, Minenfeld! Schlag jetzt bloß die richtigen Haken.

»Wo kommt das Huhn denn her?«

»Aus Datscha.«

»Ah, Sie haben einen Garten. Und wie viele Hühner halten Sie dort?«

»Zwai.«

Ich war beschämt. Da hatte sie nur zwei Hühner und wollte mir eines davon schenken.

»Ich habe mir schon immer ein Huhn gewünscht«, sagte ich, »wie konnten Sie das nur wissen!«

Frau Petrowa entspannte sich.

»Leider habe ich keinen Garten. Nur einen Balkon. Ich fürchte, da wäre das Huhn sehr unglücklich und einsam.«

Ich schaute angemessen betrübt. »Frau Petrowa, wäre es möglich, dass Sie mein Huhn in Pflege nehmen? Und ich erstatte Ihnen die Kosten für Unterkunft und Verpflegung?«

Sie überlegte einen Augenblick, wog das Für und Wider genau ab und sagte dann: »Charascho. Du gibs Futtärr, ich bringä Eiärr.«

Eine gute Lösung, fand ich, frische Frühstückseier vom eigenen Huhn waren nicht zu verachten.

Ich winkte Frau Petrowa zum Abschied hinterher, dabei

funkelte der Brillantring an meiner Hand im Licht. Ein Geschenk von Artjom. Nur ein kleines Zeichen seiner Zuneigung, hatte er erklärt, als ich eines Morgens ein schwarzes Samtkästchen unter meinem Kopfkissen fand.

Seit seinem nächtlichen Auftritt vor meiner Haustür hatten wir uns nahezu täglich gesehen. Gern kam er unangemeldet, als setze er voraus, dass ich ihm uneingeschränkt zur Verfügung stünde. Das tat ich auch, ich war verliebt.

Die meiste Zeit verbrachten wir in der Horizontalen, wir redeten wenig und konzentrierten uns auf das Wesentliche. In puncto Sex hatte ich einen immensen Nachholbedarf. Je mehr Artjom diesen Hunger stillte, desto größer wurde mein Appetit.

Wenn wir das Bett doch einmal verließen, gingen wir meist auswärts essen. Unsere bevorzugte Wahl waren Steakhäuser und andere Fleischtempel, die ungewohnte körperliche Anstrengung machte auch mir Lust auf feinste, halbblutige Filets.

Oder wir trafen uns mit den Nazukins, die zu Artjoms engerem Freundeskreis zählten. Es waren laute, lustige Abende und Nächte. Wir redeten, wir lachten, wir tranken. Die Herren zogen sich ab und an zurück, um »Geschäftliches« zu besprechen, Lena war mir eine angenehme Gesellschaft, ich lernte sie als kluge und amüsante Gesprächspartnerin schätzen.

Ich war wie in einem Rausch. Ungeahnte Mengen an Hormonen rasten durch meinen Körper und legten alle Sicherungen in meinem Kopf lahm, der darauf mit einem emotionalen Kurzschluss reagierte. Ich fühlte mich, als hätte mich jemand aus meiner alten Welt herausgebrochen und in ein anderes, besseres Leben gesetzt.

Auch Darya und Rostislav, die nach unserer Versöhnung

ihre Besuche in meiner Kanzlei wieder aufnahmen, fügten sich nahtlos in dieses neue Leben ein. Als Artjom mich nach wenigen Wochen fragte, ob ich seine Frau werden wolle, sagte ich daher ohne Zögern und Nachdenken ja.

»Mama, ich heirate.«
Mutter verschluckte sich an ihrer Sahnetorte. Hustend, würgend und mit Tränen in den Augen saß sie vor mir. Um sie über die anstehende Änderung meines Familienstandes zu informieren, hatte ich sie zu Kaffee und Kuchen in ein Restaurant an der Außenalster eingeladen. Ich hoffte, ihre gute Erziehung würde es ihr verbieten, in der Öffentlichkeit laut zu werden.
Mit den Worten und um Fassung ringend, wischte sie sich die Krümel vom Kinn.
»Paula, das sind ja erstaunliche Neuigkeiten. Hast du dich etwa mit Bernhard vertragen?« In ihren Augen leuchtete eine kleine Flamme namens Hoffnung.
Ich blies sie sofort aus. »Bernhard hat inzwischen seine Assistentin geschwängert und wird Vater.«
»Oh, das wusste ich gar nicht«, röchelte sie.
Fast tat sie mir ein wenig leid, wie sie da so verloren aus dem Fenster in den dunklen Spätsommertag starrte. Sie befürchtete das Schlimmste. Und sie hatte recht.
»Er heißt Artjom, Mama.«
»Oh. Das klingt so ... so ... fremdländisch.«
»Genau, das ist ein russischer Name. Artjom kommt aus Moskau.«
»Oh.«
Schnell bestellte ich bei der vorbeieilenden Kellnerin zwei Cognac. Mutter stürzte ihren in einem Zug herunter und straffte sich.

»Aus Moskau, wie interessant. Und wie lange kennt ihr euch?«

»Vier Monate.«

»Oh. Findest du deinen Entschluss nicht etwas übereilt?«

»Nein, ich bin mir absolut sicher, dass er der Richtige ist.« Verschlagen fügte ich hinzu: »Ich dachte, du freust dich, dass ich endlich unter die Haube komme. Wer liegt mir denn seit Jahren in den Ohren, dass ich eine Familie gründen soll?«

»Oh, mein Gott, du bist schwanger. Von einem Russen.«

Einen Augenblick weidete ich mich an ihrem Entsetzen, dann gab ich Entwarnung. »Nein, Mama, bin ich nicht.« Mutter wedelte sich mit der Serviette Luft zu.

»Kind, ich weiß gar nicht, was ich sagen soll. Das kommt wirklich sehr … überraschend.«

»Ich weiß, Mama, ich weiß.« Beruhigend tätschelte ich ihre Hand, das hatte ich von Darya gelernt. »Wie wär's, wenn ihr euch erst einmal kennenlernt, bevor du ein vorschnelles Urteil fällst?«

»Kennenlernen? Oh. Natürlich, das wird sich wohl nicht vermeiden lassen … Entschuldigung, ich meine, das wäre … sehr nett.«

Ich wusste genau, was sie meinte.

»Ich könnte mir vorstellen, dass auch seine Eltern schon ganz neugierig auf euch sind. Was hältst du davon, wenn wir an einem der nächsten Wochenenden mal vorbeikommen?« »Eltern? Was für Eltern?«

»Artjoms Eltern leben auch in Hamburg.«

»Oh.«

»Genau, Mama, bald sind wir eine große, glückliche Familie.«

Mutter orderte einen weiteren Cognac. Einen doppelten.

»Grüß Papa schön von mir«, sagte ich beiläufig, als ich mich mit einem Wangenkuss von ihr verabschiedete. In ihrer Haut wollte ich nicht stecken, wenn sie Vater die frohe Botschaft überbrachte. Ich beglückwünschte mich zu der Entscheidung, diese unschöne Aufgabe ihr zu überlassen. Das war feige, aber lebenserhaltend.

Volle zwei Tage dauerte es, bis mein Vater bereit war, mich am Telefon anzubrüllen.

»Paula, bist du vollkommen übergeschnappt?«, röhrte er.

»Du kannst doch keinen Russen heiraten!«

»Doch, Papa, das kann ich.«

»Das sind doch alles Verbrecher!« Nein, Weltoffenheit und Toleranz waren noch nie die vornehmsten Eigenschaften meines Vaters gewesen.

»Was hat der überhaupt in Deutschland zu suchen?«

»Er arbeitet hier, Papa.«

»Na, auf die Arbeit bin ich ja mal gespannt«, er lachte höhnisch. »Der will dich doch nur heiraten, damit er nicht ausgewiesen wird.«

»Nein, Papa, Artjom hat eine unbefristete Aufenthaltsgenehmigung.«

»Verflucht«, schrie mein Vater, »ein Russlanddeutscher!«

»Schlimmer, Papa, viel schlimmer«, antwortete ich fröhlich. »Ein Jude.«

Die spätpubertäre Aufmüpfigkeit gegenüber meinen Eltern war albern, das wusste ich. Trotzdem empfand ich dabei eine große Befriedigung. Als meine Mutter mir säuerlich mitteilte, sie und Vater würden diese Menschen für den kommenden Sonntag zum Kaffee einladen, man wisse schließlich, was sich gehöre, überfiel mich eine Mischung aus Angst und Vergnügen.

Darya und Rostislav reagierten mit Aufregung auf die Einladung. Das sei immerhin ein offizieller Termin, die richtige Wahl der Gastgeschenke müsse bedacht werden, die Art der Begrüßung und der Verabschiedung, verschiedene Gesprächsthemen, die sich für einen Smalltalk eigneten.

»Kain Bisness!«, entschied Rostislav.

»Davon würde ich auch abraten«, sagte ich.

Artjom, der dem großen Tag mit seinem unerschütterlichen Selbstbewusstsein gelassen entgegensah, verfolgte amüsiert die hitzigen Gespräche.

»Deine Eltern machen sich viel zu viele Gedanken«, sagte ich, »sie sollen sich einfach mal so richtig schick machen und dann so sein, wie sie immer sind.«

Am Tag des großen Abenteuers quetschten wir uns in Rostislavs klapprigen Kombi, der sich, schwarze Ölwolken hustend, den Weg nach Nienstedten bahnte. Ich musste wohl erwähnt haben, dass meine Eltern einen Hund besaßen. Deshalb fühlten sich auch Wassja, Sputnik, Caruso und Rasputin eingeladen. Auf der Ladefläche hechelten sie im Quartett. Sie waren frisch gebürstet, in Sputniks wirrem Fell glitzerte sogar eine Strassspange.

Die Männer trugen für ihre Verhältnisse recht dezente dunkle Anzüge, immerhin leuchtend bunte Hemden mit dazu passenden Krawatten und Einstecktüchern. Dafür war Darya bis zum Äußersten gegangen. Auf ihrem Kopf thronte ein zu einer aufwendigen Hochsteckfrisur verarbeitetes Haarteil. Das Dekolleté ihres ärmellosen, schreiend pinkfarbenen Satinkleids gewährte Einblicke fast bis zum Bauchnabel, ein weißer, breiter Lackledergürtel betonte die Taille, darunter bauschte sich der glänzende Stoff in überraschend vielen Falten, und am Saum blitzte neckisch ein weißer Petticoat hervor. Die Absätze ihrer ebenfalls weißen

Lackpumps maßen mindestens zwölf Zentimeter, sie überragte uns alle um Haupteslänge. In ihrem Schoß knetete sie unaufhörlich eine royalblaue perlenbestickte Stola.

Ihre Nervosität war ansteckend. Drei Mal ordnete ich während der Fahrt den Inhalt meiner Handtasche, bis Rostislav vor dem Haus meiner Eltern schwungvoll den Motor abwürgte. Wir kletterten in die warme Spätsommersonne, und mich beschlich ein ungutes Gefühl, das ich als schlechtes Gewissen identifizierte.

Mit keinem Wort hatte ich Vaters Ressentiments erwähnt. Was hätte ich auch sagen sollen? »Papa ist ein dünkelhafter Snob, stramm rechtskonservativ. Egal, was ihr macht, er wird euch nicht mögen. Und Mama schließt sich immer seiner Meinung an, sie hat keine eigene.«

Artjom wusste zwar um das gespannte Verhältnis zu meinen Eltern, aber auch ihm hatte ich nichts von dem Telefonat mit Vater erzählt. Am liebsten hätte ich die drei geschnappt und in Sicherheit gebracht.

Zu spät. Mutter öffnete die wuchtige Eingangstür, nestelte unbeholfen an ihrer Küchenschürze und sagte mit einem Blick auf die Hunde: »Oh. Vielleicht gehen wir außen herum in den Garten. Dein Vater wartet auf der Terrasse.«

Dann streckte sie doch zur Begrüßung ihre Hand aus, die sofort und herzlich von Darya getätschelt wurde. Artjom und Rostislav klappten sich zu tiefen Dienern zusammen und deuteten ihre Handküsse nicht nur an. Mutter, von dieser für hanseatische Verhältnisse doch sehr stürmischen Begrüßung überwältigt, taumelte rückwärts und stammelte: »Oh, wie nett. Na, dann kommen Sie mal mit.«

Darya hakte sich bei ihr unter, wir anderen folgten ihnen. Vater stand stocksteif vor der mit dem guten Meissener Porzellan gedeckten Kaffeetafel, die Arme hinter dem Rücken verschränkt, so als wolle er sie für den Rest des Tages dort lassen. Er hatte die Rechnung ohne Darya gemacht.

Mit ausgebreiteten Armen ging sie auf ihn zu, rief etwas auf Russisch und hauchte feuchte Küsse auf seine Wangen. Irritiert von der frontalen Attacke gab er Rostislav die Hand, der dabei militärisch die Hacken zusammenschlug. Dann wandte Vater sich lauernd Artjom zu.

»Sie müssen der Herr sein, der so mir nichts, dir nichts beabsichtigt, meine Tochter zu ehelichen.«

Artjom lächelte sein breites, entwaffnendes Artjom-Lächeln und sagte: »Herr Matthes, ich freue mich so, Sie endlich kennenzulernen und mich vorstellen zu dürfen. Als Vater sind Sie bestimmt in allergrößter Sorge. Aber hier stehe ich nun, um Ihre Bedenken zu zerstreuen. Bitte fragen Sie mir Löcher in den Bauch.«

Und da stand er, ein Bild von einem Mann, hoch aufgerichtet, und schaute seinem Gegenüber fest in die Augen. Ich platzte fast vor Stolz.

Es dauerte jedoch eine geraume Weile, bis Vater mit der Inquisition beginnen konnte. Erst überreichte Rostislav mit großer Geste die Geschenke. Unter Ahs und Ohs befreite Mutter russisches Konfekt, eine kunstvoll aus Birkenrinde geschnitzte Schatulle, eine bunte Matrjoschka und eine Flasche unbekannten Inhalts aus knisterndem Seidenpapier. »Das ist Horilka«, erklärte Artjom, »ein ukrainischer Wodka. Mein Großvater lebt in der Ukraine.«

»So, Ihr Großvater lebt noch?«, schnappte Vater.

»Zum Glück, ja. Natürlich ist er längst im Ruhestand.«

»Ruhestand? Wovon ruht er sich denn aus?«

»Er war Zahnarzt in Kiew.«

Bevor Vater nachhaken konnte, brach im hinteren Teil des Gartens ein Tumult aus. Der debile Weimaraner hatte in seinem Zwinger Witterung aufgenommen und warf sich bellend gegen die Gitterstäbe. Seine vier Artgenossen antworteten lautstark.

»Eika, aus!«, brüllte Vater, ohne dass irgendeiner der Hunde reagierte.

Entschlossen stapfte Darya über den englischen Rasen, centgroße Grassoden flogen dabei um ihre Knöchel, und schnauzte die ihren an, die sich unmittelbar trollten.

»Vorsicht«, brüllte Vater erneut, »das ist ein abgerichteter Jagdhund, nicht ganz ungefährlich!«

»Oooch, Chundchen«, sagte Darya und öffnete den Zwinger. Die gefährliche Bestie warf sich fiepend auf den Rücken, streckte den nackten Bauch nach oben und ließ sich kraulen.

»Oooch, Chundchen, fain, fain«, flötete Darya, gab Eika einen abschließenden Klaps und schickte sie unter Vaters schwachem Protest zu ihren Artgenossen auf den Rasen.

Schließlich konnte die Gesellschaft an der Tafel Platz nehmen. Vater machte einen leicht ermatteten Eindruck, Darya setzte sich neben ihn und ergriff mütterlich seine Hand, um sie für die nächsten zwei Stunden nicht wieder loszulassen.

Das gab Rostislav Gelegenheit, sich Mutter zuzuwenden. Beiläufig hatte ich erwähnt, dass mein Schwiegervater in spe fließend Italienisch sprach.

»Italien!«, stieß meine Mutter aus, eine schwärmerische Röte zog über ihr Gesicht. Als junges Mädchen hatte sie im Rahmen eines Austauschprogramms ein halbes Jahr bei einer Familie in Florenz verbracht. Davon zehrte sie bis heute.

Rostislav lief zur Höchstform auf und parlierte tatsächlich einwandfrei in der melodischen Sprache. Mutter klaubte beflügelt die letzten Reste ihres rudimentären Wortschatzes zusammen.

»Sì, sì!«

»Davvero?«

»Non mi dire!«

»Che carino!«

»Incredibile!«

Vater schaute missbilligend, anders als sonst gelang es ihm aber nicht, sie dadurch zum Schweigen zu bringen.

Also unterzog er Artjom einem Verhör, fragte nach Abstammung, Alter, Ausbildung und Auskommen. Artjom antwortete folgsam und ausschweifend, blieb dabei aber immer im Ungefähren. Geschickt wich er allzu konkreten Fragen aus, während Vaters Blick sich in den Tiefen von Daryas Ausschnitt verlor.

Das läuft ja ganz gut, dachte ich und beobachtete aus den Augenwinkeln, wie Wassja den dritten Buchsbaum aus der Erde schaufelte, während Rasputin versuchte, die willige Eika zu begatten. Leider reichte er mit seinen Vorderpfoten nur knapp auf ihr Hinterteil. Mit den Worten: »Bin gleich wieder da«, verschwand ich im Haus. Die anderen beachteten mich kaum, nur Sputnik folgte mir humpelnd.

Im Kühlschrank meiner Mutter entdeckte ich die obligatorische Flasche Champagner, die für besondere Anlässe bereitgehalten wurde. Ich fand, dass heute ein besonderer Anlass war. Deshalb verfütterte ich auch Vaters Gänsestopfleber an Sputnik, der den feinen Happen im Bruchteil einer Sekunde herunterschlang.

Als ich mit meiner Beute auf die Terrasse zurückkehrte, versuchte Vater gerade, seinen teuren Weimaraner vom zuckenden Rasputin zu befreien.

»Sie war letzte Woche läufig«, stöhnte er, »nicht auszudenken …«

Ich füllte die Gläser und wurde ein wenig feierlich: »Meine

Lieben, jetzt möchte ich mit euch anstoßen. Ich freue mich so, dass wir hier alle zusammensitzen und uns so gut verstehen. Wo wir doch bald eine Familie sind!«

Vater rollte mit den Augen, Mutter kicherte.

»Und deshalb finde ich, dass sich alle Anwesenden das Du anbieten sollten.«

Vater, der plumpe Vertraulichkeiten hasste, ließ das anschließende Prozedere aus nassen Küssen und innigen Umarmungen grollend über sich ergehen, Mutter schmiss sich begeistert in Daryas, Rostislavs und Artjoms Arme. So gelöst hatte ich sie lange nicht gesehen.

»Ach, Karl, ist es nicht schön«, sagte sie.

Nun zog Rostislav umständlich einen Zettel aus seinem Jackett, erhob feierlich sein Glas und hustete mehrmals.

»Was kommt denn jetzt?«, fragte ich Artjom flüsternd.

»Ich glaube, er hat eine Rede vorbereitet. Hoffentlich ist die nicht wieder so lang und reicht zurück bis zum Großen Vaterländischen Krieg«, flüsterte Artjom zurück.

Sie war lang. In erstaunlich gutem Deutsch spann Rostislav die Geschichte seiner Familie über mehrere Generationen, streifte nur kurz den Großen Vaterländischen Krieg, berichtete von Entbehrungen, Verfolgung und Flucht, pries in epischer Breite die Vorzüge der neuen Heimat und endete mit der Prognose, dass durch die Verbindung dieser wunderbaren Kinder eine neue Ära anbrechen werde, ein weiteres Kapitel im Buch der Völkerverständigung.

Darya tupfte sich mit einem Spitzentaschentuch Tränen aus den Augenwinkeln, Mutter klatschte euphorisch, Vater, der kurz eingenickt war, schreckte hoch und griff nach dem ukrainischen Schnaps.

»Jetzt können wir alle einen vertragen.«

Im Verlauf der nächsten beiden Stunden wurde die Flasche geleert, dann traten wir den geordneten Rückzug an. Mutter brachte uns, an Rostislavs Arm schwankend, zum Auto, Vater blieb zurück und blickte wie versteinert auf seinen ehemals englischen Rasen, den Wassja mit vollem Körpereinsatz in einen norddeutschen Acker verwandelt hatte.

Die sind ja sehr nett, diese Polyakows«, flüsterte Mutter am Telefon.

»Mama, ich versteh dich kaum. Kannst du etwas lauter sprechen?«

»Nett. Und gar nicht dumm. Besonders Rostislav«, hauchte sie unbeirrt weiter.

»Mama, ich höre dich nicht. Rufst du vom Handy an? Wo bist du denn?«

»Im Keller.«

»Wo?«

»Im Keller!«

»Wieso gehst du zum Telefonieren in den Keller?«

Im Hintergrund war jetzt laut und deutlich Vaters Stimme zu vernehmen: »Luise? Wo bist du?«

»Kind, ich muss Schluss machen. Ich melde mich heute Abend noch mal, dann ist dein Vater außer Haus.«

Schon hatte sie aufgelegt. Der alte Herr teilte ihre Sympathie für die noch anzuheiratende Verwandtschaft wohl weniger. Das hatte ich auch nicht erwartet. In über sechzig Jahren redlich erworbene Ressentiments schüttelte man nicht einfach über Nacht ab.

Umso mehr freute ich mich über die Reaktion meiner Mutter, die sich in ihrer Ehe bislang keine eigenen Gedanken zugetraut hatte. Auch wenn sie ihre neue Meinungsfreiheit vorerst nur im Keller auszuüben wagte.

Überhaupt fand ich, dass der vorangegangene Tag besser

gelaufen war als befürchtet. Vater hatte sich mit Unmuts-
äußerungen zurückgehalten, für seine Verhältnisse war er
nahezu freundlich gewesen. Mutter – im Handstreich Rostislavs Charme erlegen – war ganz hin und weg.

Auch die Polyakows waren mit dem Verlauf des Besuchs
mehr als zufrieden. Wiederholt versicherten sie mir auf der
Rückfahrt, wie liebenswert meine Eltern seien und dass ich
stolz und dankbar sein könne, aus so einem Hause zu stammen.

»Familie, Paula, Familie!«, rief Artjom pathetisch. »Das ist
das Einzige, was wichtig ist auf dieser Welt.«

Das sah ich anders. Da ich die allgemeine Euphorie jedoch
nicht dämpfen wollte, enthielt ich mich jedweden Kom-
mentars.

Ein wenig ließ ich mich auch von dem »We are family«-
Gefühl anstecken. Sah uns alle an lauschigen Sommer-
abenden trinkend und lachend auf der Terrasse meiner Eltern sitzen oder in frostigen Winternächten zu Rostislavs
Akkordeonklängen sinnierend ins Kaminfeuer starren.

Darya würde wieder Cello spielen, mein bildungsbürger-
licher Vater dazu wohlwollend im Takt nicken, den
Cognacschwenker in der Hand. Mutter und Rostislav im
intensiven, leisen Gespräch vertieft, die Köpfe über Bild-
bände italienischer Meister gebeugt. Artjom, in Vaters
Ohrensessel sitzend und in ein Buch versunken. Und wo
blieb ich in diesem Bild? Nun ja, ich könnte die Getränke
servieren.

Als Mutter abends erneut anrief, war ich in einer gelösten
Stimmung.

»Was war das für ein schöner Nachmittag«, sagte sie. »Ich
habe mich lange nicht mehr so gut unterhalten.«

»Ach, Mama, das freut mich sehr«, antwortete ich und

meinte es ehrlich. Dann hakte ich nach. »Und Papa? Hat er sich auch so gut amüsiert?«

»Na ja, du kennst doch deinen Vater. Wenn der nichts zu meckern hat, ist er nicht zufrieden.«

Das klang nach offener Rebellion im Hause Matthes. Mutter seufzte. »Ach, Kind, der ändert sich nicht mehr. Den müssen wir so nehmen, wie er ist.«

»Und, Mama, wie findest du Artjom?«, fragte ich unvorsichtigerweise weiter.

»Sehr sympathisch, Paula, sehr sympathisch. Und groß ist er! Was macht er gleich noch mal beruflich?«

»Er ist Event-Manager.«

»Aha. Manager! Na, das ist doch was Anständiges.« Mutter schien erleichtert. »Wirklich, Paula, ich bin ganz erleichtert. Was für nette Menschen! Und sie sind so gar nicht … so gar nicht … jüdisch.«

»So? Wie sind Juden denn?«

»Ach, Kind, was weiß ich. Anders eben.«

Jetzt seufzte ich. Auch Mutter musste man so nehmen, wie sie war.

Nachdem sich die Familien nun kennengelernt hatten, nahmen die Hochzeitsvorbereitungen unausweichlich ihren Lauf. Darya schleppte Berge von Katalogen mit scheußlichster Brautmode an. Schnell war klar: Ihre und meine Vorstellungen darüber, was ich am Tag der Tage tragen sollte, waren grundsätzlich grundverschieden.

Meine zukünftige Schwiegermutter sah mich in alptraumhaften Wolken aus Tüll und Taft, wahlweise in Jungfräulichweiß, Schreiendpink oder Quietschmint, immer aufwendig mit Strass, Perlen und Pailletten bestickt, mit meterlangen, sich bauschenden Schleppen und Schleiern, die nur notdürftig kaschierten, dass das jeweils dazugehörige Kleid knapp unter dem Po endete.

»Darya«, sagte ich, »wir heiraten nicht in der Kirche, nur standesamtlich. Ich brauche keinen Schleier.«

Bei diesem Einwand rollte sie jedes Mal mit den Augen und schlug den nächsten Katalog auf.

Im Internet fand ich ein Etuikleid in einem leicht glänzenden Dunkelgrau. Festlich, aber nicht zu aufgerüscht. Genau mein Stil. Ich zeigte Darya das Bild. Sie lachte ihr kehliges Lachen und schüttelte den Kopf.

»Du Heirat. Nix tot.«

Gut, das Dunkelgrau war wirklich sehr dunkel.

»Vielleicht in einer anderen Farbe?«, fragte ich.

Sie schimpfte und verschwand türenknallend, nur um kurz darauf mit neuen Prospekten zurückzukehren. Ich beschloss, die Kleiderfrage zu vertagen.

Artjom war mir bei den Auseinandersetzungen mit seiner Mutter keine große Hilfe.

»Da halte ich mich raus«, sagte er, »das ist wirklich reine Frauensache.«

»Das ist keine Frauensache. Das ist meine Sache. Kannst du deiner Mutter bitte erklären, dass ich mir mein Hochzeitskleid allein aussuche?«

»Frauensache!«, beschied er stur und verschwand mit Mischa zu einer »geschäftlichen Besprechung«.

Was mich viel mehr umtrieb als die Wahl des passenden Outfits, war die rein organisatorische Seite des Events. Mit gnadenloser Gründlichkeit schrieb ich seitenweise Listen und hielt sie Artjom unter die Nase.

»Was ist das?«, fragte er.

»Das sind alles Punkte, die wir klären müssen.«

»Jetzt?«

»Na ja, irgendwann sollten wir damit anfangen, sonst wird das nichts mit unserer Hochzeit.«

»Paula, mach einfach. Ich bin mit allem einverstanden«, sagte er.

Seine nonchalante Verweigerungshaltung fing an, mir auf die Nerven zu gehen.

»Du bist russischer Staatsbürger, Artjom. Du brauchst bestimmt alle möglichen Unterlagen und Dokumente, um in Deutschland zu heiraten. Das ist alles gar nicht so einfach.«

»Doch, Schatz, ist es«, er lächelte mich zuckersüß an, »ich bin Jude. Schon vergessen?«

»Was hat das damit zu tun?«

»Das solltest du eigentlich wissen. Wofür heirate ich einen Advokaten?«

Er gab mir einen Klaps auf den Po und zog sich zu einem wohlverdienten Nickerchen zurück.

Klugscheißer, dachte ich und rief das Standesamt an – nur um zu erfahren, dass Artjom recht hatte. Als Kontingentflüchtling brauchte er nicht wie andere Ausländer ein sogenanntes Ehefähigkeitszeugnis aus seinem Heimatland vorzulegen. Pass, Geburtsurkunde nebst beglaubigter Übersetzung und eine Aufenthalts- und Meldebestätigung seines Bezirksamts würden völlig reichen, versicherte mir eine auskunftsfreudige Beamtin.

Bei dem Stichwort »beglaubigte Übersetzung« stellten sich mir die Nackenhaare auf. Diesmal würde ich die Sache in die Hand nehmen und auf Unterstützung aus dem Hause Polyakow verzichten. Ich bat Artjom um seine Geburtsurkunde, er versprach, sie schnell vorbeizubringen.

Er brachte nicht nur seine Geburtsurkunde mit. Als ich die Tür öffnete, versperrten ungefähr zehn riesige Kartons meinen Blick. Dahinter reckte Artjom seinen Kopf in die Höhe.

»Hier bin ich, Paula!«

»Das sehe ich. Was willst du mit den ganzen Kisten?«

»Da sind meine Sachen drin.«

»Sachen? Was für Sachen?«

»Paula, es ist an der Zeit, dass wir zusammenziehen. Wir werden heiraten.«

Er nutzte meine Verblüffung, um sich an mir vorbeizuschieben und sein Hab und Gut in meinem Flur abzustellen.

Rein theoretisch war mir klar, dass eine Eheschließung das Zusammenleben mit dem Partner nach sich zog. Praktisch hatte ich dieses Unterfangen noch nicht weiter in Erwägung gezogen. Wann auch?

Innerhalb weniger Monate war mein Leben vom Kopf auf die Füße gestellt worden – oder andersherum, da war ich mir nicht sicher. Nach wie vor tanzten die Östrogene in meinem Unterleib Punkrock. Wann sollte ich an so profane Dinge wie Umzug, Möbelrücken oder Bartstoppeln im Waschbecken denken?

Jetzt war es zu spät dafür. Artjom schuf Tatsachen.

Natürlich wäre ich vorher gern gefragt worden – pro forma. Denn was hätte ich anderes antworten können als: »Ja, Schatz, selbstverständlich ziehen wir zusammen. Wir sind bald Mann und Frau.« Das machte man schließlich so.

Dennoch legte sich eine Bleiplatte auf meinen Brustkorb, als Artjom begann, die Kisten auszupacken. Ich ließ mir nichts anmerken, wickelte Geschirr aus Zeitungspapier – »Vorsicht, Paula, das ist ein echtes chinesisches Teeservice!« – und stellte die zarten Tassen in die Küchenanrichte. Alle akribisch mit dem Henkel nach rechts ausgerichtet. Das half ein wenig.

Die Berge von Kleidungsstücken machten mich ratlos. Wohin damit? Artjom, der sich bei der schweißtreibenden Arbeit seines Pullovers entledigt hatte, zerrte mich aufs Bett und küsste mich.

»Ach, Paula«, seufzte er zufrieden, »morgen kaufen wir einen anständigen Kleiderschrank. Und ein neues Bett! Ich hab schon etwas ganz Schickes entdeckt, sechseckig, mit Spiegeln am Kopfende. Und einem roten Samtbezug.«

Sechseckig, mit Spiegeln und rotem Samt? Ich wollte nicht in einem Puff wohnen. Die Bleiplatte senkte sich wieder herab.

»Hmmpf«, erwiderte ich, »ich kann's mir ja mal anschauen.«

»Es wird dir gefallen«, hauchte er in mein Ohr und knabberte an meinem Hals. Die Bleiplatte hob sich.

Artjoms Besitz bestand hauptsächlich aus Kleidung, Geschirr, Aktenordnern, einer unübersichtlichen Anzahl an Fotoalben, Kleinkram, der sich im Laufe der Jahre eben so ansammelt, und großformatigen Bildern.

Die Bilder waren ein Problem. Es waren weniger Bilder als vielmehr gestickte Gobelins, alle in Brauntönen gehalten, mit elegischen Landschafts- und Tiermotiven. Natürlich wollte er sie aufhängen. Nach seiner Schwärmerei für ausgefallene Bettgestelle und gegenständliche Kunst war ich froh, dass er wenigstens keine Möbel mitbrachte.

Während der letzten Monate hatte er die Wohnung eines Freundes eingehütet, der geschäftlich eine lange Zeit im Ausland verbringen musste, sein Hamburger Zuhause aber nicht aufgeben wollte. Ich war nie dort gewesen.

»Ach, diese Rumpelkammer«, hatte Artjom immer gesagt, »zu klein, zu ungemütlich. Für meine Zwecke okay, aber für Damenbesuch wirklich nicht geeignet.« Ende der Diskussion.

Das Domizil, das er vor dem Einhüten bewohnt hatte, musste er aufgeben, weil der Besitzer urplötzlich und unerwartet auf Eigenbedarf pochte, von einer Sekunde auf die andere sollte er ausziehen.

Das Thema war Artjom unangenehm, sein Blick umwölkte sich, als wir davon sprachen, und er rief: »Ah, es gibt böse Menschen, Paula, richtig böse Menschen!«

Geschichten von bösartigen Vermietern stand ich skeptisch gegenüber, kritische Nachfragen stellte ich dennoch nicht. Von bösen Menschen wollten wir in unserem rosaroten Paradies nichts wissen.

Das Rosarot bekam auch ohne fremdes Zutun einen leichten Grauschleier. Kaum, dass Artjom eingezogen war und das Schlafzimmer nach seinen Wünschen umgestaltet hatte, fing er an, sich aufzuführen wie ein Pascha.

Haushalterische Tätigkeiten waren ihm völlig zuwider oder gänzlich fremd. Auf Schritt und Tritt ließ er Dinge fallen, die ich ihm hinterherräumte. Essen wollte er am liebsten nur Fleisch, dessen Zubereitung er aber hilflos gegenüberstand. So blieb es an mir, Unmengen blutiger Steaks zu braten.

»Salat dazu wäre gut«, sagte er knapp.

»Im Kühlschrank sind Gurken und Tomaten. Fang doch schon mal an zu schnippeln.«

»Ich?«

»Siehst du hier sonst noch jemanden?«

Da stand er dann, die Gurke in der einen, das Küchenmesser in der anderen Hand und schaute mitleiderregend. Selbstredend schnitt er sich in den Finger, wehklagend brach er auf dem Sofa zusammen. Damit war dieses Experiment für ihn gescheitert und erledigt.

Obwohl wir zusammenwohnten, wusste ich nie, wann und ob er überhaupt kam. Geschweige denn, wohin er ging. So redegewandt und mitteilsam er sonst war, so wortkarg wurde er, sobald die Rede seine täglichen Aktivitäten streifte. »Arbeiten«, »Geschäftsfreund treffen«, »Bisness« waren das Äußerste, was ich ihm entlocken konnte.

Als ich einmal zu oft nachhakte, schüttelte er unwirsch den Kopf.

»Paula, ich bin doch kein Kind mehr. Du musst mich nicht kontrollieren.«

»Mensch, so war das doch nicht gemeint. Ich interessiere mich halt dafür, was du machst.«

»Ein Mann muss tun, was ein Mann tun muss«, sagte er und grinste. »Hab ich mal irgendwo gelesen. Klingt gut, oder?«

Es klang nicht gut. Dafür, dass ich Artjom heiraten wollte, wusste ich immer noch erstaunlich wenig über ihn. Die kleinen Bedenken, die ich ob meiner überstürzten Entscheidung hatte und die sich von Zeit zu Zeit leise meldeten, wurden zu ausgewachsenen Zweifeln, die immer lauter und in kürzer werdenden Abständen in meinem Kopf dröhnten.

»Artjom, ich muss mit dir reden«, sagte ich deshalb in einem ruhigen Moment und versuchte, ihm meine Ängste begreiflich zu machen. Er wischte sie mit einer Handbewegung weg.

»Ach, Paula, du kennst meine gesamte Familiengeschichte. Und ich liebe dich. Was musst du mehr wissen? Hinterfrag nicht immer alles!«

»Ich will nur etwas über meinen zukünftigen Gatten erfahren. Das ist doch nicht zu viel verlangt.«

Das war es. Entrüstet sprang Artjom vom Küchenstuhl auf und riss sich dramatisch das Hemd auf.

»Du vertraust mir nicht, Paula. Ich reiße mir das Herz aus dem Leib und lege es dir zu Füßen. Und du? Du trampelst darauf herum!«

»Meine Güte, sei doch nicht gleich wieder so theatralisch. Kann man nicht einmal ein sachliches Gespräch mit dir führen?«

»Ha!«, brüllte er. »Theatralisch! Ich!«

Mit drei Schritten war er aus der Wohnung und polterte fluchend durchs Treppenhaus.

Das ist ja super gelaufen, dachte ich.

Eine Stunde später war er wieder da, bewaffnet mit roten Rosen und dem Blick eines geschundenen Tieres. Er fiel vor mir auf die Knie und erklärte:

»Du bist alles, was ich mir immer gewünscht habe, Paula. Ich will, dass du glücklich bist. Und wenn du mir dazu unbedingt Fragen stellen musst, dann frag!«

Na also, dachte ich, geht doch, und wagte mich ganz weit vor.

»Wie wäre es für den Anfang, wenn du mir etwas von deinem Vorleben erzählst?«

»Meinem was?«

»Frauen, Artjom, Frauen. Du bist neununddreißig. Du willst mir doch nicht erzählen, dass du noch nie eine Beziehung hattest?«

»Ach so. Klar hatte ich schon die eine oder andere Frau. Nichts von Dauer, das hat nie richtig gepasst. Aber das ist Vergangenheit. Warum sollte ich über Dinge sprechen, die für mich überhaupt keine Bedeutung haben?«

»Weil frühere Partnerschaften prägen.«

»So ein Psycho-Quatsch«, sagte er. »Du bist das, was zählt. Was gibt es heute eigentlich zu essen? Steak? Mach doch Spiegelei dazu, dein Huhn produziert ja genug.«

Das stimmte zwar, der Eier-Futter-Tausch mit Frau Petrowa klappte vorzüglich, aber bevor ich sagen konnte, dass ich auf dieses Ablenkungsmanöver nicht hereinfiele, klingelte das Telefon. Mutter. Artjom war nicht undankbar für die Unterbrechung.

Meine Zweifel waren nach diesem Gespräch nicht verstummt, aber immerhin auf die Lautstärke geflüsterter Warnungen reduziert, so dass ich sie im Alltag ignorieren konnte. Nach wie vor blieb mir auch keine Zeit für längere Grübeleien. Meine neue Tätigkeit als Beraterin für alle Lebenslagen forderte volle Aufmerksamkeit, die Kanzlei brummte wie nie zuvor.

Außerdem galt es weiterhin, die Hochzeit zu planen. Nachdem alle Papiere beisammen waren, zwang ich Artjom, mit mir zum Standesamt zu gehen. Eine anfangs freundliche Beamtin empfing uns im Bezirksamt Eimsbüttel. Während sie versuchte, sich auf unsere Unterlagen zu konzentrieren, klingelte Artjoms Handy. Er scheute sich nicht, das Gespräch anzunehmen, und während er lauthals palaverte, durchmaß er mit seinem unnachahmlichen Stechschritt das kleine Büro. Von links nach rechts. Von rechts nach links.

Sei es im Restaurant, im Theater, im Kino oder auf einer Behörde, Artjom ließ nicht anwesende Freunde und Verwandte gern an seinen Aktivitäten teilhaben. Ich hatte mich an seine Marotte, immer und überall zu telefonieren, längst gewöhnt. Die Dame vor uns jedoch war zusehends echauffiert.

Durch eine missbilligend gehobene Augenbraue und ein leises Räuspern versuchte sie zu signalisieren, dass sie sein Verhalten unangemessen fand. Artjom lächelte sie charmant an und redete weiter.

»Halloho«, hob sie an, »könnten Sie vielleicht später …«

»Schschsch!« Beschwörend führte Artjom seinen Zeigefinger an die Lippen und zwinkerte ihr zu.

»Sagen Sie mal«, wandte sich die Beamtin an mich, »muss das sein? Kann Ihr Lebensgefährte seine Unterhaltung nicht später fortführen?«

»Entschuldigung«, sagte ich, »die Mutter von Herrn Polyakow ist schwer erkrankt. Er muss jederzeit erreichbar sein. Wir rechnen mit dem Schlimmsten.«

Im selben Moment brach Artjom in wieherndes Gelächter aus, klappte sein Handy zu und ließ sich endlich auf den Stuhl neben mir fallen. Im Eiltempo erledigten wir die Formalitäten. Wahrscheinlich befürchtete unser Gegenüber weitere Nachrichten vom Sterbebett der Mutter.

Am Ende mussten wir nur noch einen geeigneten Termin für die standesamtliche Trauung finden.

»Wie wäre es im nächsten Frühjahr?«, schlug die Beamtin vor.

»Nächstes Frühjahr? Das ist aber noch sehr lange hin«, wandte Artjom ein.

»Ach, die paar Monate gehen schnell rum. Und meiner Erfahrung nach ist der Frühling die schönste Jahreszeit für eine Hochzeit. Die meisten Paare wollen unbedingt einen Termin im Mai.«

»Von mir aus«, sagte ich.

»Auf keinen Fall!«, erwiderte Artjom. »Mai – wer weiß, was bis dahin ist. Vielleicht bin ich dann schon tot!«

»Oh, Sie sind auch krank?«, fragte die Dame besorgt.

»Wieso ›auch‹?« Nun war Artjom irritiert.

»Wir wollen einfach so schnell wie möglich heiraten«, grätschte ich dazwischen, »wann ist denn Ihr nächster freier Termin?«

»Ach so, Sie müssen.« Sie guckte vielsagend auf meinen

Bauch. »Nun ja, im November sieht's gut aus. Da will eigentlich sonst keiner. Am Dreizehnten?«

»Nehmen wir«, entschied Artjom.

Klasse, dachte ich, ich heirate an einem Dreizehnten. Im November. Wahrscheinlich wird es wie aus Kübeln schütten.

Guck mal, Kiste. Ist für dich.«

Irina drückte mir eine riesige Pappschachtel in die Hand. Die junge Weißrussin war meine neue Aushilfe, Mischa hatte sie mir vermittelt. Drei bis vier Nachmittage in der Woche erledigte sie den Schreibkram, sprang als Dolmetscherin ein und finanzierte sich so ihr Studium. Irina war ein echter Zugewinn – und unglaublich neugierig.

Erwartungsvoll sah sie mich nun an und wartete, dass ich den Karton öffnete. Ich bugsierte das Monstrum auf meinen Schreibtisch und widmete mich der Post.

»Willst du nicht öffnen?«

»Jaha, gleich.«

»Komm, öffnen!«

»Mensch, Irina, da ist doch nur wieder irgendwas zu essen drin.«

»Nä, nä, drin lebt.«

»Was?«

»Hat Geräusch.«

O nein, dachte ich, bitte, lieber Gott, mach, dass es nicht das ist, was ich denke. Vorsichtig entfernte ich das Klebeband und klappte den Deckel hoch. Im Inneren hockte mein Huhn und starrte uns an.

»Chuhnchen, läcker«, rief Irina und klatschte begeistert in die Hände.

»Irina«, seufzte ich, »rufst du bitte mal Frau Petrowa an und fragst sie, was das zu bedeuten hat?«

Irina griff zum Telefon, zwischen ihr und meiner Mandantin entspann sich ein längerer Dialog, in dessen Verlauf beide Gesprächsteilnehmer laut wurden. Am Ende schien sich aber alles zum Guten zu wenden, mit einem Lachen legte Irina auf.

»Und?« Gespannt sah ich sie an.

»Nun, verhält sich so: Frau sagt, Garten zu klein für zwai Chuhnchen, außerdem Tochter krank, sie muss kummern, und ist dein Chuhnchen, du musst kummern.«

»Oh.«

»Chuhnchen ist super. Meine Babuschka hatte Chuhnchen und immer Eier.«

»Das mag sein. Aber ich kann das Huhn schlecht hier in der Kanzlei halten oder in meiner Wohnung.« Ich verfluchte den Tag, an dem ich mich auf den Eier-Deal mit Frau Petrowa eingelassen hatte.

»Dann kannst du Chuhnchen essen.«

»Genau, dann dreh' ich ihm jetzt gleich den Hals um, und du holst schon mal ein Messer aus der Küche ...«

»Kain Problem, lass uns machen.«

»Irina, das war ein Scherz. Ich bring doch kein Huhn um.«

»Nicht?«

»Nein, nicht!«

Sie zuckte resigniert mit den Achseln. Ich blickte in den Karton. Der selten hässliche Vogel duckte sich und gackerte verstört. Ich gackerte versuchsweise zurück. Nun reckte sich das Huhn, plusterte sich auf, hüpfte flügelschlagend auf den Boden und begann, auf dem Teppich zu picken und zu scharren.

Ob es Hunger hatte? Oder Durst? Ich holte eine Schale mit Wasser, stellte sie unter den Schreibtisch und beschloss, mich der Lösung dieses Problems später zu widmen.

»Irina, ich muss noch mal für zwei Stündchen weg, ich habe einen Termin. Solange kommt ihr beide doch klar, oder?«

»Kain Problem!«

Bildete ich es mir nur ein oder sah ich Mordlust in ihren Augen blitzen?

»Irina, lass die Finger von dem Huhn, okay?«

»Na gutt.«

Mein Termin war eine Verabredung mit Lena. Bei einem gepflegten Kaffee-Cognac wollte ich ihr mein Herz ausschütten. Die Präliminarien zu meiner Hochzeit fingen an, mir über den Kopf zu wachsen. Vor zwei Tagen hatte Darya mir einen Zettel mit ungefähr hundertfünfzig Namen unter die Nase gehalten.

»Was ist das?«, fragte ich Artjom.

»Die Gästeliste.«

»Aha. Und wer sind diese Menschen?«

»Freunde, Verwandte, Verwandte von Freunden, Geschäftspartner ...«

»Ich kenn die alle nicht.«

»Dann wird es Zeit, dass du sie kennenlernst.«

»Aber doch nicht auf unserer Hochzeit. Ich will nicht mit lauter Wildfremden feiern. Und was ist eigentlich mit meinen Freunden und Verwandten?«

»Na, die schreibst du dazu, und dann macht Mam die Einladungen fertig.«

»Ach, deine Mutter schreibt die Einladungen? Auf Russisch, oder was? Das wird ja immer schöner!«

»Paula, es macht meiner Mutter so eine Freude, dieses Fest zu planen. Das bedeutet ihr sehr viel. Bitte verdirb es ihr nicht.«

»Ich es ihr verderben? Und was ist mit mir? Ich dachte, ich heirate, nicht sie ...«

»Jetzt sei doch nicht immer so stur. Du kannst ruhig auch mal nachgeben.«

Ich schwankte kurz zwischen Heulkrampf und körperlicher Gewaltanwendung, zwang mich aber zur Ruhe.

»Schatz, weißt du, was?«, erwiderte ich. »Ich kläre das direkt mit deiner Mutter. Wir werden uns schon einigen ...«

Rostislav hatte derweil ohne weitere Absprache die Location für die Feier gebucht. Seiner Ansicht nach gab es für die Sause des Jahres keinen besseren Ort als das »Baku«, ein russisches Restaurant in den Grindelhochhäusern.

Wie praktisch, dachte ich, lag doch unser Standesamt auch in einer dieser baulichen Scheußlichkeiten. Da konnten wir glatt durch Wind und Regen zu Fuß rübergehen.

Der Brautvater, streng genommen zuständig für die Ausrichtung des Events, zeigte sich hocherfreut über Rostislavs Initiative:

»Wunderbar, wer aussucht, der zahlt!«

Mutter fand die Idee einer russischen Hochzeit bezaubernd und fragte, ob denn auch eine Folklore-Gruppe aufträte. Mit Vater sprach sie nach wie vor nur das Nötigste. Ihr Verhältnis konnte man inzwischen als zerrüttet bezeichnen, da sie sich nicht einigen konnten, wer aus dem Dunstkreis des Hauses Matthes eingeladen werden sollte und wer nicht.

Mutter plädierte – ähnlich wie Darya – für alle Menschen, die man kannte. Vater vertrat den Standpunkt: je weniger, desto besser.

»Ich habe einen Ruf zu verlieren, Luise! Von Paulas Abwegen muss ja nicht die ganze Welt erfahren.«

»Das ist immerhin die Hochzeit deiner Tochter, deiner einzigen Tochter! Dass du dich nicht schämst, Karl.«

»Ich soll mich schämen? Das ist doch alles eine Zumutung!«

Aus dieser Diskussion klinkte ich mich komplett aus. Ich hatte genug um die Ohren – und immer noch kein Kleid.

Von Lena erhoffte ich mir freundschaftlichen Rat, was den Umgang mit der bald anzuheiratenden Verwandtschaft betraf. Zerstreut rührte sie in ihrer Kaffeetasse, während ich mich über Daryas Einmischung und Artjoms Unfähigkeit, seiner Mutter Grenzen zu setzen, beschwerte. Sie lächelte mich an und sagte nur:
»Herzlich willkommen in einer russischen Familie.«
»Das ist alles, was dir dazu einfällt?«
Lena zuckte mit den Schultern. Mein Gejammer ließ sie kalt. »Paula, du heiratest einen Russen.«
»Ja und?«
»Russen haben ein ganz anderes Verhältnis zu ihrer Familie, viel inniger als ihr Deutschen. Ein russischer Mann hört auf seine Mutter – egal wie alt er ist. Du heiratest nicht nur Artjom. Du heiratest auch ein bisschen seine Eltern. Vor allem Darya.«
»Na klasse. Und wo bleibe ich dabei?«
»Das liegt ganz an dir. Sei einfach klug. Finde Kompromisse, verbünde dich mit Darya, zieh sie auf deine Seite. Und wenn sie erst mal Enkelkinder hat, ist sie sowieso zu beschäftigt, um dir das Leben schwerzumachen.«
»Enkelkinder? Was für Enkelkinder?«
»Na ja, ihr wollt doch sicher Nachwuchs, oder?«
»Darüber haben wir uns noch keine Gedanken gemacht. Mit der Familienplanung sollten wir uns wirklich ein bisschen Zeit lassen.«
»Zeit lassen? Wie alt bist du noch mal?«
»Mein Gott, du klingst wie meine Mutter …«

Kompromisse und Kinder, Kinder und Kompromisse, hallte es durch meinen Kopf, als ich in die Kanzlei zurückkehrte. Als ich sah, was mein Huhn auf dem Teppich hinterlassen hatte, beschloss ich, dass es Zeit sei für ein Kompromissgespräch mit Darya, bei dem ich ihr gleichzeitig die Verantwortung für diesen Nachwuchs übertragen wollte. Wer hatte schließlich eine Datscha mit Garten?

Ich stopfte das Vieh in den Karton zurück und zuckelte nach Billstedt. In einem japanisch anmutenden Morgenmantel thronte Darya in der Herbstkälte auf ihrer Terrasse und lackierte sich die Fußnägel. Feierlich stellte ich mein Mitbringsel auf den Tisch und strahlte sie an.

»Guck mal, ich hab dir etwas mitgebracht!«

Sie öffnete ihr Geschenk und schaute erstaunt erst auf das Huhn, dann auf mich. Ich strahlte hartnäckig weiter und bemühte mich dabei um einen unschuldigen Gesichtsausdruck. »Ab jetzt haben wir immer frische Eier. Super, oder?«

Ich hatte mir angewöhnt, einfach auf Deutsch mit ihr zu sprechen, so als könnte sie mich verstehen. Das klappte gut, in den meisten Fällen erfasste sie intuitiv, was ich von ihr wollte. Auch jetzt erwiderte sie:

»Charascho, spassiba.«

Sie packte den Vogel, setzte ihn auf den Rasen, griff zu ihrem Handy und redete fünf Minuten auf jemanden ein, der keine Chance hatte, ihr zu antworten.

Wieder einmal bewies sie, dass sie eine Frau der Tat war. Keine halbe Stunde später erschien Rostislav, ächzte unter der Last diverser Bretter und Werkzeuge und begann, einen Stall zu bauen.

Zufrieden schauten wir ihm dabei zu, tranken heißen Tee und wippten zum Takt der Hammerschläge mit den Füßen. Der perfekte Moment für ein Kompromissgespräch.

»Darya, können wir noch einmal über die Hochzeit reden?«

»Da.«

»Ich finde das klasse, wie du dich um alles kümmerst. Das ist wirklich eine große Hilfe für mich.«

»Da.«

»Rostislav hat so ein tolles Restaurant ausgesucht. Wirklich, toll. Ich kenne mich nun mit russischem Essen nicht so richtig gut aus. Meinst du, du könntest die Menüplanung übernehmen? Und so Sachen wie die Tischdeko und wer wo sitzt? Ach ja, vielleicht brauchen wir auch einen DJ für die Musik. Und wer weiß was noch alles.«

»Da.«

»Ach, super! Danke. Im Gegenzug würde ich mich dann um die Einladungen kümmern, wenn's dir recht ist. Die müssen jetzt auch langsam mal raus, das sind ja nur noch ein paar Wochen.«

»Charascho, charascho.«

Na also, dachte ich, die habe ich ausgetrickst. Ich bemühte mich, nicht allzu triumphierend zu grinsen.

Abends drückte ich Artjom die überarbeitete Gästeliste in die Hand, die ich nunmehr auf etwa fünfzig Personen geschrumpft hatte.

»Wenn du noch mal einen Blick draufwerfen könntest. Nicht dass ich jemanden vergessen habe.«

»Nur noch so wenige? Weiß Mam davon?«

»Natürlich, das habe ich alles mit ihr abgesprochen.« Innerlich klopfte ich mir selbst für mein geschicktes Vorgehen auf die Schulter. »Und außerdem sollst du doch sagen, ob jemand fehlt.«

Artjom überflog die Zettel, kritzelte drei Namen dazu und seufzte schwer.

»Deduschka wird es wohl nicht schaffen …«

»Wer?«

»Deduschka, mein Großvater. Er will unbedingt kommen, aber er hat das Visum zu spät beantragt. Das klappt nie und nimmer.«

»Ach, das ist schade. Deinen Opa würde ich gern kennenlernen.«

»Keine Sorge, das wirst du. Aber wahrscheinlich erst nach dem Fest. Hättest du eigentlich etwas dagegen, wenn er während seines Besuchs bei uns wohnt? Bei meinen Eltern ist es doch etwas eng und auf der Datscha im Winter zu kalt.«

»Natürlich kann er zu uns, solange er zu Besuch ist«, sagte ich mit blauäugiger Großzügigkeit und hatte das gute Gefühl, dass endlich alles auf dem richtigen Weg war.

Meiner Mutter erklärte ich, dass sie sich bezüglich ihrer Wünsche und Fragen zum Fest bitte an Darya, die Cheforganisatorin, wenden möge. Sollten die beiden doch zusehen, wie sie miteinander klarkamen – sprachlich und menschlich.

Daryas Brautmodenkataloge entsorgte ich unauffällig mit dem Altpapier und überredete Lena, mit mir auf Shopping-Tour zu gehen. Stundenlang schleifte sie mich durch Boutiquen mit sündhaft teurer und nach meinem Geschmack etwas zu auffälliger Mode.

Sie zerrte unzählige Kleider von den Stangen und hielt sie mir unter die Nase, die ich jedes Mal rümpfte. Ihr Missmut wuchs, das konnte ich deutlich an der immer tiefer werdenden Falte zwischen ihren Augenbrauen erkennen. Dann platzte ihr der Kragen.

»Verdammt, Paula, wir suchen hier was für deine Hochzeit. Da willst du doch gut aussehen, atemberaubend, sexy.«

»Jaha, schon. Aber meinst du nicht, dass etwas weniger mehr ist?«

»Lass mich raten, was du damit meinst: grau, hochge-
schlossen, knöchellang?«

»Also knöchellang muss es nicht gerade sein, aber …«

»Paula!« Lena stampfte mit dem Fuß auf. »Du bist eine
attraktive Frau und machst so wenig aus dir. Schau dich
doch mal an. Du läufst immer rum wie … wie …«

Ich guckte in den Ankleidespiegel. Die Haare zum zweck-
mäßigen Zopf gebunden. Kaum Make-up. Dunkelblauer
Hosenanzug, weiße Bluse, flache Schuhe. Nicht gerade der
letzte Schrei, dafür praktisch.

Lena dagegen sah wie immer umwerfend aus und trug etwas sehr Enges, Kurzes von einem sehr teuren Label. Dazu
die obligatorischen High Heels. Ihre dunklen langen Haare
glänzten im Licht des Ladens, als hätte sie sie drei Stunden
durch ein Glätteisen gezogen. Selbstredend war sie perfekt
geschminkt. Nun ja, neben ihr wirkte ich tatsächlich ein
wenig farblos.

»Okay.« Ich kapitulierte. »Dann gib den Fummel mal her.
Anprobieren schadet ja nicht.«

Ich zwängte mich in mindestens dreißig weitere Fummel,
bis Lena mit einem spitzen Schrei ein knallrotes Teil vom
Bügel riss. »Das ist es, Paula, das ist es!«

Mittlerweile nahezu willenlos taumelte ich in die Umklei-
dekabine und streifte das Kleid über. Es saß wie angegos-
sen. Von vorn wirkte es fast ein bisschen streng, reichte
hoch bis zum Hals, dafür hatte es ein Rückendekolleté, das
erst kurz vor der Poritze endete. Es war schmal geschnitten, ohne störende Applikationen und bodenlang. Klas-
sisch, aber trotzdem verrucht. Sexy, aber angezogen. Und
die Farbe war der Hammer.

Lena war mehr als zufrieden. Nachdem ich mich ausgiebig
vor ihr gedreht und gewendet hatte, nickte sie dem Verkäu-

fer kurz zu: »Nehmen wir. Packen Sie außerdem bitte das kleine Schwarze, das Silberne mit den Pailletten und das Türkisfarbene dazu.« Und zu mir gewandt: »Du gehst ja schließlich öfter mit Artjom aus. So, und jetzt brauchen wir nur noch drei, vier Paar Schuhe.«

Verarmt, aber glücklich stolperte ich abends mit meinen exklusiven Tragetaschen nach Hause, wedelte den neugierigen Artjom aus dem Schlafzimmer und versteckte mein Hab und Gut.

Ich ließ mich aufs Sofa fallen, kuschelte mich an ihn und raunte bedeutungsschwanger:

»Ich sage nur so viel: Du solltest kein Pink und kein Lila tragen. Sonst passen wir farblich nicht zusammen …«

Artjom kicherte. »Kein Pink? Ach, wie schade!«

Ich hatte ein Kleid. Die Einladungen waren verschickt. Darya war im Vorbereitungswahn und ruhiggestellt. Meine Eltern hatten genug miteinander zu tun. Die Eheringe erklärte Artjom zur Chefsache. Alles lief seinen geregelten Gang. Und langsam, ganz langsam, fand ich etwas Ruhe.

Selbst als der Herr verkündete, er sei in der Woche vor unserer Hochzeit leider abwesend – »Bisness, Paula, Bisness!« –, blieb ich gelassen. Die Aussicht, meine letzten Tage in Freiheit ungestört zu verbringen, fand ich geradezu verlockend.

Als Lena anrief, um zu erfahren, ob ich irgendeine Art von Junggesellinnenabschied geplant hätte, reagierte ich verhalten.

»Weißt du, ich bin ja nicht so ein Partygirl. Und in einer albernen Verkleidung durch die Gegend zu ziehen und komische Spielchen zu spielen, ist echt nicht meins.«

»Was hältst du davon, wenn wir mit ein paar Freundinnen in die Banja gehen?«

»Wohin?«

»Banja, Sauna. Bisschen schwitzen, quatschen, lecker essen und trinken. Ich organisier' das. Du musst dich um nichts kümmern.«

Sauna – das klang nett. Entspannt.

Um nichts kümmern – das klang noch netter.

Warum nicht? Ich bedankte mich bei Lena für die reizende Idee und versorgte sie mit den Telefonnummern meiner ehemaligen Kommilitoninnen Heike und Elisabeth, die ich auch zur Hochzeit eingeladen hatte.

Die beiden konnten gegensätzlicher kaum sein. Heike war eine stämmige Dithmarscher Bauerstochter, laut, lustig und von robustem Gemüt, was sie aus der elitären Jura-Clique heraustechen ließ. Direkt im Anschluss an ihr Studium heiratete sie einen Hamburger Schweinehändler, gebar ihm drei Söhne und fristete seitdem ein Dasein als überqualifizierte Hausfrau.

Elisabeth dagegen war eine echte »von und zu«, verarmter niedersächsischer Landadel, ausgestattet mit gutem Aussehen, tadellosen Manieren, gehörigem Standesdünkel und dem unbedingten Willen, den maroden Mauern des heimischen Gutshauses zu entfliehen. Sie war nun schon zum zweiten Mal vermögend geschieden und arbeitete als Familienrechtlerin. Nicht, dass sie es noch nötig gehabt hätte.

Außer den beiden und Irina hatte Lena noch Anastassia, Natalia und Julia eingeladen, die ich nicht kannte. Aber sie standen auf Daryas Gästeliste und waren die Gattinnen von wem auch immer.

»Wo saunieren wir denn?«, fragte ich Lena, als wir zu un-

132

serem Treffen loszuckelten, und wähnte mich schon bald in der Wellness-Anlage eines exklusiven Hotels.

»Mischa hat einen neuen Nachtclub gepachtet. Der ist noch nicht eröffnet, weil die Bar renoviert werden muss. Aber unten im Keller gibt's eine Sauna und einen riesigen Whirlpool, alles picobello! Wir sind ganz unter uns.«

Ach, herrje, dachte ich, gleich sind wir nackt im Puff. Das Ambiente für meinen Junggesellinnenabschied hatte ich mir etwas gediegener gewünscht. Mir wurde mulmig. Was wohl Elisabeth dazu sagen würde?

Mit Schwung raste Lena durch die Stadt und schoss schließlich auf einen Hinterhof in St. Georg. Die deutschen Damen waren selbstredend pünktlich und drückten sich etwas verloren in der Auffahrt herum. Elisabeth, bewaffnet mit Beautycase und Hermès-Reisetäschchen, stürzte auf mich zu.

»Da seid ihr ja endlich! Wo soll denn hier bitte schön eine Sauna sein?«

Nach einer kurzen Vorstellungsrunde sagte Lena: »Kommt mit!«, und öffnete im hintersten Winkel des Hofes eine schwere weiße Tür mit einer verschlossenen Sichtklappe. Wir stolperten hinter ihr durch einen rabenschwarzen Gang, durchquerten den im Aufbau befindlichen Club und stiegen weiß gekachelte Treppen hinab.

Unten erwartete uns ein riesiger Raum mit einer verspiegelten Decke, terrakottafarbenem Boden, mehreren roten Plüschsofas und einer überdimensionierten Spielwiese voller Kissen und Plaids. Das Ambiente erinnerte entfernt an mein neues Schlafzimmer. Nur der röhrende Hirsch an der Wand fehlte.

Dafür standen in den Ecken griechisch-römisch anmutende Statuen, Männer und Frauen, ins Liebesspiel vertieft. An einer der Längsseiten des Zimmers war ein üppiges Büfett mit russischen Schmankerln aufgebaut. Schwere Kandelaber verbreiteten mit ihren Kerzen ein warmes Licht.

»Das nenne ich mal eine originelle Location«, sagte Elisabeth, den Blick auf das imposante Gemächt eines steinernen Jünglings geheftet.

»Wow, lecker!« Heike hatte nur Augen fürs Büfett. »Ist das schon eröffnet?«

»Bitte, die Damen«, Lena klatschte in die Hände, und ein Jüngling aus Fleisch und Blut erschien, gehüllt in ein zu einer Toga drapiertes Bettlaken, und reichte ihr ein Glas Sekt. Dann stellte er sich mit stoischem Gesichtsausdruck neben das Büfett.

»Einmal klatschen bedeutet: bitte etwas zu trinken. Zweimal heißt: bitte etwas zu essen«, erklärte Lena. »Links geht's zum Whirlpool und den Duschen, rechts zur Sauna. Macht es euch gemütlich.«

Heike klatschte sofort viermal, also doppelte Portion.

»Und den jungen Mann gibt's zum Dessert?« Elisabeth lächelte süffisant.

»Lena«, flüsterte ich, »das ist toll. Das schöne Essen! Und dann sogar ein, äh, Kellner … Wie viel bekommst du denn dafür von mir?«

»Gar nichts«, flüsterte sie zurück, »unser guter Nikolai hier schuldet Mischa noch einen Gefallen, einen mehrstelligen Gefallen. Er ist sehr glücklich, uns auf diese Art seine Wertschätzung zu zeigen.«

Nach und nach trudelten auch die russischen Gäste ein. Anfänglich fremdelten Ost und West ein wenig miteinander. Nachdem die ersten beiden Flaschen Krimsekt geleert waren, nahm die Völkerverständigung jedoch ihren Lauf.

Unser persönlicher Sklave mühte sich redlich, all unsere Wünsche zu erfüllen. Doch steigender Alkoholkonsum und

Saunadämpfe vernebelten unsere Hirne, so dass wir bald wild durcheinanderklatschten und den armen Nikolai zwangen, im Zickzacksprint durch den Raum zu eilen. Dennoch fand er Zeit, der drallen Dithmarscherin immer längere und wohlwollendere Blicke zuzuwerfen. Auch Heike gefiel der junge Verehrer, und mit den Worten: »So, Mädels, holt euch euren Wodka selbst!«, zerrte sie ihn irgendwann Richtung Whirlpool.

Elisabeth hatte mit schwerer Zunge Lena in ein Gespräch über die Rolle der russischen Frau in der Gesellschaft verwickelt.

»Weisssu, was ihr alle wollt? Reich heiraten!«

Lena nickte verständnisvoll und tätschelte beruhigend Elisabeths Knie.

»Ha, wusssichs doch!«, gurgelte Elisabeth, bevor sie nach hinten auf die Spielwiese kippte, direkt neben die schnarchende Irina.

Auch Julia hatte schon aufgegeben und schlummerte auf einem Sofa. Anastassia und ich hielten noch durch, gebannt lauschte ich ihrer Erklärung, dass sie eine direkte Nachfahrin der Romanow-Dynastie sei und nach ihrer Ururgroßcousine benannt worden war. Im Übrigen war sie fest davon überzeugt, dass die Monarchie in absehbarer Zeit nach Russland zurückkehren würde.

In den frühen Morgenstunden krabbelten wir die Kellertreppe hoch, Heike entschwand mit Nikolai in der Dunkelheit, wir anderen quetschten uns in Lenas Mercedes.

»Bisssu sicher, dasssu fahren kannst?«, fragte ich.

»Gansssicher«, nuschelte Lena und gab Gas. Schlitternd kam sie vor meiner Haustür zum Stehen, alle Frauen umarmten mich, Elisabeth grölte:

»Dolle Paady, am Dreizehnten machen wir weidder!«

11

Meine Hochzeit verlief anders als erwartet. Aber alle amüsierten sich prächtig.

Es ging damit los, dass Artjom mich am Vorabend aus der Wohnung schmiss.

»So, Paula, du schläfst heute bei deinen Eltern.«

»Warum das denn?«

»Weil wir die Nacht vor der Hochzeit nicht zusammen verbringen dürfen.«

»Sagt wer?«

»Die Tradition.«

»Und deshalb muss ich woanders schlafen? Warum fährst du nicht einfach in die Datscha?«

»Weil die Braut bei ihren Eltern schläft. Das ist so. Und nun husch, pack deine Sachen, deine Mutter wartet unten.«

»Meine Mutter?«

»Na, irgendwer muss dich doch abholen.«

Tatsächlich stand Mutter in Vaters Mercedes direkt vor der Haustür. Bei ihrem Versuch, in zweiter Reihe zu parken, hatte sie die Straße blockiert und widerstand tapfer einem wüsten Hupkonzert. Ich warf meine Taschen auf die Rückbank und schlüpfte eilig in den Wagen.

»Mama, du weißt, was du tust?«

»Sicher, mein Kind, sicher.«

»Und Papa weiß, dass du das Auto genommen hast?«

Schweigen. Mutter hatte bestimmt seit dreißig Jahren nicht mehr hinter dem Steuer gesessen. Sie war eine sehr ängstliche und nervöse Fahrerin gewesen. Ich erinnere mich noch vage daran, dass ich mich als Kind immer platt auf den Boden des Fonds gedrückt und gebetet hatte, wenn sie fuhr. Nachdem sie zum wiederholten Male ein Hindernis touchierte, entzog Vater ihr den Führerschein.

»Soll ich lieber fahren?«

»Nein, nein, das geht schon.«

Mit Tempo zehn ruckten wir nach Nienstedten, begleitet von Drohgebärden anderer Verkehrsteilnehmer, und erreichten schweißüberströmt das Matthessche Anwesen. Dort wartete schon Vater auf der Eingangstreppe.

»Luise!«, brüllte er. »Wie kannst du es wagen, den Wagen zu nehmen?«

»Ich muss nicht um Erlaubnis fragen. Ich bin eine erwachsene Frau«, antwortete sie schnippisch und ließ ihn stehen.

»Komm, Kind, wir machen es uns gemütlich.«

Es wurde tatsächlich ein schöner Abend. Vater zog sich schmollend in sein Arbeitszimmer zurück, Mutter und ich versanken in alten Fotoalben. »Guck mal, du warst so ein süßes Baby!«

Natürlich schauten wir uns auch ihre Hochzeitsbilder an – Mutter ganz in Weiß, schüchtern unter ihrem Schleier hervorlugend, Vater im strengen schwarzen Cut, etwas ungläubig blickend.

»Sag mal«, fragte ich, »warst du eigentlich sehr in Papa verliebt?«

»Und wie! Dein Vater war aber auch ein schmucker Kerl, so groß und schlank. Und charmant war er, er hat mich mit Komplimenten überschüttet. Er wusste genau, was er wollte, nämlich mich!« In Mutters Stimme schwang Stolz mit.

»Na ja«, wandte ich vorsichtig ein, »du warst eine gute Partie.«

Mutter stammte aus einer alteingesessenen Hamburger Kaufmannsfamilie. Vater dagegen kam aus bescheidenen Verhältnissen, Großvater war im Krieg gefallen, und Großmutter verdingte sich als Schneiderin, um sich und ihren Sohn durchzubringen. Sein Jurastudium in Trier hatte sie sich vom Munde abgespart.

Als Mutter ihn kennenlernte, war er ein aufstrebender Referendar bei Gericht, entschlossen, es in die besseren Kreise zu schaffen. Mutters nicht unerhebliche Mitgift erleichterte diesen Aufstieg deutlich.

»Glaub mir, Paula, dein Vater hat mich nicht nur wegen des Geldes geheiratet. Er war damals ganz verrückt nach mir.«

Ich erinnerte mich an die alten Geschichten, als Vater, noch in der Phase des Werbens und Balzens, nächtens das Verdeck von Mutters froschgrüner Isetta unsachgemäß öffnete, um im Innenraum Hunderte von Blumen zu versenken. Und dass er einmal eine kleine Zigeuner-Kapelle engagiert hatte, die unter Mutters Mädchenzimmer aufspielte, so lange, bis jemand die Polizei rief.

Eine Weile schwiegen wir, jede ihren Gedanken nachhängend. »Paula«, sagte sie schließlich, »du gehörst ins Bett. Morgen ist dein großer Tag. Und der wird anstrengend.«

Ich erwachte vom Geräusch des prasselnden Regens auf dem Fenster. Das klart bestimmt noch auf. Kann ja nicht den ganzen Tag schütten, dachte ich.

Es konnte. Es konnte sogar hageln und gewittern. Doch vorerst machte mir das Wetter überhaupt nichts aus. Ich merkte, wie die Aufregung sich langsam in mir ausbreitete, meine Haut zu kribbeln begann und mein Herzschlag sich beschleunigte. Am Ende dieses Tages würde ich eine verheiratete Frau sein. Endlich unter der Haube, um es mit den Worten meiner Mutter zu sagen.

Im Laufe des Vormittags fiel Darya in das Haus meiner Eltern ein. Schon zu diesem Zeitpunkt war sie aufgelöst, lachte und weinte gleichzeitig und riss uns alle an ihre mütterliche Brust. Dann zerrte sie eine junge Frau herein, die mit einem Rollköfferchen bescheiden vor der Tür gewartet hatte, und erklärte mit großartiger Geste: »Visagist!«

»Was für eine nette Idee! Paula hat es ja nicht so mit Make-up, schön, dass ihr heute jemand dabei hilft«, freute sich Mutter.

Darya nickte eifrig und scheuchte mich und ihren Anhang die Treppe hinauf, dann rauschte sie vom Hof.

»Kaine Zait, kaine Zait. Tschüssi.«

Die Aussicht, dass mir gleich ein wildfremder Mensch im Gesicht herumfummeln würde, löste bei mir Beklemmungen aus. Gottergeben ließ ich die Prozedur über mich ergehen und zählte dabei die Kacheln an der Badezimmerwand. Die Fachfrau gab derweil alles: Sie tuschte, sie puderte, sie schmierte, sie fluchte. Dann endlich war sie zufrieden und zog mich vor den Spiegel. Das Ergebnis war erschütternd. Lider in Grün und Lila, knallrote Apfelbäckchen, konkurrierend mit grellpinken Lippen.

»Oh«, sagte ich, »das ist wirklich außergewöhnlich.«

Ich bedankte mich überschwenglich und komplimentierte Daryas Gehilfin aus dem Haus. Auf der Treppe begegnete uns Vater. »Oh«, sagte er, »ein Clown.«

Ich ging zurück ins Bad und wusch mir das Gesicht. Es gelang mir nicht wirklich, die wasser- und seifenresistente Wimperntusche vollständig zu entfernen, sie blieb als dunkler Schatten unter meinen Augen hängen. Ich griff nun selbst in die Schminkschatulle und zauberte ein für meine

Verhältnisse ansehnliches Make-up, nicht zu viel und nicht zu wenig, wie ich fand. Meine Haare steckte ich hoch, das hatte ich tagelang heimlich vorm Spiegel geübt.

Ein Blick auf die Uhr – es war Mittag – bestätigte mir, dass noch ausreichend Zeit zum Ankleiden war. Gegen vierzehn Uhr sollte ein mir unbekanntes Abholkommando anrollen – Darya und Mutter hatten ein großes Geheimnis daraus gemacht – und um sechzehn Uhr die standesamtliche Trauung vollzogen werden.

Rechtzeitig schlüpfte ich in nagelneue Dessous, Seidenstrümpfe und mein rotes Wunder. Zum Schluss stieg ich in die kürzlich erworbenen, sündigen High Heels. Dann präsentierte ich mich meinen Eltern.

»Mein Gott, Paula, du siehst hinreißend aus.« Mutter hatte feuchte Augen. »Und dieses Make-up. Da sieht man gleich, dass ein Profi am Werk war ...«

Vater schluckte und räusperte sich. »Wirklich, sehr hübsch.«

»Danke, Papa.«

Punkt dreizehn Uhr dreißig war Familie Matthes zum Abmarsch bereit und wartete im vollen Feststaat. Es wurde vierzehn Uhr, vierzehn Uhr dreißig, fünfzehn Uhr. Kurz nach drei klingelte es Sturm. Ich riss die Tür auf, vor der Artjom, Mischa und zwei weitere Herren standen.

»Nanu, so pünktlich heute?«, fragte ich.

»Natürlich, was denkst du denn? An so einem Tag!«, sagte Artjom, an dem mein Sarkasmus wie immer spurlos vorüberging.

Wir eilten zu einer Stretchlimousine, die im Vorgarten parkte. Auf der halsbrecherischen Fahrt nach Eimsbüttel – Mischa saß am Steuer – kam ich endlich dazu, mir meinen Zukünftigen in Ruhe anzuschauen. Wow, dachte ich, nicht schlecht.

Artjom trug einen nachtblauen Smoking mit passender Fliege, unter der Weste blitzte ein cremefarbenes Rüschenhemd. Er sah unverschämt gut aus.

»Dein Kleid ist unglaublich«, flüsterte er mir ins Ohr und schaute mich an. »Aber hast du schlecht geschlafen? Du hast so dunkle Ringe unter den Augen.«

»Nein, nein, alles gut. Ich bin nur etwas aufgeregt.«

Sehr kurz vor vier erreichten wir das Standesamt und hetzten in die Eingangshalle, in der eine unübersichtliche Anzahl an Menschen wartete. Unschwer konnte man zwei Gruppierungen ausmachen. Rechts das deutsche Häuflein, im gediegen-dezenten hanseatischen Schick, das misstrauisch die russische Meute zur Linken beäugte. Dort trugen die Herren fast ausnahmslos Sonnenbrillen, die Damen bestachen durch farbenfrohe und knappe Outfits, deren bloßer Anblick eine Blasenentzündung verursachte.

Das sind aber viel zu viele, dachte ich. Wahrscheinlich ist das schon die nächste Hochzeitsgesellschaft. Und wo sind eigentlich Darya und Rostislav?

Es blieb weder Zeit, sie zu suchen, noch die Gäste anständig zu begrüßen. Mutter drückte mir den Brautstrauß in die Hand, dann zwängten wir uns in das kleine Trauzimmer. Die Standesbeamtin guckte vorwurfsvoll auf ihre Uhr und wartete darauf, dass alle ihren Platz fanden. Ein unmögliches Unterfangen, der begrenzte Raum fasste nicht die Menge an Menschen, die hineindrängte. Es gab erste kleinere Tumulte. Aus den Augenwinkeln erspähte ich Tante Irmi, Vaters Cousine, die mit ihrem Rollator Mischa beherzt über die Füße fuhr, um sich Platz zu verschaffen.

»Meine Herrschaften, bitte!«, rief die Standesbeamtin. »Vielleicht können wir uns darauf einigen, dass nur die engsten Verwandten und die Trauzeugen das Brautpaar begleiten und die anderen auf dem Flur warten. Wir können ja die Tür auflassen. Dann hören sie zumindest alles.«

Es gab ein längeres Gedrängel, Geruckel und Geschiebe, erschöpft landeten meine Eltern neben mir, auch Mischa und Lena, unsere Trauzeugen, bahnten sich ihren Weg. Tante Irmi konnte die Umstehenden davon überzeugen, dass sie wirklich zum Familienkreis zählte. Schnell wurde sie ihrer Gehhilfe beraubt und über die Köpfe der anderen nach vorne getragen. Langsam beruhigte sich die Horde. Nur von Darya und Rostislav gab es weit und breit keine Spur.

»Wo sind deine Eltern?«, zischte ich.

»Keine Ahnung. Aber die sind bestimmt gleich da.«

»Und wenn nicht?«

»So«, erhob die Beamtin ihre Stimme, »können wir beginnen?«

»Entschuldigung, meine Schwiegereltern fehlen noch. Vielleicht stecken sie im Stau.«

Die Dame knirschte mit den Zähnen und schüttelte den Kopf. »Wir müssen jetzt wirklich anfangen. Wir hinken zeitlich schon hinterher. Können Sie die Vermissten mal anrufen?«

Artjom suchte hektisch nach seinem Handy, das allerdings im Auto lag. Dafür wurden etwa sechzig andere Mobiltelefone gezückt, deren melodische Klingeltöne schon die ganze Zeit den festlichen Rahmen untermalt hatten. Keiner konnte die beiden erreichen, wahrscheinlich war das Netz unter dem Ansturm der Anrufe zusammengebrochen.

»Wir beginnen«, entschied die Standesbeamtin, denn langsam wurde auch die Luft in dem überheizten Zimmer knapp. Wir widmeten uns zunächst den Formalitäten, dann hielt sie eine kleine Ansprache, in der sie betonte, dass dieser Bund fürs Leben geschlossen werde und nicht leichtfertig zu lösen sei, dass eine Ehe auch Verantwortung bedeute, gerade in den schlechten Tagen, die wohl jedes Paar zusammen durchleide.

Ich schnappte nach Luft, klammerte mich an Artjoms Hand und widerstand einem kurzen Fluchtimpuls. Ich hatte sowieso keine Chance, hier herauszukommen.

Gegen Ende der schlichten Zeremonie ertönten vom Flur her Hochrufe, und unter einigem Hallo quetschten sich Darya und Rostislav zu uns.

»Wo wart ihr denn?«, japste ich.

Darya zuckte die Schultern und wandte sich mit einem resoluten »Dawai, dawai« an die genervte Standesbeamtin.

»Dalli, dalli«, übersetzte ich freundlich.

Es ging wirklich schnell, Artjom zückte die Ringe, in der einen Sekunde unterschrieben wir amtliche Dokumente, in der nächsten waren wir Mann und Frau. Die Menge jubelte, klatschte und trampelte, Mutter und Darya heulten, Rostislav haute Vater ununterbrochen auf den Rücken, Artjom und ich küssten uns.

In der Eingangshalle hatte irgendwer eine mobile Bar aufgebaut, Korken knallten, Konfetti flog, ein Akkordeon erklang, fremde Menschen schlossen mich in ihre Arme und schwenkten mich herum. Mit den Worten: »Wir schließen gleich!«, rannte die Standesbeamtin an mir vorüber.

Nach und nach entdeckte ich vertraute Gesichter: Heike, Elisabeth, Tante Irmi, auf der verzweifelten Suche nach ihrem Rollator, zwei entfernte Cousinen, ein Onkel, Nachbarn meiner Eltern – und Bernhard.

Was macht der denn hier?, dachte ich.

»Was machst du denn hier?«, fragte ich, als ich auf ihn zustolperte.

»Deine Mutter hat mich eingeladen.«

»Und dann kommst du tatsächlich? Findest du das nicht völlig unpassend?«

»Ehrlich gesagt, war ich neugierig, in was für eine Sippe du da einheiratest.« Sein Blick glitt abschätzig über die anderen Gäste. »Na ja, etwas Ähnliches hatte ich erwartet. Neureiche Russen!«

»Danke für die Glückwünsche, Bernhard. Wir haben sicher später noch die Gelegenheit, miteinander zu plaudern. Du entschuldigst mich?«

Ich schoss auf Mutter zu, zog sie beiseite und fragte drohend: »Bist du verrückt geworden? Wie kommst du dazu, diesen Idioten einzuladen?«

Sie wusste sofort, wer gemeint war, und wand sich verlegen. »Weißt du, ich dachte, der soll ruhig mal sehen, was er verloren hat.«

Bevor ich etwas erwidern konnte, forderte Rostislav Mutter zu einem spontanen Tänzchen auf, und sie hüpfte davon. Später, dachte ich, später, und schnappte mir als Nächstes Darya.

»Wo kommen diese ganzen Menschen her? Ich dachte, wir waren uns einig, was die Gästeliste betrifft?«

Sie lächelte fein, tätschelte meinen Arm und tat so, als würde sie mich nicht verstehen. Langsam schwante mir, dass es vielleicht ein Fehler gewesen war, ihr unkontrolliert die Ausrichtung des Festes zu überlassen. Und ich fragte mich, womit ich wohl noch zu rechnen hätte.

Für weitere Diskussionen blieb keine Zeit, ständig schüttelte mir irgendwer die Hand, ich schüttelte artig zurück und wurde von vorn nach hinten und wieder zurück gereicht.

Wie auf ein unsichtbares Zeichen hin setzten sich schließlich alle in Gang und strömten zur Tür. Der Regen war inzwischen zu einem ordentlichen Guss geworden, in der Ferne donnerte es.

Neben unserer Limousine und einem Fuhrpark an Gelände- und Sportwagen stand nun auch ein veritabler Reisebus. Die Menschen verteilten sich auf die Fahrzeuge, ich zupfte Artjom am Ärmel und fragte:

»Ist das nicht ein bisschen übertrieben für das kleine Stückchen? Wir können doch laufen.«

»Laufen?« Artjom sah mich entgeistert an. »Bis zum Fischmarkt?«

»Wieso Fischmarkt? Das Restaurant ist doch nur ein paar Meter weiter.«

»Paula, wir müssen doch noch Fotos machen und Blumen niederlegen.«

»Ach so?«

Im Auto erklärte mir Artjom, dass es ein russischer Brauch sei, im direkten Anschluss an die Eheschließung zu einem Denkmal oder einem anderen bedeutsamen Ort zu fahren und sich dort fotografieren zu lassen. Ich persönlich fand nicht, dass der Hamburger Fischmarkt ein besonders ehrwürdiges Plätzchen war, hielt aber meine Klappe. Es sollte mir keiner nachsagen, dass ich die Sitten und Gebräuche anderer Kulturen nicht achtete.

Unser Konvoi raste hupend durch die Stadt, ein paar deutsche Gäste verloren den Anschluss und stießen erst Stunden später im Restaurant wieder zu uns, da ihnen keiner gesagt hatte, wohin die wilde Fahrt ging. Meiner Meinung nach verpassten sie nichts.

Am Fischmarkt rannten alle im strömenden Regen zur Kai-Mauer, an der ein U-Boot vertäut lag. Ein russisches U-Boot, genau genommen ein original U-434, gebaut 1976 und von den Sowjets während des Kalten Krieges zu Spionagezwecken eingesetzt. Jetzt diente es als Museumsschiff und konnte besichtigt werden. Die perfekte Kulisse für ein Hochzeitsfoto.

Der Wind pfiff und zerrte an den Festtagsgarderoben, als wir das Boot enterten. Es begann zu hageln, und es donnerte direkt über uns. Während ich auf dem glitschigen Deck herumeierte, merkte ich, wie meine Füße in den ungewohnten Schuhen erste Blasen bildeten.

»Artjom«, schrie ich, bemüht, das Unwetter zu übertönen, »können wir das hier ein wenig abkürzen?«

»Was hast du gesagt?«

»Schneller machen!«

»Was?«

»Egal, vergiss es.«

Der Stoff meines roten Wunders zeigte erste Ermüdungserscheinungen. Meine verträumte Hochsteckfrisur hatte sich in null Komma nix aufgelöst. Die anderen sahen nicht viel besser aus. In Windeseile wurden Fotos gemacht. Das schönste ließ Artjom später rahmen und hängte es in unseren Flur: ein stolzer Russe auf einem U-Boot, der kühn Wind und Wetter trotzt. Neben ihm ein nasses Etwas, umhüllt von einem feuchten Lappen und mit Haaren wie ein Wischmopp.

Der Großteil der Gäste erreichte das Restaurant durchnässt und frierend. Nur einige wenige hatten das Schauspiel aus dem Schutz des Reisebusses heraus betrachtet. Die Frauen stürmten geschlossen den Waschraum, um Kleidung, Frisuren und Make-up zu richten. Eine beflissene Kellnerin reichte Handtücher und servierte vor den Toiletten heißen Tee und Wodka. Die Laune stieg.

Nachdem ich einigermaßen wiederhergestellt war, begutachtete ich die Räumlichkeiten. Im Restaurant waren an den Seiten und auf einer kleinen Empore lange Tafeln aufgebaut, die sich unter den Speisen bogen. In der Mitte befand sich eine freie Fläche, über der eine Discokugel glitzerte, an einer Wand hing ein riesiger Flatscreen, auf dem ein heimeliges Feuer flackerte. Auf dem Weg zu den Toiletten gab es noch ein Séparée, von außen gestaltet wie ein Holzhäuschen, in dem Tee, Kaffee, Likör und Zigaretten konsumiert werden konnten.

In puncto Dekoration hatte Darya alles gegeben. Innerlich wappnete ich mich gegen Pink oder Mint als vorherrschende Farben. Meine Schwiegermutter hatte sich für Schwarz und Lila entschieden. Seidig-violette Hussen zierten die Stühle, schwarze Tischläufer waren mit lila Glasherzen bestreut. Sogar die Blumenbouquets waren in dieser Farbkombination gehalten.

Wo bekommt man bloß schwarze Blumen her?, fragte ich mich. Alles in allem aber war das Ambiente gelungen, ein wenig dunkel vielleicht, was der Veranstaltung einen morbiden Charme verlieh.

»Wie auf einer Trauerfeier«, unkte Vater, »passt ja.«

Liebevoll von Hand beschriftete Tischkärtchen standen auf den Tellern. Sie waren auf Kyrillisch, die Deutschen irrten umher, die Russen waren behilflich und lasen vor, es wurden erste, unfreiwillige Kontakte geschlossen.

Auch bei der Plazierung hatte sich Darya Gedanken gemacht und alle Anwesenden bunt durcheinandergemischt, um Cliquenbildung vorzubeugen. So fand sich Tante Irmi zwischen zwei hünenhaften Kasachen wieder, beide des Deutschen kaum mächtig und rührend um ihr Wohlergehen besorgt. Angsterstarrt aß sie artig alles auf, was die beiden ihr abwechselnd auf den Teller luden.

Heike wurde von ihrem Schweinehändler getrennt und saß mit den Kindern bei Anastassia und Julia, was sie sehr begrüßte. Von Zeit zu Zeit warf sie etwas bange Blicke zu ihrem Mann, den Darya treffsicher neben Nikolai postiert hatte.

Elisabeth hatte ihr Schildchen heimlich getauscht, so dass sie neben Lena sitzen konnte. Bernhard landete weit abgeschlagen am hinteren Ende und lauschte gebannt Frau Petrowas Ausführungen über Hühnerzucht.

Brautpaar nebst Eltern und Schwiegereltern thronten an der Stirnseite und hatten einen perfekten Blick auf die illustre Tafelrunde.

Ein kleiner dicker Mann in einem gelben Anzug hüpfte unablässig um die Tische herum. In gewisser Weise erinnerte er an einen übergewichtigen Kanarienvogel.

»Wer ist das?«, fragte ich Artjom.

»Unser Tamada.«

»Onkel oder Cousin?«, riet ich.

»Nein, Tamada. So eine Art Moderator, der durch die Feier führt und dafür sorgt, dass sich alle amüsieren.«

»Toll, was es bei euch alles gibt.«

Der Kanarienvogel stieg auf eine Minibühne unter der Discokugel, schnappte sich das Mikrofon und erzählte zum Warmwerden einen russischen Witz, den er auch auf Deutsch übersetzte:

»Russland und Deutschland spielen Fußball. Die Deutschen führen drei zu null. Ein alter Russe ruft: ›Los, los, wir haben 1945 doch auch gewonnen!‹ In der Nähe sitzt ein Georgier und sagt: ›Opa, damals hattet ihr einen anderen Trainer.‹«

Brüllendes Gejohle und Schenkelklopfen bei den Russen. Ratloses Schweigen bei den Deutschen.

»Artjom«, flüsterte ich meinem Mann ins Ohr, »den hat keiner verstanden. Ich auch nicht …«

Artjom wischte sich die Lachtränen aus den Augen und japste: »Stalin, Paula, Stalin!«

»Was ist mit Stalin?«

»Der war doch Georgier!«

Derart humorvoll ging es weiter. Der Tamada unterhielt uns während des Essens mit kleinen Gesangseinlagen, launigen Ansprachen und Spielen, bei denen jeder Gast einmal mitmachen durfte.

In schöner Erinnerung blieb allen, dass der Brautvater unter Protest aus dem Restaurant geführt wurde, kurz darauf in Frauenkleidern zurückkehrte und ein russisches Gedicht aufsagen musste. Mutter erstickte fast an einem Lachkrampf, ich biss mir auf die Lippen vor Vergnügen. Vater bewahrte während des Schauspiels Haltung, sprach danach aber zwei Stunden kein Wort mit uns.

Natürlich hielt Rostislav eine Rede, Mischa hielt eine Rede, auch Mutter fand warme Worte und betonte mehrmals, wie froh sie sei, dass ihre Tochter doch noch einen Mann gefunden habe.

In regelmäßigen Abständen schrien alle: »Gorka, gorka«, woraufhin Artjom und ich Wodka trinken und uns küssen mussten. Der Sinn dieses Rituals erschloss sich mir nicht, aber ich hielt eisern mit.

Im Laufe des Abends schwoll die Musik zu ohrenbetäubender Lautstärke an, alle tanzten, Artjom und ich flogen über die Fliesen, Tante Irmi wurde von ihren Kasachen durch die Luft gewirbelt.

Zwischendurch flatterte ich artig von Grüppchen zu Grüppchen, wurde geherzt und gedrückt und landete irgendwann an der Bar, an der sich Vater und Bernhard festhielten.

»Na, Papa, geht's dir wieder gut?«

Vater, der auch schon den einen und anderen Kartoffel-schnaps genossen hatte, legte seinen Arm schwer um meine Schulter.

»Paulchen«, nuschelte er, »ach, Paulchen.« So hatte er mich nur als Kind genannt. »Ich hoffe, du weiss, wassu tust.«

»Mach dir keine Sorgen, Papa. Alles ist gut.«

»Bissu sicher?«

»Ganz sicher.«

Bernhard stierte mich aus blutunterlaufenen Augen an. »Dolles Kleid, Paula. So was hättest du früher nie getragen.«

»Stimmt. Aber früher hätte ich in so einem Kleid auch Perlen vor die Säue geworfen.«

Unsere gepflegte Konversation endete abrupt, da es im hinteren Teil des Restaurants noch lauter wurde. Wie sich später herausstellte, hatten sich der Schweinehändler und Nikolai bei Tisch ausnehmend gut verstanden. Und so hatte Nikolai dem neuen Freund ahnungslos sein Herz ausgeschüttet. Wie verliebt er sei und wie unglücklich, weil seine Geliebte nie und nimmer bereit wäre, Mann und Kinder zu verlassen.

Es dauerte eine Weile, bis der Schweinehändler begriff, dass die Geliebte seine Gattin war und er der zu verlassende Mann. Als er es endlich verstand, zerrte er Nikolai von seinem Stuhl, nahm ihn in den Schwitzkasten und schleppte ihn vor die Tür. Unter den Anfeuerungen der anderen Männer begann ein ungleicher Kampf, da der Deutsche mindestens doppelt so breit und schwer war wie sein russischer Widersacher.

»Artjom, tu doch was!«, rief ich.

»Quatsch, die vertragen sich gleich wieder«, sagte Artjom mitleidslos.

»Der bringt ihn um!«

»Ach was, nur ein kleiner Disput unter Kerlen.«

Wie immer behielt er recht. Nachdem der Schweinehändler Nikolai ordentlich vermöbelt hatte, taumelten die Kontrahenten Arm in Arm zurück ins Restaurant. Aus Nikolais Nase tropfte Blut, das linke Auge des Schweinehändlers schwoll zu, dem Russen war es doch gelungen, einen Haken zu landen.

Heike hatte sich während der Auseinandersetzung in eine Ohnmacht geflüchtet, aus der sie nur widerwillig erwachte. Ihr Schweinehändler beugte sich über sie und schluchzte:

»Du darfst mich nicht verlassen. Bitte verlass mich nicht!«

»Natürlich nicht, du Vollidiot. Ich lieb' dich doch. Aber musst du dich immer gleich prügeln?«

Viele der ausländischen Gäste hatten ob der bewegenden Szene Tränen in den Augen, und man fand, dass die Ehre des Schweinehändlers ausreichend wiederhergestellt war.

Das Fest konnte weitergehen.

Seinen Höhepunkt und krönenden Abschluss fand es in der Morgendämmerung mit einem spektakulären Feuerwerk, das Rostislav auf dem Rasen vor dem Hochhaus entzündete. Es knallte, krachte und blitzte, Raketen zischten pfeifend in den Himmel. Keine zehn Minuten später rasten drei Feuerwehrwagen heran, alarmiert von verstörten Anwohnern, deren Balkonmarkise den Funkenflug nicht überstanden hatte.

Das harmlose Missverständnis war schnell aufgeklärt, den Feuerwehrmännern wurde heiße Suppe serviert, und Rostislav versicherte den Geschädigten, umgehend für Ersatz zu sorgen.

Erschöpft, aber durchaus zufrieden ließ ich mich neben Darya auf einen Stuhl fallen.

»So ein Gluck, Paula, so ein Gluck«, sagte sie und tätschelte meinen Arm.

»Genau, gluck, gluck«, erwiderte ich und stürzte einen Wodka herunter.

Am Morgen nach der Hochzeit huschte ich leise aus dem Schlafzimmer, um den schnarchenden Artjom nicht zu stören, setzte mich in die Küche und betrachtete meinen Ring. Meinen Ehering. Ich war eine verheiratete Frau. Ganz offiziell.

Komisch, dachte ich, fühlt sich genauso an wie vorher. Ich weiß nicht, was ich erwartet hatte. Vielleicht ein Gefühl des Erwachsenseins, des Es-geschafft-Habens. Es blieb aus. Ich war immer noch ich. Paula Matthes.

Ich kroch zurück ins Bett und legte meinen Kopf auf Artjoms breite Brust, die sich gleichmäßig hob und senkte. Im Halbschlaf legte er einen Arm um mich, zog mich an sich und grunzte. Egal, dachte ich, Paula ist zwar noch die Alte, aber der Kerl hier ist funkelnagelneu. Na ja, fast.

Als Artjom gegen Mittag erwachte, ließ ich ihn an meinen philosophischen Überlegungen teilhaben.

»Wir haben geheiratet. Und alles ist wie immer. Unglaublich, oder?«

Er zog die Vorhänge auf und deutete nach draußen.

»Schau mal, der Himmel ist doch rosa. Und Geigen höre ich auch irgendwo.«

»Du Spinner.«

Romantische Sonnenaufgänge hin, Violinenklänge her, der Alltag bekam uns schnell wieder in seine Fänge. Natürlich blieb es an mir hängen, Dankeskärtchen für die Hochzeitsgeschenke zu schreiben. Von den Russen hatten wir fast ausnahmslos Umschläge monetären Inhalts bekommen. Die deutschen Gaben waren Sachgüter. So spendete uns beispielsweise Tante Irmi zehn blütenweiße Damasttischdecken mit eingesticktem Monogramm »P&K«. Polya-Kow, Paula und Konsorten, rätselte ich und legte die schweren Ungetüme nach unten in den Schrank.

Von meinen Eltern bekamen wir einen Gutschein für eine Reise, die wir uns selbst aussuchen durften, unsere Flitterwochen. Ich war gerührt – da hatte sich Vater, der alte Knauser, mal nicht lumpen lassen – und rief Mutter an.

»Mama, das ist ein unglaublich tolles Geschenk. Ich weiß gar nicht, was ich sagen soll. Danke!«

»Ach, Kind, gern geschehen. Schließlich heiratet man nur einmal im Leben, jedenfalls in meiner Generation. Die Idee dazu hatte übrigens Rostislav. Er meint, es würde uns allen guttun, mal rauszukommen.«

»Uns allen?«

»Na, wir kommen natürlich mit.«

»In unsere Flitterwochen?«

»Familienurlaub, Paula, das wird ein Familienurlaub. Damit wir uns alle noch besser kennenlernen. Hatte ich das nicht dazugeschrieben?«

»Nein, das hast du glatt vergessen …« Nur über meine Leiche, dachte ich und fragte: »Was sagt Papa denn dazu?«

»Der hat im Moment den Kopf voll mit anderen Sachen. Eika ist seit ein paar Wochen ganz komisch und hat so zugenommen. Er ist gerade mit ihr beim Tierarzt.«

»Gut, ich melde mich später noch mal.«

Ich konnte mir kaum vorstellen, dass Vater zusammen mit den Polyakows einen Urlaub verbringen würde. Wahrscheinlich wusste er noch gar nichts von seinem Glück.

Einen Verbündeten hatte ich also, um diesen Plan zu vereiteln.

Als ich ihn am Abend endlich erreichte, konnte er kaum sprechen vor lauter Wut und brüllte mit sich überschlagender Stimme unverständliche Dinge in den Hörer.

»Mensch, Papa, reg dich nicht so auf. Mama und Rostislav meinen's ja nur gut. Und natürlich fahren wir nicht zusammen in den Urlaub. Das werden wir beide schon verhindern, oder?«

Meine kumpelhafte Tour kam nicht gut an.

»Dieses Mistvieh bring ich um, das schwöre ich dir«, geiferte es am anderen Ende der Leitung.

»Sag mal, wie redest du denn von Mama?«

»Mama? Das ist allein deine Schuld! Du hast diese verflohte Bande angeschleppt.«

»Papa, das geht jetzt wirklich zu weit. Artjom ist mein Mann, und ich erwarte von dir …«

»Artjom ist mir scheißegal!« Vater stand kurz vor der Schnappatmung. »Einer der verdammten Köter hat Eika gedeckt. Sie ist trächtig. Von einem Bastard!«

Er heulte fast. Ich legte schnell auf. Okay, dachte ich, damit hat sich das Thema Familienurlaub wohl endgültig erledigt.

Darya war komplett aus dem Häuschen, als sie von dem unverhofften Familienzuwachs erfuhr.

»Gutt Chundchen«, rief sie, riss Sputnik in die Luft und küsste ihn auf seine feuchtkalte Nase. Ich bezweifelte, dass der arme Kerl wirklich als Übeltäter in Frage kam, rein körperlich schien er mir dazu nicht in der Lage zu sein. Ich hatte eher Wassja im Verdacht, den alten Haudegen.

»Kain Prrobläm fur Papa«, sagte Darya, »ich kummer, nix Arrbait.«

»Das ist lieb von dir. Falls er irgendwann wieder mit mir redet, richte ich es ihm aus. Wie geht's eigentlich dem Huhn?«

»Ah, Chuhnchen gutt. Chunchen bald färtik.«

Was meinte sie damit? Ich schlenderte unauffällig über den Rasen und schaute im Stall nach dem Rechten. Da hockte mein Huhn träge auf der Stange, in den letzten Wochen hatte es sich quasi verdoppelt. Der Vogel ist adipös, dachte ich und entdeckte in der Ecke einen Getreidesack mit der Aufschrift »Landkornendmast«. Ich begriff.

Ich schnappte mir den Sack, schmiss ihn in meinen Kofferraum und stellte Darya zur Rede. »Willst du das Huhn etwa schlachten?«

Sie legte den Kopf schräg und zählte unschuldig die Wolken am Himmel.

»Darya, das Huhn bleibt am Leben, hörst du? Finger weg von meinem Huhn!«

»Hmmm?«

»Und tu nicht so, als würdest du mich nicht verstehen. Du weißt genau, was ich meine.«

»Mmmh.«

Ich rief Artjom an. »Wusstest du, dass deine Mutter mein Huhn umbringen will?«

»Sie sagte irgendwas von einem Festessen für die ganze Familie, wenn Deduschka da ist.«

»Das kommt überhaupt nicht in Frage! Das ist mein Huhn.«

»Mensch, Paula, was hast du denn auf einmal mit diesem blöden Vogel?«

»Mein Huhn«, beharrte ich, »kommt nicht auf den Tisch. Erklär ihr das!«

Ich reichte Darya mein Handy. Nachdem sie zwanzig

Minuten monologisiert hatte, gab sie es mir zurück und stolzierte beleidigt in die Datscha.

»Und?¡ Hat sie's begriffen?«, fragte ich Artjom.

»Ja, ja. Sie wird deinem Huhn keine Feder krümmen. Ich wusste gar nicht, dass du so an dem Tier hängst …«

»Tu ich aber. Außerdem werden wir alle von nur einem Huhn nicht satt.«

Meine soeben erwachte Liebe zu dem Tier fand ich selbst erklärungsbedürftig. Aber etwas in meinem Inneren sträubte sich vehement dagegen, das mir anvertraute Wesen dem Tod zu übergeben. Immerhin war das Huhn ein Geschenk, und ich hatte Frau Petrowa versprochen, gut darauf aufzupassen.

Ich ging zum Stall zurück und gackerte freundlich. Mein Huhn gackerte höflich zurück. Wenigstens einer, der mich versteht, dachte ich. Dann marschierte ich zur Datscha und erklärte Darya: »Das Huhn heißt übrigens Agathe. Wir essen nichts, was einen Namen hat.«

Deduschkas Ankunft stand unmittelbar bevor. Artjom hatte mir erzählt, dass sein Großvater Alexej schon weit über achtzig war und in der Nähe von Kiew auf dem Land lebte. Aufgewachsen war er in den 1920er Jahren in Belgorod, nahe der heutigen Grenze zur Ukraine. Alexejs Familie hatte es unter dem Zaren zu einigem Reichtum gebracht, der Vater war ein Geologe von Rang und Namen und leitete den örtlichen Kreideabbau. Schon vor der Oktoberrevolution 1917 wandelte er sich zum glühenden Kommunisten, wohl ahnend, dass die Bolschewiken nach einer Machtergreifung mit Leuten wie ihm nicht lange fackeln würden.

Das taten sie auch nicht. Natürlich wurde er enteignet, entging aber einer Deportation in die unwirtlichen Gegenden seiner Heimat dadurch, dass es weit und breit keinen anderen Geologen gab, der sich so gut mit Kreide auskannte.

Der kleine Alexej, jüngster von drei Söhnen, bekam seinen Vater kaum zu Gesicht, seine Erinnerungen an ihn blieben stets vage: ein schwermütiger, gehetzter Mann, der dem Kind im Vorbeieilen flüchtig über den Kopf strich. Alexej war froh, als er zum Studium ins sowjet-ukrainische Charkow aufbrechen und das düstere Elternhaus verlassen konnte.

Wenigstens ein glückliches Studentenjahr verbrachte er an der medizinischen Fakultät. Glücklich vor allem deshalb, weil er in seiner Kommilitonin Galina Wladimirowna Achmatowa eine Seelenverwandte fand, in die er sich spontan und innig verliebte. Mit dem Beginn des Großen Vaterländischen Krieges wurden sie jäh auseinandergerissen und Alexej zur Verteidigung seiner Heimatstadt abkommandiert.

Schon in den ersten Kriegsmonaten wurde Belgorod von der Wehrmacht besetzt. Alexej schloss sich ukrainischen Partisanen an, die die Stadt 1942 kurzzeitig zurückeroberten. Im Verlauf dieser Gefechte wurde er angeschossen und gefangen genommen.

Er teilte das Schicksal Tausender anderer Bewohner Belgorods, wurde nach Deutschland verschleppt und landete in einem Lager für russische Kriegsgefangene. Das Stammlager VI K lag in einem Ort mit dem irreführend malerischen Namen Schloß Holte-Stukenbrock bei Bielefeld.

Bis zum Ende des Krieges baute er für die Nazis Bahntrassen und schuftete in einer Drahtfabrik. Er ernährte sich von Baumrinde, Gras und Wassersuppe, er überstand Typhus, Fleckfieber und Tuberkulose.

1945 kehrte er als körperliches Wrack in die Heimat zurück und begab sich auf die Suche nach den Überlebenden seiner Familie. Seine älteren Brüder waren an der Front gefallen, die Mutter an gebrochenem Herzen gestorben, allein sein Vater lebte. Aus lauter Kummer hatte er sich mit zunehmendem Fanatismus der Parteiarbeit verschrieben und als Funktionär einen nicht unerheblichen Einfluss erlangt. Das kam Alexej zugute. Denn die Heimkehrer wurden von Stalin nicht etwa als Helden des Vaterlandes empfangen, im Gegenteil, der Georgier schalt sie Verräter. Viele von ihnen wanderten übergangslos aus der Kriegsgefangenschaft in sowjetische Strafbataillone oder gleich in den Gulag.

Unter väterlicher Obhut gelangte Alexej wieder zu Kräften und setzte sein Studium fort. Immerhin: Galina lebte noch, die beiden heirateten, wurden Ärzte, zogen nach Kiew und bekamen zwei Kinder, Rostislav und Jekaterina.

Fortan führten sie ein bescheidenes Leben und machten das, was man so machte: Sie wurschtelten sich durch. Sie lebten mit dem Mangel, sie wurden Meister der Improvisation. Und alles in allem waren sie doch glücklich, weil sie einander hatten.

Fünf Jahre vor dem Zusammenbruch der UdSSR starb Galina. Rostislav und Jekaterina befürchteten das Schlimmste. Die Tochter zog vorübergehend zum Vater, um ihn davon abzuhalten, auch seinem Dasein ein Ende zu setzen.

Denn dass ein Russe seine Frau überlebt, ist eigentlich nicht vorgesehen – als wüsste der liebe Gott, dass der Mann ohne Frau nichts ist und dass der Frau nach einem entbehrungsreichen Leben an der Seite ihres Mannes noch Jahre der Ruhe und des Friedens zustehen.

Doch Alexej kam zurecht. So wie er niemals über die Jahre

der Gefangenschaft gesprochen und sie in seinem Inneren begraben hatte, so verschloss er auch die Trauer in sich und wurschtelte weiter. Er beendete seine Laufbahn als Kieferchirurg, zog auf die Datscha und erfreute sich am Gedeihen seines Gemüses.

Atemlos hatte ich Artjoms Geschichtsstunde gelauscht und war voller Ehrfurcht angesichts dieses bewegten Lebens. Verunsichert war ich auch, ob Alexej nicht insgeheim Groll hegte gegen die Deutschen. Mein Mann beruhigte mich.

»Mach dir keine Sorgen, Paula. Deduschka ist ein kluger und gütiger Mann. Er weiß doch, dass du mit den Dingen von damals nichts zu tun hast.«

Ich nicht, aber wie stand es eigentlich mit den Meinen? Gut, mein Opa väterlicherseits war als Offizier im Krieg gestorben, in Polen, soweit ich wusste, da waren wir aus dem Schneider. Aber Mutters Sippe? Wie in vielen deutschen Familien gehörte auch in dieser ihre Rolle im Nationalsozialismus nicht zu den bevorzugten Smalltalk-Themen.

Als ich, ein neugieriger Teenager, aufgewühlt vom Geschichtsunterricht, etwas darüber erfahren wollte, lautete die knappe Antwort, man sei allenfalls Mitläufer gewesen, Teil dieser diffusen, schweigenden Mehrheit, die von nichts, aber auch gar nichts wusste. So, Paula, und was machen die Ballettstunden? Übst du fleißig?

Dabei hatte ich es belassen. Wer wühlt schon gern im eigenen Dreck? Immerhin war ich mir einigermaßen sicher, dass die Pfeffersäcke keine schwerwiegenden Verbrechen begangen hatten, da meine Großeltern mütterlicherseits unmittelbar nach dem Krieg vorzügliche Beziehungen zu den britischen Alliierten unterhielten.

Was mir noch mehr Kopfzerbrechen bereitete als die Ver-

gangenheit, war die gegenwärtige Frage: Wohin mit Deduschka?

Nach Artjoms Okkupation meiner Wohnung boten sich nur
wenige Freiräume. Die Couch im Wohnzimmer konnte ich
dem alten Mann keinesfalls zumuten. Das fand ich respekt-
los, außerdem wollte ich nicht morgens in einem dieser
hauchdünnen Negligés, die ich neuerdings trug, auf dem
Weg zur Küche über Opa stolpern.

Mein kleines Arbeitszimmer, das sich mit einem bequemen
Schlafsofa für Übernachtungsgäste eigentlich anbot, hatte
Artjom mit seiner Kleidung zugemüllt. Leider war das Fas-
sungsvermögen unseres neuen Schlafzimmerschranks
doch begrenzt, dafür entschädigte uns die Spiegelfront mit
unerwarteten Einblicken in unser Liebesleben.

»Kannst du das bitte mal sortieren?«, fragte ich ihn und
deutete auf die Klamottenberge.

»Warum?«

»Dann können wir die Sachen, die du nicht so oft trägst, in
den Keller bringen.«

»Warum?«

»Um Platz zu schaffen.«

»Ich ziehe das aber alles ganz oft an.«

»Na gut, dann wandert alles nach unten.«

Artjom sortierte widerwillig, auch der Schreibtisch landete
im Keller. Ich würde eh nicht zu Hause arbeiten können,
solange wir Besuch hatten. Ich besorgte noch ein schlichtes
Nachtschränkchen und eine kleine Lampe und hängte einen von Artjoms Gobelins an die Wand. Brunftiger Auer-
hahn, balzend. Ich war sehr zufrieden mit meinem Werk.

Als das Begrüßungskomitee, bestehend aus Rostislav, Darya, Artjom, Mutter und mir – Vater saß mit der dicken
Eika noch im Schmollwinkel –, an einem Mittwoch end-

lich zum Flughafen eilte, waren alle sehr aufgeregt. Wie immer waren wir spät dran und die Passagiere aus Kiew längst ausgecheckt.

Fieberhaft durchsuchten wir die Ankunftshalle. Ich wusste nicht, wie Alexej aussah, Artjom hatte in seiner Unordnung kein Foto gefunden, in meiner Fantasie aber hatte sich das Bild eines schmächtigen, gebeugten Greises verfestigt, der nun orientierungslos und verängstigt in Fuhlsbüttel herumirrte.

Nachdem wir eine halbe Stunde vergeblich alle Geschäfte und Restaurants abgeklappert hatten, gingen wir zu einem Informationstresen und ließen ihn ausrufen. Kurz darauf erschien ein Zollbeamter, der uns sagte, dass Alexej eine große Menge nicht ordnungsgemäß deklarierter Waren mit sich führe, deren Herkunft und Inhaltsstoffe es erst einmal zu klären gelte.

»Wollen Sie damit etwa unterstellen, dass Herr Polyakow schmuggelt?«, regte ich mich auf.

»Das untersuchen wir gerade.«

»Ich bitte Sie! Der arme alte Mann kennt sich doch mit den deutschen Einfuhrbestimmungen nicht aus. Und bestimmt ist er müde von der Reise …«

»Müde wirkt der nun wirklich nicht«, antwortete der Zöllner und bat Artjom, mit ihm zu kommen.

Zwei Stunden später hetzte mein Mann an uns vorbei und mit vier Gepäckwagen zurück. Eine weitere halbe Stunde verging. Dann kamen Enkel und Großvater, begleitet von zwei Flughafenmitarbeitern, die ihnen halfen, die Wagen voller Kisten, Koffer, Taschen und Pakete zu manövrieren. Ich starrte fassungslos auf das Gepäck und auf den Mann an Artjoms Seite. Mein Gatte war schon groß, knapp eins neunzig, der andere Kerl konnte ihm ohne Mühe auf den

Kopf spucken. Mister Muskelberg, bekleidet mit einem knallgrünen Trainingsanzug, schob sich nun auf uns zu und lachte dröhnend. In seinem Mund blinkte und blitzte es. So viele Goldzähne in nur einem Gebiss hätte ich nicht für möglich gehalten. Seine Ähnlichkeit mit dem »Beißer« aus alten James-Bond-Filmen war erschreckend.

Mit Bärenpranken hob er seinen Sohn in die Höhe, schwenkte ihn mühelos herum und brüllte: »Moj ssyn!« Rostislav weinte, Artjom weinte, natürlich weinten alle, selbst Mutters Augen glänzten feucht – das konnte aber auch die nackte Angst sein.

Ich überlegte verzweifelt, wie wir das Gepäck transportieren sollten und ob mir meine Nachbarin vielleicht für ein, zwei Wochen ihren Keller als Zwischenlager vermieten würde, als es mir den Boden unter den Füßen wegriss. Der Beißer hatte mich erwischt, presste mich an seine breite Brust und schrie mit seinem unglaublichen Organ: »Paula, Paula«, direkt in mein Ohr. Ich war einem Hörsturz nahe, wusste nun aber, wem Artjom seine Stimme verdankte.

Deduschkas Erscheinung gepaart mit seiner Wiedersehensfreude hatten unterdes einen kleinen Menschenauflauf verursacht, Reisende blieben stehen, flüsterten und zeigten mit dem Finger auf uns. Ich mahnte daher zum Aufbruch und organisierte zusätzlich zum alten Ford ein Großraumtaxi. Nachdem alles und alle verstaut waren, rollten wir los. Im Auto wandte ich mich vorsichtig an Artjom.

»Was will dein Großvater mit all den Sachen?«

»Na, er bleibt ja ein bisschen.«

»Was heißt ›ein bisschen‹?«

»Also, sein Touristenvisum gilt für drei Monate.«

»Bitte?«

»Ach, Paula«, Artjom lachte, »die paar Tage!«

13

Deduschka kam, sah und blieb. Artjom ging.

Kaum dass sein Großvater sich im Gästezimmer eingerichtet hatte, überraschte mich mein Mann mit der Mittei-
lung, er müsse geschäftlich verreisen, wie lange, könne er
nicht genau sagen, aber er sei ja stets übers Handy erreichbar.

»Ihr kommt schon klar.«

»Lass mich nicht mit Alexej allein, bitte!«

»Ach, Paula, ihr werdet euch super verstehen. Deduschka
ist pflegeleicht. Der braucht nicht viel.«

Das brauchte er wirklich nicht. Denn das meiste hatte er
mitgebracht. In den Tiefen seines Gepäcks fanden sich Le-
bensmittel, Getränke, Werkzeuge, Bücher, Geschirr. Ein
ganzer Koffer war bestückt mit Medikamenten, Verbands-
zeug und chirurgischen Gerätschaften. Dem deutschen Ge-
sundheitssystem stand er offensichtlich skeptisch gegenüber. Ich konnte nur inständig hoffen, dass keiner von uns
krank würde.

Großen Wert legte er auch auf die Ernährung. Ich hatte den
Kühlschrank bis obenhin mit Fleisch vollgepackt. Alexej
stand davor und fuhr sich ratlos mit seiner Pranke über den
Bürstenhaarschnitt.

»Nicht in Ordnung?«, fragte ich. Er schüttelte den Kopf.
Nur die frischen Eier des Matthesschen Haushuhns hieß er
gut. Ich fuhr mit ihm in einen Supermarkt, und er erstand
kiloweise Gemüse, Kartoffeln und Reis.

Jeden Morgen stand er um vier Uhr fünfundvierzig auf, ging in seinem gestreiften Pyjama, der ein wenig an Sträflingskleidung erinnerte, auf den eisigen Balkon und begann den Tag mit seiner Morgengymnastik. Dazu gehörte, dass er sich ab der fünfzigsten Kniebeuge lautstark anfeuerte und zur Höchstleistung zwang. Danach sprang er unter die Dusche, schmetterte eine Arie und setzte das Bad unter Wasser. Um sein Immunsystem weiter zu stärken, frühstückte er bei geöffneten Fenstern und hörte dabei mit einem Kurzwellenempfänger einen russischen Radiosender. Mann, Mann, Mann, ist der laut, dachte ich. Da seine Vorliebe für immer gleiche Abläufe aber meinem Naturell entsprach, sagte ich nichts.

Wenige Tage nach seiner Ankunft beschwerten sich die ersten Nachbarn, allen voran Frau Hinrichs.

»Sagen Sie mal, Frau Matthes, was ist das denn für ein Lärm bei Ihnen? So geht das aber nicht.«

»Entschuldigen Sie, Frau Hinrichs. Der Großvater meines Mannes ist zu Besuch. Der alte Herr ist schon etwas schwerhörig und merkt gar nicht, …«

»Ihres Mannes? Seit wann haben Sie denn einen Mann?«

»Aber Frau Hinrichs, Sie kennen doch Herrn Polyakow.«

»Ich dachte, das ist der Mandant mit Liebeskummer.«

»Ja, äh, wir haben geheiratet.«

»Na, der hat sich ja schnell getröstet.«

Zum Glück verließ Alexej früh am Vormittag die Wohnung und machte sich auf zur Datscha, um dort anstehende Reparaturen zu erledigen. Gegen Mittag schaute er stets auf ein Schwätzchen in der Kanzlei vorbei und hielt Irina und mich von der Arbeit ab. Dann verschwand er wieder mit unbekanntem Ziel, um pünktlich um achtzehn Uhr zurückzukehren und mich von der Arbeit abzuholen.

Er kochte, wir aßen gemeinsam zu Abend, oft stießen Rostislav und Darya zu uns. Meine Schwiegermutter war in Anwesenheit ihres Schwiegervaters auffallend still. Erst hielt ich das für ein Zeichen des Respekts. Später wurde mir klar, dass die beiden sich nicht ganz grün waren. Alexej zählte zu den wenigen Menschen, die sich Daryas Launen nicht unterwarfen.

Nach dem Abendessen setzte Deduschka sich vor den Fernseher, guckte schnulzige Liebesfilme und Serien und schrieb dabei eifrig etwas in eine Kladde. Heimlich warf ich einen Blick in dieses Heft und sah, dass er sich Vokabeln notierte. Er lernte Deutsch. Und um einundzwanzig Uhr fünfzehn ging er zu Bett.

Anfänglich war es mir unangenehm, fast unheimlich, mit diesem fremden Koloss die Wohnung zu teilen. Aber in seinem Bärenkörper steckten ein freundliches, sanftmütiges Wesen und ein hellwacher Geist. Unser neu strukturierter, minutiös geregelter Tagesablauf gab mir Halt, und ich gewöhnte mich an ihn. Nach einer Woche war es, als sei er immer schon da gewesen.

Mutter und Rostislav machten mehrere Stadtrundfahrten mit Deduschka. Ich besorgte ihm einen Stadtplan und einen Reiseführer von Hamburg auf Russisch. Er fand sich sofort zurecht und durchstreifte die City von links nach rechts, von oben nach unten. Auch die fremde Sprache bereitete ihm wenig Probleme. Er sprach zwar nur Russisch, verstand aber alles, was ich auf Deutsch sagte.

Artjom rief täglich an und ließ sich einen Lagebericht geben.

»Na siehst du, hab ich dir doch gesagt. Ihr werdet wunderbar zurechtkommen.«

»Ja, ja«, sagte ich und dachte: Klugscheißer.

Nach zehn Tagen wollte ich dann doch von meinem Mann wissen, wann er gedachte, wieder nach Hause zu kommen.

»In ein paar Tagen, Paula. Bin fast fertig.«

Mitten in der Nacht weckte mich das Schrillen des Telefons. Schlaftrunken ging ich ran. Aufgelegt, Nummer unbekannt. Ich sah im Display, dass »Nummer unbekannt« schon dreizehn Mal angerufen hatte. Der Klingelton hatte es schwer, gegen Deduschkas Schnarchen anzukommen.

Ich setzte mich ins Bett und wartete. Rrring-rrring. Na also.

»Ja, hallo?«

»Paula?«

»Ja. Wer ist denn da?«

»Ich.«

Artjoms Stimme, kaum zu erkennen. Sein voller Bass zusammengeschnurrt auf ein klägliches Fiepen.

»Schatz, ist was passiert?«

»Paula, kannst du kommen?«

»O Gott, was ist denn?«

»Kannst du kommen, bitte?«

»Ja klar, äh, wo bist du denn?«

»Hannover.«

»Artjom, Hannover ist groß.«

»Im Hotel Luisenhof, Piano-Suite.« Schniefen.

»Jetzt sag doch, was los ist.«

»Stell jetzt bitte keine Fragen. Komm einfach her.« Schluchzen.

»Okay.«

Ohne weiter nachzudenken, zog ich mich rasch an, schmiss mich ins Auto und raste nach Hannover. Auf der Fahrt schlug mein Hirn Purzelbäume, ich stellte mir die schrecklichsten Dinge vor, die passiert sein konnten. Ein Unfall.

Ein Überfall. Ein Schlaganfall. Die Autobahn war leer, ich brauchte knapp eineinhalb Stunden, das Navi führte mich sicher zum Hotel.

Der Empfang war verwaist, die Suite fand ich trotzdem. Ich riss die Tür auf und sah meinen Mann in einem äußerst derangierten Zustand auf dem Boden neben der Minibar hockend. Ein erbarmungswürdiger Haufen pures Elend in einem blutbefleckten, zerrissenen Hemd, die Haare verklebt, die Lippe aufgeplatzt, die Nase schief.

»O Gott, hast du dir die Nase gebrochen?«

»Weissnich«, nuschelte er, stand schwankend auf und ließ sich sofort wieder entkräftet in einen Sessel fallen. Ich eilte zu ihm und schloss ihn in die Arme.

»Aua, nicht so doll«, jaulte er.

Ich schaute mich um. Der Raum sah nicht viel besser aus als der Mann. In einer Ecke stand ein zertrümmertes Klavier, ein Glastisch war umgekippt, der Boden von Flaschen, Spielkarten, Scherben und Flecken übersät. War das etwa Blut?

»Bist du überfallen worden? Wir müssen sofort die Polizei rufen.«

»Die war schon da«, sagte Artjom.

»Ach? Was war denn eigentlich hier los? Jetzt erzähl doch endlich.«

Artjom räusperte sich umständlich und faselte etwas von einer kleinen, ausgelassenen Feier unter Freunden, die leider, leider leicht eskaliert sei, da zwei der Herren Streit bekamen. Ich glaubte ihm kein Wort.

»Artjom, hier sieht's aus, als hätte eine Schlacht stattgefunden. Raus mit der Sprache – oder ich fahre wieder.« Drohend ging ich zur Tür.

»Pauuuula!«

»Los, erzähl!«

»Also, das war so …«

Tatsächlich habe er sich hier mit Freunden getroffen. Ein klassischer Herrenabend. Gute Getränke, gute Gespräche, gute Kartenspiele. Vielleicht sei man ein wenig laut gewesen, irgendwann jedenfalls habe der Hotelmanager vor der Tür gestanden und um Ruhe gebeten. Dieser Bitte habe man selbstverständlich versucht nachzukommen – ohne übermäßigen Erfolg.

Nun ja, noch ein wenig später seien dann unbekannte Männer ins Zimmer gestürmt, es sei zu einer handfesten Rauferei gekommen, nach deren Ende sich herauskristallisierte, dass es sich bei den Schlägern um Polizeibeamte in Zivil handelte. Die Polizisten hätten dann das Geld beschlagnahmt und seien wieder gegangen.

»Welches Geld?«, fragte ich.

»Also, wir haben um ein bisschen Geld gespielt. Sonst macht's ja keinen Spaß.«

»Wie viel?«

»Weiß nicht so genau, nicht viel.«

»Artjom, wie viel!«

»Na ja, ungefähr dreißigtausend Euro …«

Mir blieb kurz die Luft weg. Ich starrte meinen Mann an. Hübsches Sümmchen, dachte ich in einem Anflug von Irrationalität, damit kann man's krachenlassen. Artjom missverstand meinen Gesichtsausdruck und versuchte es mit dem Hundeblick. Er hatte keine Chance.

»So, mein Lieber, ich fasse das noch mal zusammen: Du triffst dich mit Freunden zum Kartenspielen. Richtig?«

»Ja.«

»In einer Hotelsuite. In Hannover. Richtig?«

»Äh, ja.«

»Dann kommen Zivilbeamte, schlagen euch zusammen und stecken dreißigtausend Euro ein. Richtig?«

»Genau so war's.«

Einen Augenblick schwiegen wir uns an. Stahlblick gegen Hundeaugen. Ich registrierte, wie eine Ader an meinem Hals pochte. Dann explodierte ich.

»Willst du mich verarschen? Für wie blöd hältst du mich eigentlich?«

»Paula …«

»Bist du noch ganz dicht? Wer soll dir das denn glauben? Soll ich dir sagen, was das hier ist? Eine illegale Spielhölle ist das! Ihr habt um Geld gezockt.«

»Aber Paula …«

»Sei still. Ich will nichts mehr hören. Ich fahr dich erst mal zum Arzt.«

Der geprügelte Hund versicherte mir, dass die Hotelrechnung schon beglichen sei, packte seine Habseligkeiten und schlich hinter mir zum Auto. Mein Kopfkarussell drehte sich unaufhörlich weiter. Matthes, reiß dich zusammen, dachte ich, in der Ruhe liegt die Kraft.

Ich brachte Artjom in die Notaufnahme eines Krankenhauses, setzte mich ins Wartezimmer und telefonierte mich von Pontius bis Pilatus. Nachdem ich minutenlang in verschiedenen Warteschleifen gegangen hatte, durfte ich mit einem unwirschen Menschen in der Polizeidirektion Hannover sprechen.

»Was glauben Sie denn, junge Frau, wer um diese Uhrzeit hier ist? Die Kollegen müssen auch mal schlafen.«

»Ja, aber können Sie mir zumindest sagen, wer denn im weitesten Sinne für, äh, Kartenspiele zuständig ist?«

»Kartenspiele?«

»Ähm, besser gesagt, illegales Glücksspiel.«

»Gute Frage, nächste Frage. Wartense mal …«

Im Hintergrund hörte ich das Klacken einer Tastatur.

»Also, versuchen Sie's später entweder bei der Kriminalfachinspektion 3, Wirtschaftskriminalität, oder im Fachkommissariat 1, Organisierte Kriminalität. OK ist wahrscheinlich besser. Tschüss.«

Organisierte Kriminalität. Mir wurde übel. Mein Mann war ein Verbrecher. Hätte ich bloß auf meinen Vater gehört.

Ich begab mich auf die Suche nach dem Mafiapaten und entdeckte ihn, gutgelaunt mit einer Krankenschwester schäkernd, in einem Behandlungsraum. Seine Nase zierte ein großes Pflaster, sie schien aber wieder einigermaßen gerade zu sein. Die Unterlippe war etwas geschwollen. Ansonsten hatte er Oberwasser.

»Kuckuck, Paula, hier bin ich.«

»Und? Ist was gebrochen? Bleibende Schäden?«

»Nein, nein, alles halb so wild. Im Grunde nur ein paar Kratzer.«

»Schade.«

Die Krankenschwester schaute mich böse an. Artjom grinste verlegen. Die dicke Lippe verlieh ihm dabei eine reizvoll schmollende Aura. Nicht mit mir, mein Lieber, nicht mit mir, dachte ich.

Er hievte sich von der Liege und sagte: »So, und jetzt gehen wir in aller Ruhe frühstücken.«

»Nix da«, zischte ich, »ab nach Hause!«

Die Rückfahrt verlief nahezu schweigend. Ein paarmal startete Artjom den Versuch, mich in ein Gespräch zu verwickeln. Ich würgte ihn ab. Zu Hause verschwand er beleidigt im Schlafzimmer.

»Ich leg mich erst mal hin. Vielleicht hast du dich nachher ja wieder beruhigt.«

Alexej war zum Glück schon aufgebrochen, um sein Tagwerk zu verrichten. Ich watete durchs Bad und nahm mir zum hundertsten Mal vor, eine Putzfrau einzustellen. Ha, dachte ich, mein Mann hat grade dreißigtausend Euro verspielt, wir haben's doch.

Ich gönnte mir eine Dusche und fuhr in die Kanzlei.

Acht Uhr dreißig. Mittlerweile sollten sie in Hannover aufgestanden sein. Ich versuchte erneut mein Glück. Die Jungs von der Organisierten Kriminalität wussten von nichts. Genauso wenig wie die Kollegen, die die Wirtschaftskriminellen betreuten. Ich landete wieder in der Zentrale.

»Sagen Sie mal, irgendwer muss doch etwas über den Einsatz letzte Nacht im Hotel Luisenhof wissen«, insistierte ich.

»Wartense, wartense …« Klack, klack. »Oh. Ich hab's. Drogen! Sie müssen zu den Drogen. Ich stell durch. Tschüss.«

Zu der anhaltenden Übelkeit gesellte sich Schwindel.

»Ja, ja, die lustige Pokerrunde«, dröhnte ein lachender Mensch durch den Hörer. »Wie kann ich Ihnen da weiterhelfen? Wer sind Sie denn eigentlich?«

»Paula Matthes. Ich bin die Anwältin von Herrn Polyakow«, sagte ich.

»Jahaha, einen Anwalt wird der Gute mit Sicherheit brauchen. Das ist eine Geschichte, ich kann Ihnen sagen …«

Ausschweifend weihte mich der Ausbund an Fröhlichkeit in die Ereignisse der letzten zwölf Stunden ein. Gegen Mitternacht habe der Manager des Hotels Luisenhof bei der für ihn zuständigen Polizeiwache angerufen, um seltsame Vorgänge in einer seiner Suiten zu melden. Dabei habe er erwähnt, dass eine große Menge Geld im Spiel sei. Besorgt um den guten Ruf seines Fünfsternehauses bat er allerdings darum, keinen Streifenwagen vorbeizuschicken, sondern, wenn möglich, Beamte in Zivil.

Durch eine Verkettung von nicht mehr aufklärbaren Missverständnissen und falsch verstandenen Zuständigkeiten seien Kollegen vom Drogendezernat verständigt worden, die seit mehreren Tagen, nur einen Kilometer Luftlinie vom Luisenhof entfernt, einen mutmaßlichen türkischen Drogenring observierten. Ein Teil dieses Teams, gelangweilt von der Ereignislosigkeit der vergangenen Nächte, habe sich zum Luisenhof begeben und wohl etwas zu enthusiastisch die Suite gestürmt. Dort trafen sie auf acht Herren, die, angetrunken und erschrocken, unmittelbar die Fäuste schwangen. So blieb leider keine Zeit, sich auszuweisen und den Sachverhalt friedlich zu klären. Die Beamten ihrerseits fackelten nicht lange, Widerstand gegen die Staatsgewalt ist kein Kavaliersdelikt, und überwältigten die Anwesenden mit der gebotenen Entschlossenheit.

Nach der Überprüfung der Personalien sei man sich aber einig gewesen, dass weiter keine Gefahr bestünde. Immerhin fanden sich unter den Teilnehmern auch zwei Hannoveraner Honoratioren, Männer, über jeden Verdacht erhaben. Das Geld habe man trotzdem beschlagnahmen müssen, da sich seine Herkunft in dem Wirrwarr nicht endgültig feststellen ließ, und den Vorgang nun der Staatsanwaltschaft übergeben.

Ich bedankte mich herzlich für die umfassende Information und rief bei der Staatsanwaltschaft an. Der Vorfall war aber noch so frisch, dass niemand die Akte fand oder sich zuständig fühlte und man mich auf den nächsten Tag vertröstete.

Ich wischte mir den Schweiß von der Stirn und sortierte die Post zu drei akkuraten Häufchen. Das klingt gar nicht so schlecht, dachte ich, jedenfalls nicht nach Drogen oder Mafia. Vielleicht kommen wir mit einem blauen Auge davon. Am Abend schließlich führte ich das unvermeidliche Problemgespräch mit meinem Pokerface.

»Du wirst angeklagt«, sagte ich düster.

»Was? Warum denn? Wir haben doch nur Karten gespielt.«

»Widerstand gegen die Staatsgewalt, wahrscheinlich Sachbeschädigung und ...«, ich machte eine dramatische Pause, »... die unerlaubte Veranstaltung eines Glücksspiels, Paragraph 284 des Strafgesetzbuches.«

»Meine Güte, das war völlig harmlos. Außerdem sind wir angegriffen worden.«

Alexej, der sich zu uns gesetzt und fleißig in sein Notizbuch geschrieben hatte, sagte fragend sein erstes deutsches Wort: »Straffgesätzbuch?«

Artjom übersetzte, Alexej nickte wissend, beide lachten. So ging das nicht.

»Alexej, sei so nett, und lass uns einen Augenblick allein, ja?«

Alexej nickte, blieb sitzen und schrieb weiter. Ich seufzte.

»Artjom, das ist kein Spaß. Du kannst ernsthafte Schwierigkeiten bekommen. Wie lange geht das denn schon mit diesen ... harmlosen Herrenrunden?«

»Das war das erste Mal.«

»Artjom!«

»Mann, das hat sich halt im Laufe der Zeit so ergeben. Auf einer Konferenz hat man mich mal angesprochen, ob ich nicht nach der Veranstaltung noch ein zwangloses Get-Together organisieren könnte. Als harmonischen Ausklang, sozusagen.«

»Soso, harmonischer Ausklang.«

»Genau, und da kam mir die Idee mit dem Poker. Ein gepflegtes Kartenspiel in angenehmer Atmosphäre und in einer kleinen, ausgesuchten Runde.«

»Dir ist schon klar, dass das illegal ist?«

»Na ja«, Artjom breitete die Arme aus, »es kann doch niemand etwas dagegen haben, wenn ein paar Männer sich zum Spielen treffen.«

»Wenn dreißigtausend Euro auf dem Tisch liegen, schon.«

»Können wir nicht sagen, dass das Geld für karitative Zwecke gedacht war?«

»Für was?«

»Spenden. Für ein Waisenhaus, den Tierschutzverein oder so. Das findet ihr Deutschen doch gut. Ich leiere das mal an.«

»Du machst gar nichts. Ich kümmere mich darum. Unter einer Bedingung.«

»Hmmm?«

»Keine Pokerrunden mehr.«

»Och, Paula …«

»Kein Poker. Oder ich lass mich scheiden.«

»Pffft, manchmal bist du spießig.«

Die zuständige Staatsanwältin in Hannover war ein echter Zerberus. »Da kommt so einiges auf Sie zu! Drei der Polizeibeamten befinden sich immer noch in ärztlicher Behandlung. Dann haben wir noch Vergehen nach Paragraph 284 oder zumindest Paragraph 285. Hat sich das Hotel schon mit Ihnen in Verbindung gesetzt? Wegen der entstandenen Schäden?«

»Moooment«, unterbrach ich sie, »mein Mandant und seine Freunde sind überfallen worden. Zu keinem Zeitpunkt war ihnen bewusst, dass es sich bei den Angreifern um Polizisten handelte. Sie mussten also von einem Überfall ausgehen. Das war reine Notwehr.«

»Notwehr, dass ich nicht lache.«

»Für die Sachbeschädigung sind Ihre Beamten übrigens genauso verantwortlich. Und selbstverständlich liegt kein Vergehen nach Paragraph 284 oder 285 vor. Das war ein harmloses Treffen unter Freunden.«

»Harmlos! Das erzählen Sie mal dem Richter.«

»Da beweisen Sie meinem Mann erst mal das Gegenteil.«

»Ihr Mann? Das wird ja immer besser. Ich freue mich schon drauf, die feine Familie vor Gericht persönlich kennenzulernen.«

Nicht gut, dachte ich, gar nicht gut. Erst recht nicht für meinen ohnehin lädierten Ruf. Ein weiteres Problem war, dass ich mich im Strafrecht nicht sonderlich auskannte. Meine Fachgebiete waren das Verkehrsrecht, das Miet- und Wohnungsrecht. Dem Hannoveraner Biest musste ein knallharter Profi die Stirn bieten. Immerhin ging es um meinen Gatten.

Angestrengt überlegte ich, welchen guten Strafrechtler ich um Unterstützung bitten könnte. Elisabeth war auf teure Scheidungen spezialisiert. Heike hatte nie ernsthaft als Anwältin praktiziert. Mir fiel nur einer ein.

»Hallo, Bernhard, ich bin's, Paula.«

»Paula, was kann ich gegen dich tun?«

»Ich wollt mich nur mal melden. Ach ja, und mich ganz, ganz herzlich für das Geschenk zu unserer Hochzeit bedanken, persönlich.«

»Ich hab euch nichts geschenkt. Was willst du?«

Es blieb mir nichts anderes übrig, ich musste den direkten Weg wählen. Ich schilderte Bernhard den Sachverhalt und sah im Geiste, wie sich schmierige Genugtuung auf seinem Gesicht ausbreitete.

»Tja, da hat dein sauberer Ehemann wohl ein Problem. Aber was hab ich damit zu tun?«

»Ich möchte, dass du sein Mandat übernimmst.«

»Ich? Ach, dafür bin ich dann also wieder gut genug! Erst verlässt du mich, dann heiratest du einen kriminellen Ausländer, und wenn's schiefgeht, muss ich herhalten.«

»Erstens hast du mich betrogen, zweitens ist Artjom nicht kriminell, drittens geht mit meiner Ehe überhaupt nichts schief. Und viertens finde ich, dass du mir noch etwas schuldest.«

»So? Wofür denn?«

»Wie gesagt – du hast mich betrogen, nicht umgekehrt.«

Bernhard schwieg. Er schwieg lange. Dann sagte er: »Ich überleg's mir. Besorg schon mal die Akten.«

Artjom war nicht unzufrieden, dass nicht ich, sondern mein Ex ihn vertreten sollte. Wahrscheinlich gab es in diesem Fall einige Details, die ich noch nicht kannte. Ich fragte mich sowieso, welche Events mein Mann ansonsten so managte. Einem aufklärenden Gespräch wich er geschickt aus.

»Ich weiß gar nicht, was du willst, Paula. Ich bin ein durch und durch seriöser Geschäftsmann.«

»Seriös, dass ich nicht lache!«

»Mindestens ebenso seriös wie die Frau Advokat …«

»Was willst du damit sagen?«

»Glaubst du etwa, ich wüsste nichts von deiner Geldschublade in der Kanzlei?«

Touché.

»Komm her, mein Schatz«, er nahm mich in den Arm, »manchmal macht es einem das Leben aber auch verdammt schwer, seriös zu sein.« Wir seufzten beide.

Das Telefon holte mich nachts wieder aus dem Schlaf. Das schien zur Gewohnheit zu werden. Diesmal war es meine Schwiegermutter. Und sie war aufgeregt. Ich weckte Artjom. Der weckte – nach einem kurzen Palaver mit Darya – Alexej.

»Paula, wir müssen los.«

»Was? Wohin denn?«

»Dein Vater braucht Hilfe.«

»Ist ihm was passiert?«

»Nein, aber seine Hündin hat Probleme beim Werfen.«

»Und warum rufen wir keinen Tierarzt?«

»Wir brauchen keinen Arzt. Wir haben Deduschka.«

Alexej schnappte sich einen seiner Koffer und los ging's. Ich war zu müde, um viel zu denken. Trotzdem kam es mir seltsam vor, dass Darya anrief, wenn Vater Unterstützung brauchte.

Das Matthessche Anwesen war hell erleuchtet, die Haustür nur angelehnt. Im Souterrain fanden wir den Rest der Sippe. Eika lag hechelnd in einer Blutlache auf dem Boden. Darya streichelte ihren Kopf, Vater stand kreidebleich daneben. In einer Ecke fächelte Rostislav Mutter Luft zu, sie konnte kein Blut sehen, in einer anderen kauerten Wassja, Sputnik, Caruso und Rasputin und beobachteten ernst das Geschehen.

Mit einem Schritt war Alexej bei der Hündin und gab beruhigend brummende Laute von sich. Vater machte ein Gesicht, als würde er dem Leibhaftigen begegnen. Bis dato hatte er sich der Familienzusammenführung verweigert und traf nun das erste Mal auf den Besuch aus dem Osten. Routiniert untersuchte Alexej die leidende Kreatur, öffnete seinen Koffer, zog eine Spritze auf und rammte sie Eika in die Flanke. Sie dämmerte weg. Er nahm ein Skalpell, schüttete Wodka darüber und schnitt Eika den Bauch auf. Mutter wurde in Rostislavs Armen ohnmächtig, Vater wimmerte, richtig gut war mir auch nicht.

»Ich denke, er ist Kieferchirurg«, raunte ich Artjom zu, »weiß er, was er tut?«

»Natürlich«, raunte Artjom zurück, »ein russischer Arzt kann alles.«

Sechs Welpen holte Alexej nach und nach heraus, nabelte sie ab und reichte sie Darya, die die Winzlinge sogleich mit einem Handtuch abrubbelte. Einer atmete nicht, Deduschka schüttelte ihn erst kopfüber, als das nichts half, saugte er sanft an seiner Schnauze, spie eine undefinierbare Flüssigkeit auf den Boden und blies dem Kerlchen Luft ein. Es japste und quiekte. Zufrieden benetzte Alexej die Hundezunge mit ein wenig Wodka und nahm selbst einen guten Schluck.

Dann versorgte er Eikas Wunde und nähte sie fachmännisch, während er vergnügt vor sich hin pfiff. Während der ganzen Prozedur wurde so gut wie kein Wort gewechselt. Ebenso still gingen wir nach oben, nur Darya blieb bei den Tieren. Vater schenkte Cognac aus, Mutter kochte Kaffee. Ich gesellte mich zu ihr in die Küche.

»Sag mal, was machen eigentlich Darya und Rostislav hier?«

Ich erfuhr, dass meine Schwiegermutter schon seit zwei Wochen täglich bei meinen Eltern ein und aus ging, um der trächtigen Hündin ihre Pflege angedeihen zu lassen. Mit der ihr eigenen Selbstverständlichkeit war sie quasi zu Eika in den Zwinger gezogen. Rostislav brachte sie hin, hielt ein Schwätzchen mit Mutter, fuhr zurück nach Hause und holte seine Frau wieder ab, sobald sie es verlangte.

»Und Papa hatte nichts dagegen?«

»Hatte er schon. Aber was sollte er machen? Sie versteht ihn ja nicht. Und was für ein Glück, dass die beiden heute Abend da waren. Dein Vater konnte den Tierarzt nämlich nicht erreichen.«

Einträchtig saßen wir anschließend zusammen, ein Hort der Harmonie. Deduschka hatte sich in seinem Trainingsanzug wie ein riesiger grüner Laubfrosch in den Ohrensessel gequetscht. Vater war immer noch etwas blass um die Nase.

»Na, Papa, alles okay bei dir?«

»Ganz erstaunlich«, flüsterte er, »dieser Großvater scheint ein ganz erstaunlicher Mensch zu sein.«

Gegen Morgen ging ich in den Keller, um nach den Welpen zu schauen. Sie schliefen, eng an Eika geschmiegt. Sie waren allesamt silbrig-grau, eindeutig das mütterliche Erbe, das zerrupfte Fell jedoch konnte nur vom Vater stammen.

»Du Teufelskerl«, sagte ich zu Sputnik, der stolz neben Darya saß.

Eine Geburt kann ein einschneidendes Erlebnis sein, für alle Beteiligten. Vater jedenfalls war ungewöhnlich milde gestimmt. Nachdem der Tierarzt endlich da gewesen war, erstattete er Bericht.

»Dieser Mensch hat Eika das Leben gerettet. Ohne den Kaiserschnitt hätte sie die Geburt nicht überstanden. Dr. Kluge sagt, unter den gegebenen Umständen ist die Operation einwandfrei verlaufen. Ist Rostislavs Vater nicht eigentlich Zahnarzt?«

»Ein russischer Arzt kann alles«, sagte ich.

»Soso. Na gut. Ach, Paula, mir ist zu Ohren gekommen, dass Artjom in Schwierigkeiten steckt.«

Bernhard, du Arschloch, dachte ich und sagte:

»Na, was heißt schon Schwierigkeiten? Es hat da bei einem Meeting ein kleines Missverständnis gegeben …«

»Schon gut, ich bin im Bilde. Ich habe Bernhard genau instruiert, was zu tun ist. Falls ihr mehr Hilfe benötigt, sagt Bescheid.«

Ich war viel zu verblüfft, um mich zu bedanken, nahm mir aber vor, es meinem Ex bei passender Gelegenheit heimzuzahlen.

Der arbeitete indes mit der Präzision und Zuverlässigkeit eines Uhrwerks. Ich hatte es nicht anders erwartet. Menschlich gesehen mochte er ein Totalausfall sein, als Anwalt war er brillant. Seine charakterlichen Defizite kamen ihm beruflich eher zugute, bei ihm paarte sich Akribie mit Skrupellosigkeit. Wehe dem, der ihn zum Gegner hatte.

Artjoms Fall widmete Bernhard sich mit allergrößter Hartnäckigkeit, was mich ein wenig erstaunte. Viele Lorbeeren waren dabei nicht zu holen. Erst schrieb ich sein Engagement dem Einfluss von Vater zu, dann fand ich heraus, dass es ihm gelungen war, auch die sieben anderen Beschuldigten zu vertreten. Besonders angetan hatten es ihm die beiden Hannoveraner Ehrenmänner, ein auf Landesebene hochrangiger Politiker und dessen väterlicher Freund, ein steinreicher Industrieller. Diese Art Mandanten nahm Bernhard mit Kusshand, Artjom war nur Mittel zum Zweck.

Tatsächlich schaffte es mein Ex, einen außergerichtlichen Vergleich herbeizuführen. Er überzeugte die Staatsanwältin davon, dass niemand in der Zeitung lesen wolle, die niedersächsische Polizei sei ein Schlägertrupp und verprügele harmlose Bürger.

Selbstverständlich würden seine Mandanten für alle entstandenen Schäden aufkommen, das beschlagnahmte Geld – er wies einwandfrei nach, dass es den acht Herren zu gleichen Teilen gehörte, was nach meiner Berechnung einen Pro-Kopf-Anteil von exakt dreitausendsiebenhundertfünfzig Euro ergab – wurde gespendet und kam zwei Stiftungen zugute. Eine Hälfte ging an die »Polizeistiftung Niedersachsen«, die andere an die »Haus & Grundeigentum Bürgerstiftung«, die unter anderem älteren Hannoveraner Immobilienbesitzern unter die Arme griff, wenn diese in Not gerieten.

»Das mit den Spenden, das war meine Idee«, sagte Artjom und kratzte sich selbstzufrieden an der Nase. »Den Rest hat Bernhard super hinbekommen. Dein Ex ist echt ein feiner Kerl.«

»Nein, ist er nicht. Sonst wär ich ja bei ihm geblieben und

hätte dich nicht geheiratet. Aber als Anwalt taugt er wirklich etwas.«

Der feine Wolf im Schafspelz hatte mich ganz unerwartet zum Mittagessen gebeten. Misstrauisch folgte ich seiner Einladung und ging davon aus, dass er mir bei dieser Gelegenheit seine übertriebene Rechnung präsentieren wollte. Als ich den noblen Italiener in Eppendorf betrat, saß Bernhard schon da und sprang eilfertig auf, um mir den Stuhl zurechtzurücken.

»Hallo, Paula, schön, dass du Zeit hast. Gut siehst du aus.«

»Danke.« Die Rechnung musste sehr hoch sein.

»Du hast dich überhaupt sehr verändert. Dein Outfit, deine Frisur, deine ganze Art …«

Ich schaute an mir herab. In der Tat war ich dazu übergegangen, mich etwas lebensfroher zu kleiden. Keine gedeckten Töne mehr, eher kräftige Farben. Weniger Jeans und Blazer, dafür Röcke und Kleider. Auch höhere Absätze traute ich mir zu, noch nicht Lenas Format, aber immerhin. Meine Haare hatte ich durchstufen lassen, das fade Aschblond durch helle Strähnen aufgelockert. Ich gefiel mir gut. Wir bestellten beim wartenden Kellner. Dann hakte ich nach.

»Was ist an meiner Art denn so anders?«

»Du bist so … so … nun ja, so selbstbewusst geworden. Gar nicht mehr die graue Maus von früher.«

Ob ich ihm einfach eine semmeln sollte?

»Danke, Bernhard, du hast es schon immer verstanden, Komplimente zu machen. Und, wie schaut's bei dir aus?«

Ich betrachtete den Superanwalt. Obligatorisches Gel im Haar, blödes Hemd, blöde Hose, blöde Schuhe. Sofort war ich stolz auf meinen Mann. Artjom mochte ein Paradiesvogel sein, aber er hatte einfach dieses gewisse Extra, dieses innere Leuchten, das aus seiner Menschlichkeit und Wärme resultierte.

Bei Bernhard leuchtete nichts. Im Gegenteil, ich fand, dass er ziemlich fertig aussah. Seine Augen waren blutunterlaufen, unter ihnen lagen schwarze Schatten.

»Geht's dir nicht so gut? Du siehst aus, als hättest du nächtelang nicht geschlafen.«

»Hab ich auch nicht«, er gähnte, »der Kleine schreit die ganze Nacht. Und Madame erwartet von mir, dass ich dann aufstehe. Weil ihr Tag mit dem Baby ja schon stressig genug ist.«

Unser Essen wurde serviert, Bernhard musste sein Gejammer unterbrechen.

Soso, Schatzilein war also schon zu Madame mutiert, dachte ich. Das ging schnell.

»Stimmt, du bist Vater geworden. Herzlichen Glückwunsch nachträglich zum Stammhalter. Wie heißt er denn?«

»Hubertus. Aber ein Kind macht ja so viel Arbeit«, jammerte er, »das glaubst du gar nicht. Ewig dieses Geschrei. Der Gestank von den Windeln! Und Claudia lässt sich total gehen, die hat mindestens noch zehn Kilo zu viel auf den Rippen.«

»Bernhard«, unterbrach ich ihn, »ich bin nun wirklich die falsche Adresse, wenn du dich über deine Frau beschweren willst.«

»Das ist nicht meine Frau.«

»Freundin, Lebensgefährtin, was weiß ich. Und die Mutter deines Kindes! Ein bisschen mehr Respekt täte dir da ganz gut. Warum wolltest du mich eigentlich treffen?«, wechselte ich das Thema.

Aufmerksam inspizierte er die Nudel auf seiner Gabel und

sagte gedehnt: »Haaach, weißt du, eigentlich nur so. Ich finde es ganz schön, dass wir wieder Kontakt haben.« Er hüstelte. »Vielleicht können wir den weiter intensivieren …«

»Wie meinst du das?«

»Ich bin ja auch nur ein Mensch. Und Menschen machen Fehler. Diese Affäre damals war wahrscheinlich so ein Fehler. Obwohl du auch daran schuld bist.«

»Es ist meine Schuld, dass du mich beschissen hast?«

»Nun ja, wie soll ich das sagen … Im Bett lief es ja nicht mehr so richtig zwischen uns.«

»Es lief nicht nur im Bett nicht so richtig, Bernhard.«

»Ach komm, wir waren doch ein tolles Team. Was hätten wir zusammen noch erreichen können! Aber du musstest dich wegen dieser Lappalie ja unbedingt trennen. Im Grunde hast du mich dadurch erst richtig in Claudias Arme getrieben. Ich finde, ich habe mindestens eine zweite Chance verdient.«

Ich fasste es nicht. Zu Hause warteten Frau und Kind, und Bernhard machte seiner verheirateten Ex-Freundin Avancen. Vornehm tupfte ich mir die Lippen ab und stand auf.

»Weißt du, was dir fehlt, Bernhard? Anstand. Würde. Ehrgefühl. Ein guter Charakter. Und danke, ich zahle selbst.«

15

Gerade eben hatte ich noch friedlich mit Frau Gussewa bei weitgeöffneten Fenstern am Schreibtisch gesessen. In letzter Zeit hatte ich eine Lüftungsmanie entwickelt, da ich mir einbildete, in der Kanzlei würde es nach kaltem Rauch riechen. Ich verdächtigte sogar Irina, während meiner Abwesenheit heimlich zu qualmen.

Nun überlegten Frau Gussewa und ich fröstelnd, wie man ihren abtrünnigen Gatten davon überzeugen konnte, Unterhaltszahlungen für die gemeinsamen Kinder zu leisten.

»Sagt ärr, hat ärr kain Geld.«

»Was macht der Gute denn beruflich?«

»Hat ärr Baufirma. Sagt ärr, Geschäft sährr, sährr schlecht.«

»Und stimmt das?«

»Nä!«

»Aha. Ihr Mann hat doch kürzlich die deutsche Staatsbürgerschaft erhalten?«

»Da.«

»Sehr gut, dann erzählen Sie Ihrem Mann doch bitte, dass Sie den Unterhaltsvorschuss beim Jugendamt beantragen werden.«

»Ist ihm das egal. Lacht ärr.«

»Ich verspreche Ihnen, das Lachen wird ihm vergehen. Es gibt eine Unterhaltspflicht in Deutschland. Das Jugendamt wird versuchen, sich das Geld von ihm wiederzuholen. Und das sind harte Hunde. Da darf er seine Bücher offenlegen. Ich bin sicher, das will er nicht.«

»Okay, gutt.«

»Ach ja, und dann deuten Sie noch an, dass Ihre Anwältin einen feinen Draht zur Steuerfahndung hat. Vielleicht ist das eine zusätzliche Motivation für ihn, die finanzielle Verantwortung für seine Kinder zu übernehmen.«

»Sährr gutt.«

Urplötzlich brach das Inferno aus. Draußen rumste und polterte es, als würden schwere Sachen verschoben. Ich hörte Irinas aufgeregte Stimme, die Tür flog auf, und Lena stand im Raum. Heulend.

Was mich mehr beunruhigte, war weniger ihr innerer als vielmehr ihr äußerer Zustand. Sie war weder geschminkt noch frisiert, geschweige denn angemessen gekleidet. Schniefend stand sie vor mir, in einem alten T-Shirt und einer ausgebeulten Jogginghose. Normalerweise würde eine Russin in diesem Zustand noch nicht einmal den Müll runterbringen. Es war ernst.

»Mir reicht's. Ich hau ab!«, schrie sie und drosch mit der Faust mehrere Male auf den Schreibtisch, so dass mein Computer hüpfte, flackerte und abstürzte.

»Wohin denn?«, fragte ich. »Und warum eigentlich?«

»Ich bin fertig mit Mischa. Ich verlasse ihn. Für immer.«

Och nö, nicht schon wieder, dachte ich.

Sie brach auf dem Besuchersessel zusammen und begann, hemmungslos zu schluchzen. Frau Gussewa hatte die Szene beobachtet, ohne mit der Wimper zu zucken. Schließlich war sie emotionale Ausschläge nach oben und unten von ihren Landsleuten gewohnt. Dennoch beschloss sie, dass es Zeit war zu gehen, verabschiedete sich höflich und quetschte sich an zahlreichen Koffern und anderen Gepäckstücken, die den Flur blockierten, vorbei.

»Was sind das für Koffer?«, fragte ich.

»Ich habe doch gesagt, ich verlasse Mischa«, schniefte Lena, »meine Sachen hab ich gleich mitgenommen.«

Ich bat Irina, einen starken Tee zu kochen und einen Cognac dazuzustellen, dann widmete ich mich der Freundin.

»Jetzt erzähl erst mal in Ruhe, was los ist.«

»Mischa nervt.«

»Deswegen musst du ihn nicht gleich verlassen. Das kommt doch in jeder Ehe vor, dass man sich ab und an auf den Geist geht.«

»Nein, er geht eindeutig zu weit. Seit er weniger arbeitet, ist er ein ganz anderer Mensch geworden. Ich habe überhaupt keine Freizeit mehr, er kontrolliert mich ständig.«

»Du wolltest doch, dass ihr mehr gemeinsam macht.«

»Aber doch nicht so«, Lena straffte sich. »Du musst mich verstecken, damit Mischa mich nicht findet.«

»Solltest du nicht erst mal mit ihm reden?«

»Reden? Mit einem russischen Mann? Ha!«

»Okay, okay«, gab ich nach, »dann lass uns in Ruhe überlegen, was wir machen können.«

»Nein«, entschied Lena, »Mischa sucht mich bestimmt schon. Wir müssen hier weg. Reden können wir später.«

»Dann lass uns zu mir fahren.«

»Nein! Mischa ist doch nicht blöd. Wahrscheinlich lauert er schon vor deiner Tür.«

Meine Güte, dachte ich, das ist ja wie in einem schlechten Agentenfilm. Ich überlegte kurz, dann versuchte ich, Mutter zu erreichen. Ich erwischte sie auf ihrem Handy.

»Hallo, Mama, ich habe ein kleines Attentat auf dich vor. Könnte Lena ein, zwei Nächte bei euch übernachten?«

»Warum schläft sie denn nicht zu Hause?«

»Äh, lass es mich so sagen: Der Haussegen hängt gerade etwas schief.«

»Also weißt du …«

»Mama, bitte! Bei uns ist doch kein Platz, wir haben schon Alexej. Und ihr habt schließlich ein Gästezimmer.«

Mutter seufzte. »Na gut. Wenn's denn sein muss.«

»Super, danke. Wir sind gleich da.«

»Wir aber nicht. Wir fahren zu Tante Irmi. Du hast ja einen Schlüssel.«

Ich sagte Irina, dass ich einen Termin hätte, und verdonnerte sie dazu, niemandem zu verraten, dass Lena hier gewesen war.

»Und vergiss nicht wieder abzuschließen, wenn du gehst«, bat ich sie.

»Ich verrgess' nie!«, antwortete sie eingeschnappt.

Ja, ja, dachte ich, hast du in letzter Zeit aber schon zwei Mal.

Wir packten Lenas Hab und Gut in mein Auto und fuhren zu mir, um den Schlüssel zu holen. Lena wartete im Auto – mit laufendem Motor.

Im Treppenhaus begegnete ich Alexej, der pfeifend auf einer Leiter stand und die Wände strich.

»Was machst du da?«, fragte ich entgeistert.

»Neue Farbe. Schön«, sagte er und deutete auf das dunkle Blau.

Er hatte sich zum guten Geist des Hauses entwickelt, da ihn die Aufgaben in der Datscha nicht ausfüllten. Er wechselte Glühbirnen, reparierte Kellertüren, fegte die Treppen. Die Nachbarn waren sich im Gegenzug einig, dass man mit seinen morgendlichen Marotten leben konnte.

Nachdem unser Fernseher aus unerklärlichen Gründen den Geist aufgegeben hatte und der Kundendienst auch nach einer Woche noch nicht aufgetaucht war, um den Fehler zu beheben, verschwand Alexej nun regelmäßig am Abend. Ich war neugierig, wohin er ging, und schaute aus dem Fenster, um zumindest seine grobe Richtung auszumachen. Aber er verließ gar nicht das Haus.

Bei seinem nächsten Ausflug linste ich durch den Spion. Er klingelte bei Frau Hinrichs. Die Tür öffnete sich. Er trat ein. Die Tür schloss sich. Nanu, dachte ich, was will er denn da? Wie sich später herausstellte, schauten die beiden zusammen fern.

Alexej, plötzlich seines Freizeitvergnügens beraubt, war auf der Suche nach Ersatz bei meiner Nachbarin vorstellig geworden. Ich vermute, dass sie ihn anfangs allein aus Angst vor dieser Masse Mensch hereinbat. Dann entdeckten sie ihre gemeinsame Leidenschaft für Liebesfilme, und Frau Hinrichs besaß alle Rosamunde-Pilcher-Filme auf DVD.

Ich stellte mir gern vor, wie die zwei einträchtig ergriffen auf der Couch saßen, Deduschka in seinem grünen Trainingsanzug, Frau Hinrichs im gelben Morgenmantel.

Seinem Deutsch taten die Schnulzendialoge allerdings nicht gut. Beim Essen sagte er plötzlich Sachen wie: »Wärrest du so rreizend, mir die Buttärr zu rreichen, Liebstä?« oder »Vorrzuglich, wahrrhaft vorrzuglich.« Wenn er mir etwas mitteilen wollte, schmiss er sich in Pose und dramatisierte: »Wirr mussen rräden. Es duldet kainen Aufschub!«

Jetzt ging ich an ihm vorbei, ohne weiter auf seine Renovierungsaktion einzugehen. Kurz sorgte ich mich, was unser Vermieter zu dieser Eigeninitiative sagen mochte. Aber ich hatte keine Zeit und Nerven, Alexej zu maßregeln, und wusste, dass dieser Versuch ohnehin vergeblich gewesen wäre.

Ich schnappte mir schnell den Schlüssel, hetzte zum Auto

zurück und brachte Lena nach Nienstedten. Während ich noch am Schloss herumfummelte, öffnete sich die Haustür, und Darya sah uns erstaunt an.

»Darya! Was machst du denn hier?«, fragte ich.

»Chundchen.«

Die große Tierfreundin war nach wie vor im Einsatz. Mir soll's recht sein, dachte ich, je öfter sie hier ist, desto seltener ist sie bei uns.

Darya war unser Eindringen offenbar nicht geheuer. Ein wenig gerierte sie sich wie eine strenge Haushälterin, die jedem Besuch unterstellt, er würde die silbernen Löffel klauen. Ich versicherte ihr, dass unser Erscheinen mit Mutter abgesprochen war, und fragte mich, warum ich mich eigentlich rechtfertigen musste, wenn ich mein Elternhaus betrat.

Erst nachdem wir ausgiebig die Welpen bewundert hatten, ließ Darya uns in Ruhe. Ich führte Lena ins Gästezimmer, hockte mich auf den Teppich und schaute ihr dabei zu, wie sie vergeblich versuchte, ihre Garderobe in dem kleinen Kleiderschrank unterzubringen.

»Lass die Sachen im Koffer, Lena. So lange bleibst du ja nicht hier.«

»Wer weiß …« Sie schniefte wieder.

»Kannst du mir jetzt erzählen, was genau passiert ist?«

Die Sache war simpel: Mischa war vom beruflich eingespannten Ehemann zum eifersüchtigen Bodyguard mutiert. Seit er auf Lenas Wunsch hin andauernd zu Hause war, rückte er ihr nicht mehr von der Pelle. Er brachte sie zur Uni, er holte sie wieder ab. Er zwang sie, ihm stundenlang im Atelier Modell zu sitzen. Er schleppte sie in seinen Tennisverein, in dem er neuerdings Stunden zubrachte, und wollte, dass sie seine Rückhand bewunderte. Und jeder

Mann, der ihr einen Blick zu viel zuwarf oder es gar wagte, sie zu berühren, kam nur knapp mit dem Leben davon. Das war insbesondere für Lenas Friseur ein Problem.

Was aber am schlimmsten war: Mischa hatte Zeit zum Nachdenken. Und er dachte, dass es wirklich an der Zeit sei, eine Familie zu gründen. Ein Stammhalter sollte her. Er sprach über nichts anderes mehr. Sein plötzlich erwachter Kinderwunsch wurde zum zentralen Thema ihrer Beziehung.

»Aber ich will noch kein Kind«, sagte Lena, »ich promoviere gerade. Und dann möchte ich noch ein paar Jahre arbeiten.«

»Und Mischa versteht das nicht?«, fragte ich.

»Ach, der Sturkopf! Er sagt immer, wenn wir noch in Russland wären, hätte ich schon mindestens zwei Kinder – und meinen Beruf. Aber wir leben nun mal in Deutschland.«

»Es gibt auch bei uns Frauen, die früh Mutter werden«, wandte ich ein und dachte an Heike.

»Klar, aber die machen meistens keine Karriere.«

»Dann erklär Mischa das doch, und hau nicht einfach ab. Wenn ich dich noch mal daran erinnern darf: Du wolltest, dass er mehr Zeit für dich hat.«

»Ich weiß«, jammerte Lena, »das war ein Fehler.«

»Und nun?«

»Ich lass ihn ein paar Tage schmoren. Der soll ruhig denken, dass ich ihn wirklich verlasse. Vielleicht kommt er dann zur Besinnung.«

»Wenn du meinst«, sagte ich, »ich fahre erst mal nach Hause und schaue heute Abend wieder vorbei.«

»Okay«, sie schniefte wieder, »und niemandem sagen, wo ich bin, ja? Auch nicht Artjom.«

»Verlass dich auf mich.«

Ich machte mich auf den Rückweg und freute mich gerade, dass ich einen Parkplatz direkt vorm Haus gefunden hatte, da entdeckte ich Mischa. Er lehnte im Eingang und guckte finster. Sehr finster.

»Hallo, Mischa«, sagte ich leichthin, »willst du zu Artjom?«

»Ich suche Lena. Weißt du, wo sie steckt?«

»Lena? Nee du, keine Ahnung. Vielleicht ist sie shoppen?« Ich las in seinen Augen, dass er mir kein Wort glaubte.

»Du weißt, wo sie ist!«

»Weiß ich nicht«, insistierte ich und merkte, wie es an meinem Haaransatz zu kribbeln begann.

Mischa rückte näher, der Muskelberg spannte sich an. Unheilverkündend sagte er: »Paula, das ist alles deine Schuld.«

»Wieso ist es meine Schuld, wenn du keine Ahnung hast, wo deine Frau ist?«

»Ohne deine Idee hätten wir keine Eheprobleme.« Mischa zeigte drohend mit dem Finger auf mich.

Soso, dachte ich, und vor meiner Idee hing euer Himmel voller Geigen? Ich sparte mir aber eine Antwort. Mischa schien Diskussionen gegenüber nicht aufgeschlossen zu sein.

»Genau deshalb wirst du das auch regeln. Sorg dafür, dass Lena zurückkommt. Und zwar schnell. Haben wir uns verstanden?« Mischa konnte wirklich böse gucken.

»Ja«, krächzte ich, »ich kann's ja mal probieren.«

Er ging, ich blieb zurück. Oben in der Wohnung wartete Artjom auf mich. Streng schaute er mich an.

»Weißt du, wo Lena ist?«

»Nein, und nochmals nein. Das habe ich übrigens deinem Freund Mischa auch schon gesagt.«

»Wo warst du?«

»Bisness«, antwortete ich und zwinkerte ihm zu.

Er verstand keinen Spaß. »In der Kanzlei warst du nicht. Da habe ich nachgeschaut.«

Da hat der Herr nachgeschaut, dachte ich, kontrolliert der mich jetzt etwa auch?

»Außentermin«, sagte ich, »bei einer Mandantin.«

»Paula, sag mir die Wahrheit!«

»Tu ich doch«, log ich. Diesmal kribbelte meine Kopfhaut kein bisschen. Da mein Gatte es mit der Wahrheit auch nicht allzu genau nahm, verspürte ich nicht den Anflug eines schlechten Gewissens. Dennoch war ich froh, als Artjom sich abends mit den Worten: »Ich muss mich um Mischa kümmern« verabschiedete. So konnte ich unbeobachtet und ohne weitere Erklärungen das Haus verlassen.

In der Casa Matthes erwartete mich ein heiteres Beisammensein. Lena, wieder tipptopp gestylt, half Mutter dabei, das Wohnzimmer vorweihnachtlich zu schmücken. Vater beobachtete die Damen wohlwollend und gab ab und an Anweisungen.

»Mehr nach links hängen, Luise. Ja, genau so.«

»Da hinten fehlt noch etwas Tannengrün.«

Darya saß in Vaters Ohrensessel und betrachtete die Szene missmutig.

Wir aßen gemeinsam Abendbrot, Daryas Gesichtsausdruck wurde immer übellauniger, Lena plauderte angeregt mit Vater über philosophische Grundsatzfragen. Ich hörte nur mit halbem Ohr hin, da Mutter mich mit ihrem momentanen Lieblingsthema drangsalierte.

»Ich habe die ganze Sache jetzt vertrauensvoll in Rostislavs Hände gelegt«, sagte sie.

»Welche Sache?«, fragte ich.

»Na, unseren Urlaub!«

Herrje, dachte ich, ist das immer noch nicht vom Tisch?

»Papa hat sicher überhaupt keine Lust dazu ...«

»Doch, doch, dein Vater freundet sich langsam mit dem Gedanken an. Oder, Karl?«

Kurz blickte Vater zu uns und sagte: »Ja, ja, macht ihr mal.«

Entweder hatte er nicht richtig zugehört, oder Deduschkas nächtliche Geburtshilfe hatte ihn seine Einstellung zu Osteuropäern überdenken lassen. Mutter war in ihrem Element.

»Ach, das wird schön. Ich freu mich so. Wir alle zusammen, herrlich ...«

»Mama, ich hab so viel zu tun und Artjom auch. Es wird bestimmt schwierig, einen Termin zu finden, an dem wir alle Zeit haben ...«

»Wir richten uns da ganz nach euch, Kind. Überhaupt kein Problem. Oder, Karl?«

»Ja, ja, macht ihr mal.«

»Mama, das geht nicht. Wer soll sich denn um die Hunde kümmern, wenn wir alle nicht da sind?«

»Da wird sich schon eine Lösung finden. Oder, Karl?«

»Ja, ja.«

Ich gab auf und fluchte lautlos. Gegen die neue Einigkeit der Eheleute Matthes hatte ich keine Chance.

Nach dem Essen verabschiedete Darya sich einsilbig, Rostislav stand hupend in der Einfahrt, ich wollte mich mit Lena ins Gästezimmer zurückziehen.

»Einen Augenblick«, sagte Vater, »ich habe da etwas für Sie.« Er entschwand in sein Arbeitszimmer und kam mit einem Buch zurück, das er Lena in die Hand drückte.

»Kleine Nachtlektüre«, sagte er mit einem verlegenen Lächeln.

Lena betrachtete den Titel. »Geschichte der Rechts- und Staatsphilosophie. Antike und Mittelalter.«

Das klingt ja spannend, dachte ich, die perfekte Einschlafhilfe.

»Der Autor kommt mir so bekannt vor«, sagte Lena, »ist das nicht ein ehemaliger Bundesverfassungsrichter?«

Angeberin, dachte ich.

»Genau«, Vater strahlte, »was Sie alles wissen!«

»Da werfe ich sehr gern einen Blick hinein. Auch wenn es nicht mein Fachgebiet ist, die Rechtsphilosophie hat mich schon immer interessiert. Danke, Herr Matthes.«

Schleimerin, dachte ich.

»Für Sie ab sofort: Karl«, sagte Vater.

Als wir endlich allein waren, kicherte Lena. »Dein Papa ist echt toll. So klug. Und so charmant!«

Vater? Charmant? Ich bekam einen Hustenanfall, Lena klopfte mir auf den Rücken. Als ich mich beruhigt hatte, fragte ich:

»Hast du inzwischen Mischa angerufen? Er sucht dich. Und mir gibt er die Schuld an deinem Verschwinden.«

»Na, da hat er nicht ganz unrecht.«

»Bitte?«

»Das war schließlich deine Idee …«

»Weißt du, was? In Zukunft löst ihr eure Eheprobleme bitte ohne mich!«

»Mensch, Paula, sei doch nicht gleich beleidigt. Nimmt dir doch keiner übel. Du hast es nur gut gemeint.«

Du kannst mich mal, dachte ich und fragte nochmals: »Hast du Mischa angerufen?«

»Nein. Vielleicht morgen. Das ist so nett hier bei deinen Eltern.«

Darya vereitelte Lenas Pläne, sich gemütlich in Nienstedten einzurichten. Nachdem sie zwei weitere Tage das Treiben des in ihren Augen ungebetenen Gastes beobachtet hatte, entschied sie, dass in diesem Haus nur Platz für eine Russin war. Sie rief Mischa an.

Einem Tornado gleich stürmte er, begleitet von Artjom, der mich mit einem bösen Blick bedachte, das Haus meiner Eltern und warf sich seiner Frau zu Füßen. Vater, ganz alte Schule, bot den beiden sein Arbeitszimmer zur Aussprache an. Hinter der Tür flogen die Fetzen, vor der Tür stand Darya, lauschte und erstattete Bericht. Artjom übersetzte.

Quintessenz des zweistündigen Disputs war: Sie vertrugen sich. Sie liebten sich. Mischa versprach, Lena wieder mehr Freiraum zu lassen. Lena ihrerseits sagte zu, die Sache mit der Familienplanung zu überdenken.

Im ersten Moment war ich Darya ein wenig böse, dass sie meine Freundin verraten hatte. Aber nach dem ununterbrochenen Telefonterror – Mischa hatte mich mindestens dreißigmal am Tag angerufen, um nach seiner Frau zu fragen – nahm ich es ihr im zweiten Moment nicht mehr übel.

Als Lena sich für meinen Einsatz bedankte, sagte ich: »Gern geschehen. Aber bitte, bitte, löst eure Krisen in Zukunft mit weniger Dramatik.«

»Welche Dramatik?«, fragte Lena.

»Beim ersten Mal hast du Mischa verdroschen, beim zweiten bist du verschwunden …«

»Ja und? Das ist doch normal, oder?«

Wer übrigens auch verschwand, war Sergej, Mischas Neffe und Geschäftsführer. Gleichzeitig vermisste man die Wocheneinnahmen aus den Clubs. Wegen der nahen Verwandtschaft ließ Mischa nur halbherzig nach ihm suchen. Der Chef musste sich wieder persönlich ums Bisness kümmern. Sein Versprechen, Lena mehr Freiheit zu gewähren, blieb daher kein leeres. Und wenn man die beiden in den folgenden Wochen zusammen sah, konnte man sich kaum ein harmonischeres Paar vorstellen.

Der Zauber der anbrechenden Weihnachtszeit sorgte auch sonst allerorten für eine versöhnliche Stimmung. Frau Gussewa teilte mir mit, dass ihr Mann zu ihr zurückgekehrt sei, nachdem er Post vom Jugendamt bekommen hatte. Er schwor ihr ewige Liebe und beteuerte, nie wieder Dummheiten zu machen.

»Das freut mich«, sagte ich zu ihr, »aber wenn Sie es sich anders überlegen sollten – ich kenne eine ausgezeichnete Scheidungsanwältin.«

»Nein, nein, mein Mann ist gutterr Mann. Trinkt nicht, schlägt nicht.«

Ja, dachte ich, manchmal braucht es wenig zum Glücklichsein.

Weihnachten verlief für unsere Verhältnisse unspektakulär. Das lag vor allem daran, dass meine russische Verwandtschaft sich nicht viel aus diesen deutschen Feiertagen machte und das Fest entgegen ihrer sonstigen Gepflogenheiten unaufgeregt beging.

Am Heiligen Abend versammelten wir uns im Haus meiner Eltern, bestaunten den glitzernden Baum, tauschten Geschenke, Mutter servierte Gans. Darya deutete lächelnd auf den krossen Vogel und fragte: »Agathe?«

Sehr witzig, dachte ich, sehr witzig.

Schon Wochen vorher hatte ich gegoogelt, ob und wie wohl Juden diese Feier begingen. Auch wenn Chanukka nicht viel mit der christlichen Weihnacht gemein hatte, besorgte ich trotzdem einen Chanukka-Leuchter und bat Mutter, zum Nachtisch Latkes, Kartoffelpuffer, mit Apfelmus zu machen – sozusagen als Zeichen des Respekts und der Toleranz. Die Puffer wurden kommentarlos und mit großem Appetit vertilgt. Als ich auf den traditionellen Leuchter mit seinen neun brennenden Kerzen deutete – »Extra für euch!« –, erntete ich ratlose Blicke.

»Ich dachte, ich mache euch eine Freude, wenn wir auch etwas Jüdisches dabeihaben«, erklärte ich.

»Das ist nett von dir«, sagte Artjom, »aber du weißt doch: Wir haben's nicht so mit der Religion.«

Rostislav und Darya nickten beflissen. Na gut, dachte ich, dann eben nicht.

Insgesamt aber verlebten wir einen harmonischen Abend. Vater war ungewöhnlich heiter, er machte sogar Scherze, die nicht auf Mutters Kosten gingen. Ihr Verhältnis war sichtlich entspannt. Vielleicht hatte Mutters Aufmüpfigkeit ihrer Beziehung neuen Schwung gegeben.

Vater spielte mit Alexej Schach, wir anderen fläzten uns vollgestopft vor den Kamin und beobachteten wohlwollend die umherstolpernden Welpen, Darya döste ein wenig, Rostislav und Mutter schmiedeten weitere Pläne für den großen gemeinsamen Urlaub.

»Nur über meine Leiche!«, raunte ich Artjom zu. »Mit diesen Bekloppten verbringe ich doch nicht meine Flitterwochen.«

»Ich weiß gar nicht, was du hast«, antwortete mein Familientier, »das wird bestimmt ein Riesenspaß.«

»Fragt sich bloß, für wen …«

Silvester rückte näher. Darya war tödlich beleidigt, weil Artjom die Feierlichkeiten zum Jahreswechsel ohne ihr Einverständnis zusammen mit Mischa organisierte.

»Ich versteh sie nicht«, sagte ich zu Lena, »wir feiern doch alle zusammen. Was hat sie denn schon wieder?«

»Das verstehst du wirklich nicht«, sagte Lena, »Silvester ist für uns das allerwichtigste Fest im ganzen Jahr. Und das plant dein Mann, ohne vorher mit seiner Mutter zu sprechen? Das geht nicht.«

Ich fand den ganzen Aufwand, der darum gemacht wurde, schlichtweg übertrieben. Und der Gedanke, Silvester mit meinen Eltern zu verbringen, war mir unheimlich. Das hatte ich zuletzt als Kind getan – und nur, weil ich musste.

Mutter war entzückt, als sie die Einladung bekam. Vater,

der sich auf sein übliches Fondue nebst dezentem Tischfeuerwerk gefreut hatte, grummelte – aber nur ein bisschen. Sogar Tante Irmi und Frau Hinrichs waren geladen. Ein generationenübergreifendes Event stand uns bevor.

Kurz vor der Zielgeraden machte Artjom schlapp. Er hatte es im Rücken. Der ganze Stress. Selbst Deduschkas Wodkaumschläge und Einreibungen halfen nicht.

»Geh endlich zum Arzt«, sagte ich, als ich sein Gejammer nicht mehr hören konnte.

»Geht nicht«, sagte er, »der einzige russische Orthopäde in Hamburg hat Urlaub.«

»Warum muss es denn ein russischer Arzt sein? Du sprichst doch fließend Deutsch.«

»Deutsche Ärzte taugen nichts.«

»'tschuldigung, das wusste ich noch nicht.«

Nach einem weiteren Tag ununterbrochener Klagelaute schleppte ich ihn in eine orthopädische Praxis, von der ich schon viel Gutes gehört hatte. Gebückt und mit schmerzverzerrtem Gesicht stolperte er ins Behandlungszimmer, hoch erhobenen Hauptes und stocksauer kam er nach zwanzig Minuten wieder heraus.

»Na, was hast du?«, fragte ich.

»Einen Bandscheibenvorfall.«

»Oje, hat das der Arzt gesagt?«

»Nein, das sage ich. Aber dieser Trottel glaubt mir nicht.«

»Was hat der Arzt denn gesagt?«

»Irgendwas von Blockaden und verspannter Muskulatur. So ein Vollidiot.«

»Hat er dich gründlich untersucht?«

»Ha, ha«, Artjom lachte höhnisch, »was ihr Deutschen so gründlich nennt …«

»Und hat er irgendetwas gemacht? Oder dir etwas verschrieben?«

»Er hat ein bisschen an mir rumgeruckelt und gedrückt.
Das war's auch schon. Medikamente bekomme ich natürlich keine von dem Stümper. Der meint im Ernst, ich sollte
mich mehr bewegen und in die Sauna gehen. Kurpfuscher!«

»Schatz, ich sag's nur ungern«, wandte ich zaghaft ein,
»aber du gehst schon viel aufrechter als vorhin ...«

»Quatsch, das bildest du dir ein.«

Ich beschloss, das Thema auf sich beruhen zu lassen.

Zu Hause erzählte Artjom seinem Großvater lang und breit
von seinem Abenteuer, einhellig schüttelten beide die Köpfe angesichts dieses ärztlichen Unvermögens. Trotz Fehl-
diagnose schritt Artjoms Genesung zügig voran, innerhalb
eines Tages war er wieder der Alte.

»Bandscheibe, hmm?«, piekte ich ihn.

Er murmelte etwas von »Spontanheilung«.

Unseren Jahreswechsel begingen wir bodenständig in der
Datscha. Alexej hatte seit seiner Ankunft wahre Wunder
vollbracht, das Häuschen innen und außen komplett gestri-
chen, dazu eine Art verglasten Wintergarten gezimmert,
der dank zweier Heizlüfter als zusätzlicher Raum genutzt
werden konnte.

Die Bäume im Garten waren mit bunten Lichterketten ge-
schmückt. Als wir eintrafen, stand Rostislav dick einge-
mummelt im Garten und wendete auf einem überdimensionierten Grill die obligatorischen Schaschliks.

Drinnen erwarteten uns weitere Berge an Nahrungsmitteln.
Darya verteilte lustige Partyhütchen an die Gäste. Selbstre-
dend setzte mein Vater seines nicht auf. Tante Irmi, deren
Rollator seit der Hochzeit verschwunden war, wurde für-

sorglich von Mischa zum bequemsten Sessel geleitet, in dem sie sofort versank, ihr Kinn reichte noch knapp über die Tischplatte.

Ich nutzte die Gelegenheit, um das Geheimnis des mysteriösen »P & K« auf unseren Tischdecken zu lüften, und setzte mich zu ihr.

»Tante Irmi, du hast uns so schöne Tischdecken geschenkt …«

»Was hab ich? Kind, du musst lauter sprechen.«

Aha, dachte ich, das Hörgerät im Ohr, aber mal wieder nicht eingeschaltet.

»Die Tischdecken«, brüllte ich, »die sind toll. Und dieses schöne Monogramm!«

»Ich hab mir gedacht, dass ihr euch darüber freut. Tischdecken kann man ja immer gebrauchen.«

»Genau. Und das ›P & K‹ hat bestimmt eine besondere Bedeutung …«

»Wieso? Das sind die Initialen eurer Vornamen.«

»Ach ja?«

»Ja, Kind, Paula und Karton.«

»Artjom«, schrie ich, »mein Mann heißt Artjom.«

»Na, siehst du«, sagte Tante Irmi zufrieden, »Tischdecken kann man immer gebrauchen.«

Die anderen hatten gespannt unseren unüberhörbaren Dialog verfolgt. Vater sah aus, als stünde er kurz vor einem Lachkrampf. In den folgenden Wochen war es ihm eine große Freude, Artjom stets mit einem »Hallo, Karton« zu begrüßen.

Wir machten uns über das Essen her.

Für meinen Geschmack gab es überdurchschnittlich viele Vorspeisen mit Hühnchen. Ich deutete auf einen Salat Olivje und sah Darya streng an. Sie lächelte sardonisch und

203

gackerte ein wenig. Ich sprang auf und hechtete durch den Garten zum Stall. Ich starrte in das Dunkel. Grabesstille.

»Agathe«, flüsterte ich, »lebst du noch?« In der hintersten Ecke raschelte es leise.

»Agathe?« Mein Huhn schlug mit den Flügeln und zeterte. Ich hatte es geweckt.

Schallendes Gelächter empfing mich, als ich mich wieder an die Tafel setzte. Es schien der Abend der Scherze zu sein. Und heiter ging es weiter. Artjom rollte einen großen Flachbildfernseher in den Wintergarten, hantierte umständlich mit den Kabeln und schob eine DVD ein: »Dinner for One«. Danach schauten wir das russische Pendant mit dem Titel »Ironie des Schicksals«. Artjom gab vorab eine kleine Inhaltsangabe für uns Deutsche, eine synchronisierte Fassung hatte er leider nicht bekommen.

Kurz gesagt, ging es um einen sehr betrunkenen Mann, der aus Versehen nach St. Petersburg fliegt, sich aber nach wie vor in Moskau wähnt. Er landet in der falschen Wohnung, von der er denkt, dass es seine ist, und trifft dort auf eine wunderschöne Frau, in die er sich verliebt.

Der Film lief über zwei Stunden. Danach waren die deutschen Zuschauer ein wenig erschöpft, und Vater meinte, die Geschichte sei völlig unglaubwürdig gewesen. Denn so betrunken könne man ja gar nicht sein, dass man Moskau für St. Petersburg hielte.

Es dauerte eine weitere Stunde, bis Mischa Vater erklärt hatte, dass zu Sowjetzeiten alle Hochhaussiedlungen und Wohnungen gleich aussahen und es in den verschiedenen Städten Straßen gleichen Namens gab. Restlos überzeugt war Vater nicht, aber er gab klein bei.

Die Feier nahm langsam wieder Fahrt auf, eine kleine Karaoke-Anlage wurde mit dem Fernseher verbunden, wir grölten Abba-Songs und »Ti amo«. Um Mitternacht klirrten die Gläser, »Schampanskoje!«, wir fielen uns gegenseitig in die Arme, es wurde geküsst und gelacht.

Artjom brachte von draußen einen Sack herein und rief: »Väterchen Frost war da!«

»Wer?«, fragte ich Lena.

»Der russische Weihnachtsmann.«

Wir bekamen alle bunte Walenki, Filzstiefel, die wir fröhlich untereinander tauschten, bis jeder ein Paar hatte, das ihm annähernd passte. Gemeinsam gingen wir in den Garten, und Mischa und Artjom schleppten mit wichtigen Mienen große Kisten voller Feuerwerk heran.

»Die habe ich in Polen besorgt«, erklärte Mischa stolz, »so etwas gibt es hier gar nicht. Da ist echter Sprengstoff drin.«

Es folgten ohrenbetäubende Detonationen. Ich betete, dass kein Nachbar die Polizei verständigte, aber in den umliegenden Kleingärten war man den Krach wohl aus den letzten Jahren gewohnt. Tante Irmi suchte den Himmel nach alliierten Fliegern ab, konnte jedoch beruhigt werden. Ein Böller landete unmittelbar neben Agathes Behausung, es dauerte Wochen, bis sie wieder ein Ei legte.

Beschützend hatte Alexej Frau Hinrichs' Hand ergriffen und ließ sie für den Rest der Nacht nicht mehr los.

»Ihr Vater ist ein beeindruckender Mann«, sagte Frau Hinrichs zu Rostislav, »er strotzt ja nur so vor Kraft.«

Das sei kein Wunder, wurde sie von Rostislav belehrt, sein Vater würde seit Jahrzehnten Urlaub auf der Krim am Schwarzen Meer machen. Und wie hieße es doch so schön: Wer dort bade, sei gegen dreizehn Krankheiten gefeit. Vater, der heute alles ganz genau wissen wollte, fragte, warum denn gerade dreizehn Krankheiten und nicht vierzehn, und um welche dreizehn es sich denn handele.

»Papa«, beschwichtigte ich, »nun lass mal gut sein. Das ist doch einfach nur eine schöne Geschichte.«

Bei dem Stichwort »schöne Geschichte« drehte Rostislav richtig auf. Wo wir uns gerade auf der Krim befänden – ob denn einer von uns mal etwas vom Schwalbennest gehört hätte. Wir verneinten artig.

Nun, das sei ein Schloss, das nahe Jalta vierzig Meter über dem Meer auf einer Klippe stehe. Dieses Schloss habe ein in St. Petersburg ansässiger deutscher Ölbaron, der Baron von Steingel, um die Jahrhundertwende – welche, ließ er offen – für seine Geliebte, eine russische Ballerina, gebaut. Für Rostislav ein weiterer Beweis für die deutsch-russische Freundschaft und die Kraft der Liebe.

»Maine Liebstä«, hob jetzt Deduschka an und sah Frau Hinrichs tief in die Augen, »Sie sind so grrazil. Waren Sie beim Ballett?« Frau Hinrichs errötete zart.

Vater hatte für heute genug russische Geschichte gelernt und wollte nach Hause. Auch Tante Irmi war müde, Alexej und Frau Hinrichs schlossen sich an. Mischa griff zum Handy, und kurze Zeit darauf schossen zwei dunkle Limousinen in die Schrebergartensiedlung, um die älteren Herrschaften nach Hause zu bringen.

»Was macht Lenas Mann noch einmal beruflich?«, fragte Vater.

»Er ist in der, äh, Gastronomie tätig.«

»Soso, Gastronomie.«

Ich sank schläfrig in Artjoms Arme und murmelte: »Das war ein schönes Fest.«

»Ja, das war es. Bei uns sagt man, so wie das alte Jahr zu Ende geht, so wird das neue.«

»Du meinst, es wird laut und kracht?«

Das neue Jahr tröpfelte vorerst friedlich in unser aller Leben. Jeder ging seinen Geschäften nach, Artjom managte seine Events, meine Eltern pflegten ihren Waffenstillstand, Darya und Rostislav waren nach Deduschkas Außenarbeiten nun mit der innenarchitektonischen Gestaltung der Datscha beschäftigt. Der Einzige, der nervte, war Alexej.

Das lag weniger an ihm persönlich als an der Tatsache, dass ich unsere Wohnverhältnisse als beengt empfand. Es war schon eine Umstellung für mich gewesen, mein Reich mit Artjom zu teilen. Nun hockte noch dazu dieser Zweimetermensch auf meinem Sofa oder in der Küche, und ich hatte keine Ahnung, wie lange das so weitergehen sollte.

»Sag mal, Schatz«, suchte ich das Gespräch mit meinem Mann, »wie lange bleibt dein Großvater eigentlich noch?«

»Keine Ahnung.«

»Aber irgendwann will er doch bestimmt wieder nach Hause. Sein Visum läuft ja nicht ewig.«

»Ich hab den Eindruck, er fühlt sich ganz wohl bei uns. Und das Visum kann man problemlos verlängern.«

»Kann man?«

»Na klar. Da gibt's verschiedene Möglichkeiten.«

»Tatsächlich? Wie schön …«

Ich fluchte innerlich, wusste aber genau, dass mich Renitenz nicht weiterbrachte, und beschloss, Alexej die Datscha als Domizil schmackhaft zu machen, sobald die Außentemperaturen es zuließen. Da war der alte Naturbursche doch wunderbar aufgehoben. Und ich würde wieder ein ungestörtes Sexleben führen.

Zimmer an Zimmer mit Deduschka zu schlafen, hatte einen ungünstigen Einfluss auf meine Libido. Sobald Artjom und ich begannen, Zärtlichkeiten auszutauschen, schob sich vor mein geistiges Auge das Bild von Alexej, wie er nebenan lag und schnarchte oder – schlimmer noch – sein Ohr an die Wand presste. Und nichts ging mehr.

Artjom meinte zwar, ich würde mich anstellen, und sein Großvater sei nun wirklich aus dem Alter heraus, voyeuristischen Neigungen zu frönen. In Anbetracht der Tatsache, dass er Frau Hinrichs den Hof machte, war ich mir da nicht sicher.

Ganz unerwartet sorgte Vater dafür, dass wenigstens für ein paar Tage wieder Normalität bei uns einzog. Er lud Alexej ein, ihn über ein verlängertes Wochenende auf eine Jagdgesellschaft zu begleiten.

»Damwild«, frohlockte Vater, »eine der letzten Chancen, die Saison ist bald vorbei.« Alexej war Feuer und Flamme, obwohl ich bezweifelte, dass er wusste, was die Vokabel »Damwild« zu bedeuten hatte.

Ich stand diesem Hobby von jeher skeptisch gegenüber und konnte die Begeisterung meines Vaters, in seiner Freizeit Tiere zu töten, nie nachvollziehen. Zumal ich fand, dass es ein äußerst ungleicher Kampf war, der da in Wald und Flur ausgetragen wurde – schön komfortabel vom Hochsitz herunter ahnungslose Geschöpfe abknallen.

Außerdem konnte ich Vaters Jagdkameraden nicht leiden. Ein-, zweimal war ich dieser reaktionär-jovialen Bande im Haus meiner Eltern begegnet. Ich mochte mir nicht vorstellen, wie sie einen ehemaligen russischen Kriegsgefangenen in ihrer Mitte willkommen heißen würden.

Mensch, Matthes, beruhigte ich mich, die werden sich schon verstehen. Die Aussicht auf ungestörte Zweisamkeit war einfach zu verheißungsvoll und durfte nicht getrübt werden.

Wir verlebten zwei wundervolle Tage. Um gegen Überraschungsbesuche meiner Schwiegereltern gefeit zu sein, behaupteten wir, dass wir beruflich in Berlin zu tun hätten. Vorsichtshalber stellten wir die Klingel ab und schalteten alle Telefone aus. Ruhe, endlich Ruhe.

Meine Hormonproduktion war gerade wieder zu Höchstleistungen aufgelaufen, als es hysterisch an der Haustür klopfte. Zuerst ignorierten wir das Geräusch, doch es wurde lauter, aus dem Klopfen ein Hämmern, dann ein Wummern.

»Na gut, mach schon auf«, seufzte ich, »bevor deine Mutter die Tür aufbricht.«

»Wie kommst du darauf, dass das meine Mutter ist?«

»Wer sollte es sonst sein?«

Es war Frau Hinrichs.

»Ihr Vater ist am Telefon«, rief sie, »kommen Sie schnell!«

Ich eilte in ihre Wohnung.

»Papa?«

»Warum seid ihr verdammt noch mal nicht zu erreichen? Seit Stunden überall nur die Mailbox!«

»Was ist denn los?«

»Alexej ist verschwunden.«

»Papa, so ein großer Mann verschwindet nicht einfach.«

»Doch. Aber das ist noch nicht alles. Er ist bis an die Zähne bewaffnet.«

Viel mehr an Information war aus Vater in diesem Moment nicht herauszubekommen, außer, dass das eine lange Geschichte sei und jetzt wirklich nicht der Zeitpunkt, um in Ruhe darüber zu sprechen.

»Wir müssen ihn suchen, Paula. Bevor noch etwas passiert …«

»Wir kommen.«

Mit Lichtgeschwindigkeit fuhren Artjom und ich nach Vaters Angaben Richtung Schleswig-Holstein, in einen Forst nahe der Grenze zu Hamburg. Mein Navi war auf den Feld- und Waldwegen nicht zu gebrauchen, ziellos irrten wir umher, bis auf einmal Vater aus einem Gebüsch vor unser Auto hüpfte und wild mit den Armen wedelte.

»Da seid ihr ja endlich! Warum hat das denn so lange gedauert?« Er sprang zu uns in den Wagen – »Da lang, los!« –, und ich preschte, tapfer alle Schlaglöcher ignorierend, weiter. Vater saß im Fond und faselte wirres Zeug.

»Wenn der mal keine Dummheiten macht …«

»Mann, Mann, Mann, wer hätte das auch ahnen können?«

»Mann, Mann, Mann, ich hätte es wissen müssen!«

»Der macht bestimmt eine Dummheit!«

Wir holperten durch dichtes Nadelgehölz und hielten auf einer Lichtung, auf der ein imposantes Blockhaus stand. Die Hütte war menschenleer, alles deutete auf einen überstürzten Aufbruch hin, Stühle waren umgekippt, Betten nicht gemacht, auf einem Tisch standen Essensreste und Schnapsgläser.

»Wo sind denn die anderen?«, fragte ich Vater.

»Abgereist«, antwortete er knapp.

»Papa, wärst du so nett, uns zu erklären, was hier los war?«

Es folgte eine umständliche Schilderung verworrener Ereignisse, deren Ablauf im Nachhinein nicht mehr exakt rekonstruiert werden konnte. Wer wann was gesagt hatte. Wer woran schuld war. Wie die Situation derart eskalieren konnte. Und wer, um Himmels willen, eigentlich auf die Idee gekommen war, diesen verdammten Hippie an den Baum zu fesseln.

»Ihr habt jemanden an einen Baum gefesselt?«, fragte ich.

»Der Mistkerl wollte den Hochsitz ansägen.«

»Papa, bitte der Reihe nach.«

Vater holte Luft, dann holte er weit aus. Artjom und ich lauschten atemlos der nach wie vor umständlichen Erzählung, erst Tage später, nachdem wir auch die Version des zweiten Hauptbeteiligten gehört hatten, machten wir uns unseren eigenen Reim auf die Geschichte:

Der Ausflug hatte begonnen wie immer. Die Jagdgesellschaft versammelte sich am Freitagnachmittag in der Blockhütte. Alexej wurde von den übrigen Männern herzlich aufgenommen, stolz zeigte man ihm die Trophäen an der Wand und präsentierte die Gewehre. Langsam dämmerte es Deduschka, wo er gelandet war.

Wie ich es vermutet hatte, war ihm der Begriff »Damwild« nicht geläufig gewesen. Er wähnte sich auf einem klassischen Männerwochenende: Kumpel, die zusammen in den Wald fahren, in die Banja gehen, Wodka trinken, Geschichten aus der Vergangenheit erzählen und ein wenig herumballern. Das war auch in seiner Heimat kein unübliches geschlechtsspezifisches Freizeitvergnügen.

Er registrierte erstaunt, dass es gar keine Sauna gab. Und auch keinen Wodka. Wirklich misstrauisch machten ihn die Geweihe, die überall in der Hütte hingen. Er stellte Vater diskrete Fragen über den weiteren Verlauf der folgenden Tage, und dann begriff er.

Nun war Alexej nicht von zimperlicher Natur, auch er hatte

schon Wild erlegt, damals während der großen Hungersnot, er hatte ja keine Wahl. Aber dass es Menschen gab, die aus Jux und Dollerei Gottes Geschöpfe töteten, das war ihm fremd.

Dennoch machte er eine halbwegs gute Miene zu diesem Spiel. Wer war er denn, dass er die Sitten und Gebräuche seiner Gastgeber in Frage stellen durfte? Offensichtlich handelte es sich hier um eine regionale Tradition, was auch die folkloristische Kleidung der anderen erklärte.

Am ersten Abend lauschte er interessiert den Gesprächen und erfuhr noch mehr über diese Sitten und Gebräuche. Und er verstand, dass Veranstaltungen dieser Art privilegierten Menschen vorbehalten waren. Menschen, die Geld hatten und sich jederzeit etwas zu essen kaufen konnten.

Als Alexej wissen wollte, ob denn die Armen sich auch einen Hasen schießen dürften, um ihren Hunger zu stillen, antwortete ihm Vater: »In Deutschland muss niemand Hunger leiden.« Ein anderer ergänzte empört: »Das wäre ja noch schöner, wenn Krethi und Plethi hier durch den Forst trampeln.« Ich vermute, das war der Moment, als sich ein erster, leiser Unwille in Alexej regte.

Die Männer gingen früh ins Bett, schließlich wollte man in aller Herrgottsfrühe aufstehen, um noch vor Sonnenaufgang auf den Hochsitzen zu sein. Alexej war ein wenig enttäuscht, keiner erzählte Geschichten, keiner wollte seinen mitgebrachten Schnaps, das hatte er sich anders vorgestellt. Vater vertröstete ihn auf den nächsten Abend, an dem man sicher die Ausbeute des Tages feiern würde.

Noch vor allen anderen war Alexej wach und wartete abmarschbereit in seinem grünen Trainingsanzug darauf, dass das Abenteuer begann. Jemand drückte ihm ein Gewehr in die Hand – »Du bist ja Russe, du weißt, wie man damit umgeht« –, dann teilten sich die acht Männer in Paare auf, Alexej war Vaters Partner. Der Morgen war kalt, feucht und neblig. Sie erklommen ihren Hochsitz am Rand einer Weide, starrten in die Dunkelheit und warteten darauf, dass etwas geschah.

Es dauerte nicht lange, da staksten die ersten Tiere vorsichtig auf die Wiese. Vater legte an, Alexej bekam einen Hustenanfall, das Wild verschwand, Alexej entschuldigte sich. Erneutes Warten. Doch statt des Damwilds sprang auf einmal eine Gruppe Unbekannter aus dem Wald, bewaffnet mit Rasseln, Trommeln und Pfeifen, und veranstaltete einen Höllenlärm. In der Ferne fielen Schüsse.

»Verfluchte Tierschützer!«, brüllte Vater. »Komm, die schnappen wir uns!«

Er stürmte los, dicht gefolgt von Deduschka, der sich fragte, was das zu bedeuten hatte. War das Teil eines Spiels? Sie rannten durch den Wald, von überall her ertönte Geschrei, es rasselte, es trommelte, es pfiff, junge Männer wetzten durchs Unterholz und versuchten, ihnen zu entkommen.

Sie erwischten keinen. Alexej beteiligte sich nur halbherzig an der Verfolgungsjagd, wahrscheinlich fand er, dass er definitiv nicht mehr in dem Alter war, um Fangen zu spielen.

Außer Atem kehrten sie zur Blockhütte zurück. Die anderen warteten schon auf der Lichtung. Sie hatten mehr Erfolg gehabt und Beute gemacht.

Vor ihnen auf dem Boden lag ein verschmutztes Etwas mit langer Rastamähne, man konnte ihn anfänglich nur schwer einem Geschlecht zuordnen, das Etwas stöhnte und blutete aus einer Wunde an der Stirn. Alexej holte sofort seinen Medizinkoffer, ohne den er niemals für längere Zeit das Haus verließ, und untersuchte den armen Menschen.

Der Rest beriet derweil, was mit dem Tunichtgut zu geschehen habe. Ein Jäger plädierte für standrechtliches Erschießen – »Notwehr. Das ist nur Notwehr. Die Drecksau wollte den Hochsitz ansägen.« –, einige waren für Verprügeln, andere wiederum wollten den Übeltäter der Polizei übergeben.

Man fand aber, dass es draußen zu kalt für eine abschließende Erörterung sei, band das Etwas an einen Baum und setzte die Diskussion in der Hütte fort. Vater war als Richter a. D. um Deeskalation bemüht und machte seine Kameraden darauf aufmerksam, dass nicht nur der Bursche da draußen eine Straftat begangen habe, sondern sie sich selbst wahrscheinlich schon der Körperverletzung und der Freiheitsberaubung schuldig gemacht hätten.

»Lassen wir ihn noch ein wenig schmoren und dann laufen«, schlug er vor. Der glühende Anhänger der Selbstjustiz war entschieden dagegen. »Abknallen«, sagte er, »einfach abknallen, dieses Lumpenpack. Und dann irgendwo verscharren.«

Alexej hatte aufmerksam zugehört und servierte nun, um die erhitzten Gemüter zu beruhigen, seinen eiskalten Wodka. Dann erbot er sich, für alle ein herzhaftes Frühstück zuzubereiten. Man stimmte zu und machte sich kurz darauf über Rührei und Speck her. Das Letzte, woran Vater sich erinnerte, war, dass ihm ein wenig flau wurde und er plötzlich Mühe hatte, die Augen offen zu halten.

Mitten in der Nacht kamen die Teilnehmer der Jagdgesellschaft wieder zu sich. Zuerst waren sie etwas verwirrt und orientierungslos, ihre Schädel dröhnten. Schnell kehrte die Erinnerung zurück, und man stellte fest: Alexej war weg. Das schmutzige Etwas war weg. Die Waffen waren weg. Die Munition war weg.

Wie erstarrt saßen sie am großen Tisch und entwarfen verschiedene Schreckensszenarien. Der Jüngste unter ihnen, ein Ahrensburger Autohändler, der zu viele schlechte Actionfilme konsumierte, mutmaßte, dass Alexej den Hippie als Geisel genommen hatte, irgendwo da draußen wie ein greiser Rambo lauerte – in seinem Trainingsanzug verschmolz er perfekt mit den Bäumen – und nur darauf wartete, dass sie die Hütte verließen, um sie mit selbstgebauten Selbstschussanlagen niederzumähen.

Keiner nahm ihn ernst, da es mit der Geiseltheorie vorne und hinten haperte. Doch bei einem Punkt waren sie sich einig: »Der Russe ist zu allem fähig.« Die Vernünftigen wollten die Polizei rufen. Der Plan wurde wieder verworfen, nachdem einige zugeben mussten, dass sie zum Teil nichtregistrierte Waffen und auch Munition, die streng genommen gar nicht für die Jagd zugelassen war, mitgebracht hatten. Und bevor deren Verbleib nicht geklärt war, mochte man gern auf die Hüter des Gesetzes verzichten.

Alle Augen richteten sich auf Vater. Er hatte diesen Verrückten angeschleppt, sollte er das Problem doch lösen.

»Karl, sieh zu, wie du das wieder hinkriegst. Wir zählen auf dich.« Mit diesen und anderen aufmunternden Worten wurden in Windeseile die Sachen gepackt, und die loyalen Kameraden ließen Vater allein zurück.

Nachdem er mehrere Stunden erfolglos durchs Gestrüpp gestreift war, sah Vater ein, dass er Alexej nicht finden würde – vielleicht auch deshalb, weil der nicht gefunden werden wollte – und dass es an der Zeit war, Hilfe zu holen. Wohl oder übel musste er uns anrufen.

»Ach, Papa«, stöhnte ich, »das ist ja fürchterlich! Was machen wir jetzt nur?«

»Ich weiß es nicht, Paula«, sagte er, »ich bin mit meinem Latein am Ende.«

Artjom war nicht sonderlich beunruhigt und inspizierte interessiert die Pfanne mit dem kalten Speck.

»Ob der wohl noch gut ist? Na, lieber nicht …«

»Ich fasse es nicht, wie kannst du jetzt nur ans Essen denken?«

»Ich hab halt ein bisschen Hunger«, sagte er entschuldigend. »Wie wär's, wenn wir Deduschka mal anrufen?«

»Anrufen? Wo denn?«

»Auf seinem Handy natürlich. Wo sonst?«

»Alexej hat ein Handy?«, fragte Vater und brach fast zusammen.

»Na klar, was denkst du denn?«

»Und das sagst du erst jetzt?«, fragte ich. »Warum hast du ihn nicht gleich vorhin angerufen?«

»Du beschwerst dich doch immer, ich würde überreagieren«, antwortete Artjom, »ich wollte nicht die Pferde scheu machen.«

Feierlich wählte mein Mann eine Nummer. Alexej ging sofort ran. Im sich anschließenden Telefonat wurde viel gelacht, Artjom kritzelte etwas auf einen Zettel und sagte, an uns gewandt: »Na, dann kommt.«

»Wohin?«

»Mathildenstraße. Das muss irgendwo im Karoviertel sein.«

Wir räumten notdürftig auf und zuckelten gen Hamburg. Tatsächlich lag die genannte Adresse im Karolinenviertel, einem bunt-alternativen Stadtteil im Herzen der Hansestadt. Ich parkte mitten auf dem Bürgersteig, auf einen Strafzettel kam es nun wahrlich nicht mehr an. Wir erklommen fünf Stockwerke eines Altbaus und klingelten an einer Tür mit diversen Namensschildern.

Eine nur notdürftig bekleidete junge Frau öffnete uns und wies uns den Weg in die Gemeinschaftsküche. Schwere, süßliche Rauchschwaden waberten uns entgegen, ein fröhlicher Kerl mit wirren Locken winkte uns zu, Alexej schlummerte selig auf der Eckbank.

»Sodom und Gomorrha«, murmelte Vater, »Sodom und Gomorrha.«

»Voll krasser Typ, euer Opa«, sagte Deduschkas Gastgeber.

»Wo sind die Gewehre?«, wollte Vater sofort wissen.

»In der Elbe.«

Der Wirrkopf drehte sich in aller Ruhe eine Zigarette und gab bereitwillig Auskunft über die Geschehnisse. Ja, er sei Tierschützer. Zufällig hätten er und seine Mitstreiter von der geplanten Jagd erfahren und beschlossen, diese zu vereiteln. Nein, natürlich habe er keinen Hochsitz angesägt, Gewalt als Mittel im Kampf lehne er ab. Er stelle sich doch nicht auf eine Stufe mit diesen Scheiß-Grünröcken.

Vater wollte etwas sagen, ich trat ihm unterm Tisch auf den Fuß. Der Tierfreund erzählte munter weiter. Die Aktion sei ja leider etwas schiefgelaufen und er von diesen bekloppten Waffennarren überwältigt worden. Der Opa, vor dem ihm erst ein wenig bange war, habe ihn dann befreit.

»Voll krass, den anderen hat er irgendwas ins Essen geschüttet. Die lagen da wie tote Käfer.«

Später erfuhren wir, dass es sich um ein veterinärmedizinisches Produkt, ein Betäubungsmittel für Rinder und Pferde, handelte. Vater litt noch mehrere Tage unter Kopfschmerzen.

Jedenfalls konnte der engagierte Tierschützer Deduschka von der guten Sache überzeugen. Gemeinsam sammelten sie Waffen und Munition ein – »Voll krass, das war so viel, damit hätten die Krieg führen können!« – und luden das Arsenal in den versteckt geparkten Bully. Anschließend fuhren sie zur Elbe – »Nee, das könnt ihr euch abschminken. Ich sag nicht, wo!« – und versenkten ihre Fundstücke im Wasser.

Zufrieden blies der junge Mann Rauchkringel in die Luft. »Krasse Aktion, ey. Euer Opa ist echt cool. Woher kommt der eigentlich? Deutscher isser nich', ne?«

»Aus Russland«, antworteten wir unisono.

»Echt? Russland? Wie krass ist das denn.«

Er tippte sich vielsagend an seine Stirn, die ein dickes Pflaster zierte. »Und nicht auf dumme Gedanken kommen. Ein Kumpel hat die ganze Aktion gefilmt. Auch die Waffen. Können wir sofort auf YouTube stellen. Wir sind quitt, ne?«

Wir nickten ergeben und versuchten, Alexej zu wecken. Er brummte wie ein Bär im Winterschlaf. Zu viert wuchteten wir ihn von der Bank zur Haustür.

»Ist der betrunken, oder was?«, wunderte sich Vater.

»Am Morgen ein Joint, und der Tag ist dein Freund«, rief der Rasta-Mann vergnügt und warf die Tür hinter uns zu.

Bis heute weiß ich nicht, wie Vater es schaffte, seine Jagdgesellschaft ruhigzustellen. Aber er schaffte es. Keiner ging zur Polizei, auch die nicht, deren Gewissen rein war und deren Gewehre trotzdem auf dem Grund der Elbe lagen. Vielleicht beschwor er ihren Korpsgeist, vielleicht erkaufte er sich ihr Schweigen. Letztendlich zählte nur eins: Alle hielten die Füße still.

Vater schaffte es außerdem, nur eine Woche auf Alexej sauer zu sein. Dann stand nämlich Deduschka bei ihm vor der Tür, in der Hand eine Flasche guten georgischen Weins, und bat um Verzeihung.

Ein wenig hatte ich ihn dazu überreden müssen, denn eigentlich war sich Alexej keiner Schuld bewusst. Er fand, er habe nur das getan, was jeder vernünftige Mensch in seiner Situation getan hätte.

»So«, fragte ich spitz, »du findest es also vernünftig, meinen Vater und seine Freunde zu sedieren? Mit einem Narkosemittel für Rindviecher? Du hättest sie umbringen können!«

Er schüttelte betrübt den Kopf. So wenig Zutrauen hatte ich also in seine medizinischen Fähigkeiten. Frau Hinrichs dagegen war voller Bewunderung für seine heldenhafte Tat und wurde nicht müde, überall im Haus herumzuerzählen, dass Alexej sich unter Einsatz von Leib und Leben für den Erhalt der heimischen Tierwelt eingesetzt habe.

Ich bat sie, die Geschichte nicht an die große Glocke zu hängen, aber sie wischte meine Einwände beiseite.

»Nichts da, seien Sie stolz auf Ihren Großvater. Männer seines Kalibers gibt's doch heute kaum noch.«

Zum Glück, dachte ich.

Rostislav ließ das Abenteuer seines Vaters gänzlich unbeeindruckt. Er hatte Wichtigeres zu tun. Er plante den großen Familienurlaub. Täglich überraschte er uns mit neuen Reisezielen.

»Seychellen!«

»Zu weit weg«, urteilte ich.

»Dubai!«

»Zu viel Sand«, sagte ich.

»Malediven!«

»Zu teuer«, maulte ich. »Wer soll das denn bezahlen?«

»Ich chab Gäld«, antwortete er generös.

»Na, dann zahl doch mal die Restaurantrechnung«, ranzte ich ihn an und hielt ihm die dritte Mahnung des »Baku« unter die Nase. Der Wirt hatte sie vorsorglich auch an mich geschickt, da ihre Vorgänger bei meinem Schwiegervater aus unerfindlichen Gründen verlorengegangen waren.

»Oh!« Er starrte erstaunt auf den Brief, als sähe er ihn zum ersten Mal, und meinte, dass es eine Frechheit sei, mich damit zu belästigen. Dem Wirt würde er was erzählen!

»Erzähl nichts, zahl die Rechnung! Mehr will der arme Mann doch gar nicht.«

»Gutt, gutt. Abärr, Poletschka, was mainst du – Hawaii?«

»Nein!«

An die russische Sitte, jeden, der einem ans Herz gewachsen war, mit einem aus seinem Vornamen abgeleiteten Kosewort zu bedenken, hatte ich mich immer noch nicht gewöhnt. Artjom wurde von seiner Mutter oft Artjomschik genannt, ich assoziierte mit dem Begriff unwillkürlich einen Atompilz und fand, dass der Vergleich gar nicht so weit hergeholt war.

Darya ihrerseits war Dascha, Rostislav mutierte zu Rostik oder auch Rostja, Alexej war Aljoscha und, wenn man es besonders gut mit ihm meinte, Aljoschenka. Lena hieß in Wirklichkeit Jelena und Mischa Mikhail. Und jeder fand das gut. Mehr noch, einen Familienangehörigen oder engen Freund mit seinem normalen Namen anzusprechen, wurde fast als unhöflich empfunden.

Ich hatte es schon als Kind gehasst, wenn mich jemand Pauli oder Paulchen nannte. Poletschka nun klang für mich wie etwas, das man in ein Taschentuch hustete und dann diskret im Müll entsorgte. Schon mehrmals hatte ich mir diese Anrede verbeten. Natürlich wurde meine Bitte ignoriert.

»Ich weiß gar nicht, was du hast«, sagte Artjom lakonisch, »ist doch besser als dieses Hasi-Mausi-Pupsi, oder?« Wenigstens er respektierte meinen Wunsch. Rostislav ließ sich nicht beirren. Immerhin hatte er dieses Diminutiv für mich erfunden, und er war stolz darauf. Deshalb verwendete er es, wann immer sich die Gelegenheit bot.

Ich hatte mich oft gefragt, womit mein Schwiegervater den ganzen Tag beschäftigt war. Beschäftigt war er, daran gab es keinen Zweifel. Immer war er auf dem Sprung, eilte von einem Meeting zum nächsten Treffen, so erzählte er, »Bisness, Bisness«.

Ein wenig hatte ich ihn im Verdacht, dass das Bisness vorgeschoben war, um Daryas Fängen zu entkommen. Denn auch daran gab es keinen Zweifel: In dieser Ehe hatte nur eine das Sagen. Rostislavs Funktion als Gatte bestand hauptsächlich darin, seiner Frau die Wünsche von den Augen abzulesen, sie in seinem altersschwachen Kombi von A nach B zu kutschieren und auf ihren Shopping-Touren die schweren Tüten zu tragen. Alle relevanten Entscheidungen traf Darya. Wie eine Königin thronte sie in ihrer Datscha und gab Anweisungen an das Fußvolk. Ich bewunderte sie dafür. Die hat ihren Mann im Griff, dachte ich, was man von mir nicht gerade behaupten kann.

Sie hatte nicht nur Rostislav im Griff, auch Artjom war immer wieder damit beschäftigt, Besorgungen für seine Mutter zu machen, Informationen zu beschaffen und Telefonate für sie zu führen.

»Warum macht sie das nicht selbst?«, fragte ich.

»Wie denn? Sie spricht kaum Deutsch.«

»Soll sie's halt lernen.«

Ich hatte verschiedene Vorstöße gewagt und Darya sogar ein Programm der Volkshochschule in die Hand gedrückt. Fragend sah sie mich an.

»Da gibt es Deutschkurse«, erklärte ich.

Sie zuckte die Schultern. Und Artjom regte sich auf.

»Du kannst doch meine Mutter nicht in die Volkshochschule schicken!«

»Warum nicht?«

»Paula, ich bitte dich, da sitzt sie dann mit irgendwelchen Aussiedlern zusammen. Das ist nun wirklich nichts für Mam.«

Aha, dachte ich, Madame mag's exklusiver, und besorgte Flyer von kleinen, feinen und sehr teuren Sprachschulen. Es folgten die hanebüchensten Argumente, warum sie auch dort kein Deutsch lernen konnte.

»Sie ist zu alt dafür.«

»Was für ein Quatsch, Artjom. Schau dir mal Alexej an, der lernt ohne Probleme.«

»Da sind fremde Menschen. Das traut sie sich nicht. Sie ist ja eher schüchtern.«

»Was ist sie? Schüchtern? Das hat sie bis jetzt aber gut zu verbergen gewusst.«

»Der Kurs beginnt schon um zehn Uhr morgens. Wie soll sie das denn schaffen? Und wie soll sie überhaupt dahin kommen?«

»Wie wär's mit Weckerstellen und U-Bahn-Fahren?«

Es half alles nichts. Je mehr ich insistierte, desto verstockter wurde Darya. Ich gab auf, und sie hielt uns weiterhin alle auf Trab.

Und Rostislav verschwand weiterhin zu seinen Terminen. Niemand konnte ihm das ernsthaft übelnehmen. Es ging mich eigentlich nichts an, womit mein Schwiegervater seine Zeit verbrachte oder wie er sein Geld verdiente. An die Version vom erfolgreichen Stoff-Im- und Exporteur glaubte ich allerdings schon länger nicht mehr. Aber ich hatte gelernt, keine überflüssigen Fragen zu stellen. Ich wollte es auch gar nicht so genau wissen.

»Mist, ich hab die Akte in der Kanzlei vergessen.«

Schwerfällig rollte ich mich vom Sofa und schaute auf die Uhr. Schon nach elf. Artjom grunzte behaglich und griff nach mir.

»Du willst nicht etwa jetzt noch mal los?«

Nein, das wollte ich nicht. Aber es blieb mir nichts anderes übrig. Gleich morgen früh sollte ich ein Schlichtungsgespräch zwischen zerstrittenen Nachbarn führen. Eine georgische Familie lag im Clinch mit den Russen, die ein Stockwerk über ihnen wohnten. Man warf sich gegenseitig Ruhestörungen vor, Verunreinigung des Treppenhauses und andere Lappalien. Bei den ersten Vorgesprächen hatte ich herausgehört, dass der eigentliche Konflikt tiefer liegen musste. Die eine Seite vertrat den Standpunkt, dass Wladimir Wladimirowitsch Putin ein Verbrecher sei, der danach trachte, das georgische Volk zu unterdrücken, die andere Seite skandierte »Alle Georgier sind schwul« und »Freiheit für Südossetien«.

Artjom hatte mir eine kleine Geschichtslektion in Sachen Kaukasus-Konflikt erteilt, und ich wusste, dass ich mich bei dem anstehenden Gespräch auf vermintem Terrain bewegen würde. Deshalb war es mir wichtig, noch einen Blick in die Unterlagen zu werfen, um gerüstet zu sein. Auf keinen Fall, so viel war klar, durfte ich den Fußballwitz über den georgischen Trainer erzählen.

So beschloss ich, dass frische Luft mir guttat, versprach Artjom, gleich wieder da zu sein, und marschierte durch das nächtliche Eimsbüttel zu meinem Büro. Als ich den Schlüssel ins Schloss steckte, bemerkte ich einen zarten Lichtschein, der unter dem Türspalt hervorblitzte. Mann, Mann, Mann, dachte ich, hat Irina mal wieder vergessen, das Licht auszuschalten.

Ich öffnete die Tür. Übelriechender Zigarrenqualm wehte mir entgegen. Aus meinem Büro drangen gedämpfte Stimmen und heiseres Gelächter. Einem ersten Impuls folgend, wollte ich weglaufen und die Polizei rufen, verwarf den Gedanken an Einbrecher aber sofort wieder. Erstens gab es in der Kanzlei nichts von wirklichem Wert, und zweitens würden Diebe auf Beutezug kaum gemütlich Zigarre rauchen.

Ich pirschte mich durch den dunklen Flur und lauschte. Gläserklirren, wiederum Gelächter, Wortsalven, unverkennbar russisch. Ich stieß die Tür auf, zwei alarmierte Augenpaare starrten mich an. Eins davon gehörte Rostislav, der wie Gottvater persönlich hinter meinem Schreibtisch residierte. Seine Selbstgefälligkeit zerbröselte in Sekundenbruchteilen, an seinem Blick sah ich, dass er mindestens so schockiert war wie ich.

Ein zweiter Mann lehnte an der Wand, gehüllt in einen Trenchcoat, der wie in einem schlechten amerikanischen Gangsterfilm eine eindeutige Ausbuchtung aufwies. Es gab noch einen Dritten im Bunde, er saß vor dem Tisch, mit dem Rücken zu mir.

Jetzt drehte dieser Mann sich betont langsam um. Er war dünn, fast ausgemergelt, seinen schmalen Kopf zierte eine Glatze, er hatte eine hohe, zerfurchte Denkerstirn, seine Gesichtszüge waren wie gemeißelt. Ich blickte in die kältesten blauen Augen jenseits von Sibirien.

Auweia, dachte ich, der sieht nicht nett aus, der sieht wirklich nicht nett aus.

»Poooletschka«, mein Schwiegervater klatschte in die Hände und sprang auf, »das ist main liebärr Freund Vladimir. Gerade chabe ich ihm von dir erzällt.« Aha, dachte ich, das John-Malkovich-Double heißt Vladimir. Und was macht der liebe Freund in meiner Kanzlei?

Vladimir erhob sich und kam mit dem tückisch geschmeidigen Gang einer Raubkatze auf mich zu. Ich versuchte, nicht zurückzuzucken, als er seine eisige Hand in meine schob und schweigend und formvollendet einen Diener andeutete. »Angenehm, Matthes«, sagte ich forsch und versuchte, mir meine Angst nicht anmerken zu lassen.

»Poooletschka«, Rostislav rieb sich nervös den Bauch, »du waißt, main Freund Vladimir aus Wladiwostok. Ich chabe dir gesagt, ärr kommt. Nun ist ärr da. Und glaich wieder weg. Nur auf Durchraise, du waißt.« Ich spielte sein Spiel mit.

»Ach, der ist das. Das ist aber schade, dass dein Freund schon losmuss.«

Der liebe Vladimir aus Wladiwostok deutete ein Lächeln an, das sein hageres Gesicht noch dämonischer erscheinen ließ, wechselte zum Abschied wenige Worte mit Rostislav und verschwand mit seinem Wachhund in der Nacht. Mich ließ er fassungslos und schlotternd zurück.

Fröhlich pfeifend begann Rostislav, meinen Schreibtisch von den Gläsern zu befreien und Ordnung zu schaffen. Ich schaute ihm eine Weile dabei zu, dann flippte ich aus.

»Bist du vollkommen übergeschnappt? Wer, zum Teufel, war das?«

»Poletschka, rruhig, rruhig.«

»Dein dämliches ›Poletschka‹ kannst du dir sonst wohin schieben. Wie bist du hier überhaupt reingekommen?«

»Mit Schlussel.«

»Woher hast du einen Schlüssel für mein Büro?«

»Schlusseldienst.«

»Bitte? Du lässt dir heimlich einen Schlüssel für mein Büro machen? Bist du nicht ganz dicht?«

»Nicht chaimlich, Poletschka. Was dänkst du von mir?«

»Das frage ich mich auch gerade. Weiß Artjom davon?«

»Nain! So, Poletschka, rruhig, und ich erzäll.«

In Wahrheit, erklärte Rostislav, sei alles völlig harmlos. Sein lieber Freund Vladimir aus Wladiwostok habe sich vor geraumer Zeit bei ihm nach Möglichkeiten erkundigt, in Deutschland einen Teil seines Vermögens zu investieren. Die Zeiten seien unsicher, dem internationalen Aktienmarkt würde er nicht trauen, Deutschland aber gelte wirtschaftlich als solide, mehr noch als die Schweiz oder Liechtenstein. Wie es gerade auf dem hiesigen Immobilienmarkt aussehe?

So habe er Vladimir versprochen, diskrete Erkundigungen einzuziehen und gegebenenfalls eine Liste geeigneter Objekte zusammenzustellen. Und nun sei der liebe Vladimir ganz spontan vorbeigekommen, um sich nach dem Stand der Recherche zu erkundigen. Genau, dachte ich, der war grad in der Gegend, Wladiwostok liegt ja quasi um die Ecke. Durch die Spontaneität seines Freundes und in Ermangelung eigener repräsentativer Geschäftsräume habe er sich allerdings gezwungen gesehen, kurzfristig meine Kanzlei zu requirieren. Einem seriösen Bisnessmän wie Vladimir könne man unmöglich zumuten, Besprechungen in der Datscha abzuhalten. Nun gut, vielleicht sei es ein Fehler gewesen, mich nicht zu fragen, aber er wisse nur zu gut, wie beschäftigt ich sei, und habe mich nicht mit derartigen Kinkerlitzchen belästigen wollen. Meine Antwort wäre ja ohnehin positiv ausgefallen, da es sich um eine Familienangelegenheit handelte.

»Und das soll ich dir glauben?«, fragte ich.

»Poletschka, das ist Wahrhait.«

»Wie oft hast du meine Kanzlei schon zweckentfremdet?«

»Das war ärrste Mal!«

»Mein lieber Rostislav, ich kann dir versichern: Es war auf alle Fälle das letzte Mal. Schlüssel her!«

»Na gutt.«

»Eins würde mich noch interessieren: Was macht dieser Bisnessmän denn beruflich?«

»Autos.«

»Er verkauft Autos?«

»Nain, repariert.«

»Ach, und damit kann man so viel Geld verdienen?«

»In Russland Straßen schlächt. Autos viel kaputt.«

Im Kopf überschlug ich, was wohl eine Alarmanlage und eine durch einen Zahlencode gesicherte Stahltür kosten würden. Rostislavs »Geschäftsfreund« hinterließ jedoch bei mir den Eindruck, dass er für derartige Vorkehrungen nur ein müdes Lächeln übrighaben würde.

Artjom wusste nichts vom Coup seines Vaters. Mit immer noch weichen Knien berichtete ich von dem Vorfall. Wiehernd schlug er sich auf die Schenkel und rief anerkennend: »Gibt's ja nicht. So ein alter Fuchs! Das traut man ihm gar nicht zu.«

»Dein Vater kann doch nicht einfach nachts in meine Kanzlei einbrechen.«

»Paula, jetzt übertreib nicht wieder so. Das bleibt doch in der Familie.«

»Familie, ha! Schöne Familie, in die ich da eingeheiratet habe.«

»Was willst du damit sagen?«

Ich schwieg. In meinem Kopf blitzten kurz diverse Schlagworte auf. Gefälschte Gutachten. Mietschulden. Illegale Glücksspiele. Zwielichtige Gestalten, die nachts in meiner Kanzlei ihre Geschäfte abwickelten.

Was wohl als Nächstes kommt?, dachte ich.

Artjom interpretierte mein Schweigen irrtümlich als Schwäche und schmiss sich noch einmal richtig in Positur. Er war entrüstet. Tödlich beleidigt. Schwer getroffen. Zutiefst verletzt.

Diesmal nicht, Freundchen, dachte ich, diesmal nicht.

Unbeirrt hob er an zu einem seiner berühmten Monologe. Ob ich wirklich so eine schlechte Meinung von ihm und seiner Familie hätte? Warum ich ihn dann überhaupt geheiratet habe?

»Das frage ich mich auch manchmal. Gute Nacht, ich geh ins Bett.«

19

Ich schüttete Irina mein Herz aus und weihte sie in die Vorgänge der letzten Nacht ein. Meine Gehilfin war mir im Laufe unserer Zusammenarbeit ans Herz gewachsen, und ich schätzte ihre Meinung als Insiderin zu allen Themen, die die russische Mentalität und das für mich oft fremdartige Verhalten betrafen.

»Ja, und?« Irina sah mich ratlos an.

»Mensch, Rostislav kann doch nicht, ohne mich zu fragen, nachts heimlich in die Kanzlei kommen und sich mit irgendwelchen dubiosen Typen treffen.«

»Wieso? Ist Schwiegervater. Wenn er braucht Büro, er nimmt Büro.«

»Das ist immer noch eine Anwaltskanzlei! Wenn hier illegale Geschäfte laufen, kann ich meine Zulassung verlieren und den Laden dichtmachen.«

»Ah, ist nicht illegal, ist Bisness.«

Damit war für Irina der Vorfall erledigt. Offensichtlich war ich die Einzige, die in diesem Treffen etwas Verwerfliches sah. Vielleicht hatte ich einfach zu viele Mafiathriller gelesen.

Okay, Matthes, dachte ich, dann mach dich mal locker. Bei Tageslicht betrachtet, erschien der liebe Vladimir aus Wladiwostok schon nicht mehr so gefährlich. Immerhin wusste er sich zu benehmen. Und für sein Aussehen konnte er nichts.

Derart besänftigt empfing ich meine nächsten Klienten. Ich hatte in der vergangenen Nacht die Akte nur noch halbherzig studiert, trotzdem verlief das russisch-georgische Gipfeltreffen glimpflicher als erwartet. Zwischenzeitlich machte es zwar den Eindruck, als wollten die Kontrahenten sich die Köpfe einschlagen, doch nach einigem Hin und Her konnte ich alle davon überzeugen, dass man die Probleme bezüglich der territorialen Zugehörigkeiten im Kaukasus unmöglich von Hamburg aus lösen würde. Das sahen sogar die georgischen Sturköpfe ein.

Weiterhin führte ich aus, dass der Hauseigentümer sich bei mir gemeldet hätte, um sich über die verfeindeten Mieter zu beschweren, und sogar mit einer Räumungsklage drohe. Das war glatt gelogen, aber ich fand, dass der Zweck die Mittel heiligte. Keiner der Anwesenden wollte seines Heims beraubt werden, mit zusammengebissenen Zähnen reichte man sich daher die Hände und gelobte, zukünftig den häuslichen Frieden zu wahren.

Befriedigt räumte ich die Unterlagen ins Regal und machte innerlich ein Häkchen hinter diesen Fall. Entspannt lehnte ich mich zurück, schlürfte einen Kaffee und dachte: Gut gemacht, Matthes!

Da rief Irina: »Bernhard!«

»Was ist?«

»Bernhard am Telefon.«

Ich rollte mit den Augen. »Sag ihm, ich bin nicht da. Oder beschäftigt. Ich ruf zurück.«

»Er sagt, er weiß, du bist da. Ist dringend.«

Seit unserer letzten Verabredung hatte Bernhard mehrfach versucht, mich zu erreichen. Jedes Mal ließ ich ihn von Irina abwimmeln. Ich hatte keine Lust auf seine vergeblichen Avancen.

»Leg auf!«, insistierte ich deshalb.

»Ist unhöflich«, antwortete Irina und stellte durch.

»Paula?«

»Am Apparat. Was gibt's?«

»Wir müssen uns treffen …«

»Vergiss es. Ich bin verheiratet. Ich will nichts von dir. Lass mich in Ruhe.«

»Ich muss dir etwas sagen.«

»Ich will nichts hören.«

»Solltest du aber. Es geht um deinen Mann …«

»Egal, was es ist, es interessiert mich nicht. Tschüss.«

»Warte! Oder ist es dir lieber, wenn ich gleich zur Polizei gehe?«

»Bitte?«

»Du hast mich schon verstanden. Heut Mittag, vierzehn Uhr, bei unserem Italiener.«

Dann tutete es aus dem Hörer. Ein ungutes Gefühl bemächtigte sich meiner. Ein wirklich ungutes Gefühl. Was meinte der Spinner nur? Sollte ich Artjom anrufen? Besser nicht. Mein Gatte hatte die Nacht gekrümmt auf dem viel zu kleinen Sofa verbracht. Am Morgen war er mit schmerzverzerrtem Gesicht schweigend an mir vorbeigehumpelt. Ein Ende der Eiszeit war noch nicht abzusehen. Außerdem würde ich mit Bernhard leicht alleine fertig.

Die Zeit bis zum Nachmittag überbrückte ich mit längst fälligen Aufräumarbeiten. Ich heftete Papiere ab, sortierte den Inhalt diverser Aktenordner, erst nach Datum, um mich letztendlich doch für eine alphabetische Reihenfolge zu entscheiden. Währenddessen wuchs meine Wut. Was bildete sich dieser gelackte Hosenscheißer eigentlich ein? Versuchte er mich zu erpressen?

Andererseits machte ich mir Gedanken, was Bernhard über

Artjom wissen konnte, was ich nicht wusste. Das ungute Gefühl verstärkte sich und füllte gegen halb drei meinen Bauchraum aus. Ich gab Irina für den Rest des Nachmittags frei und fuhr nach Eppendorf.

Diesmal war ich die Erste. Ich suchte einen Tisch, der etwas abseits von den anderen stand – vielleicht würde es laut werden –, und wartete. Zwanzig nach drei schlenderte Bernhard, um Lässigkeit bemüht, ins Restaurant. Mit einem ebenso siegessicheren wie falschen Lächeln setzte er sich zu mir.

»Hallo, Paula. Entschuldige die Verspätung, aber es ist so schön draußen, ich bin noch ein wenig spazieren gegangen.«

»Ich bin nicht hier, um mit dir übers Wetter zu plaudern. Also, was willst du?«

»Hu, warum denn so aggressiv? Geht's dir nicht gut?«

»Mir geht es ausgezeichnet. Was willst du?«

»Ich mache mir einfach Sorgen um dich, Paula.« Seine Hände schnellten über den Tisch und versuchten, meine zu ergreifen. Ich entzog sie ihm.

»Um mich muss man sich keine Sorgen machen. Schon gar nicht du.«

»Paula, Paula …«, betrübt schüttelte er den Kopf, »ich meine es doch nur gut. Du bist da in etwas hineingeraten, dessen Tragweite du noch gar nicht abschätzen kannst. Liebe macht ja bekanntlich blind.«

»Hör auf, hier rumzuschwurbeln, und sag endlich, was du willst.«

»Ich will nur dein Bestes. Deshalb habe ich mir erlaubt, mal ein wenig den Hintergrund der Familie Polyakow zu recherchieren.«

»Was immer du herausgefunden hast, ich will es nicht wissen. Es interessiert mich nicht, das sagte ich bereits am Telefon.«

Ich hatte meinen Hintern schon halb vom Stuhl erhoben, da wechselte Bernhards Lächeln von falsch zu gehässig.

»Wie du meinst. Aber Erschleichung des Aufenthaltstitels ist kein Kleinkram. Das dürfte dir bekannt sein.«

Mein Hintern hing einige Sekunden in der Luft, dann sank er wieder.

»Was soll das heißen?«

»Die lieben Pol-ya-kows«, genüsslich zog Bernhard den Namen in die Länge, »die haben's ja nicht so mit ihrer Religion.«

»Ja und? Das ist meines Wissens nach nicht strafbar.«

»Tja, dafür gibt es einen Grund. Deine Russen sind nämlich alles, aber keine Juden.«

»Woher willst du das wissen?«

»Ich weiß es eben. Und wenn das rauskommt, dann heißt es: Tschüss, ciao, ciao, oder wie man so schön auf Russisch sagt: Dasswidanja!«

»Du hast natürlich auch Beweise für deine absurden Behauptungen, oder?«

»Ich arbeite gerade daran.«

»Und wenn du die Beweise hast, was machst du damit?«

»Das liegt ganz an dir, Paula. Vielleicht denkst du noch mal über unser letztes Gespräch nach. So eine Ehe ist heute schnell geschieden. Unter diesen Voraussetzungen könnte man sie eventuell sogar annullieren lassen.«

Für einen Augenblick blieb ich stumm und arrangierte Salz- und Zuckerstreuer auf dem Tisch. Gewalt ist keine Lösung, dachte ich. Dann beugte ich mich vor. Erwartungsvoll rückte Bernhard dichter an mich heran.

»Das ist Erpressung, du blödes Arschloch!«, brüllte ich direkt in sein Ohr. Sofort wurde es still im Restaurant, alle anderen Gäste blickten voller Vorfreude auf einen handfesten Streit in unsere Richtung.

»Paula, bitte! Nicht so laut.«

»Du kannst mich mal. Das können ruhig alle mitbekommen, was du für ein Schwein bist.«

»Jetzt beruhige dich. So hab ich das doch gar nicht gemeint.«

»So? Wie denn sonst?«

Ohne eine Antwort abzuwarten, stand ich auf.

»Ich kenne dich gut genug, um zu wissen, dass du garantiert irgendwo Dreck am Stecken hast. Mach uns Ärger, und ich mache dir welchen! Das schwör ich dir. Und tu mir einen Gefallen: Ruf mich nie mehr an!«

Im Auto versuchte ich, wieder Kontrolle über meine zitternden Gliedmaßen zu erlangen. Ich legte meinen Kopf aufs Lenkrad und zählte meine Atemzüge. Ich kam bis dreiundsiebzig, dann hatte sich mein Herzschlag so weit normalisiert, dass ich fahren konnte. Auf dem Weg nach Hause rief ich Artjom an.

»Wo bist du?«

»In der Badewanne. Mein Rücken …« Ich würgte ihn ab.

»Bleib, wo du bist! Wir müssen reden. Bis gleich.«

Ich stellte meinen Mann in der Küche. Dort saß er, mit einer Wärmflasche im Kreuz. Er war immer noch beleidigt.

»Na, möchtest du dich bei mir entschuldigen?«

»Nein. Ich habe nur eine Frage. Und ich will ausnahmsweise eine ehrliche Antwort.«

»Was soll das denn heißen?« Eben noch hatte Artjom mit Leidensmiene zusammengesunken auf dem Stuhl gekauert, jetzt plusterte er sich auf und hob warnend einen Zeigefinger.

»Bist du Jude?«, fragte ich.

»Wie meinst du das?«

»Artjom, das ist eine ganz einfache Frage. Da gibt es nichts misszuverstehen. Bist du Jude, ja oder nein?«

»Liebling, du weißt doch …«

»Ja oder nein?«

Artjom schwieg und pulte imaginäre Krümel vom Tisch. Ermattet ließ ich mich auf den freien Küchenstuhl sinken. Bitte, lieber Gott, mach, dass das nicht wahr ist, dachte ich und heulte los.

»Paula, was hast du denn? Es ist doch völlig egal, ob ich Jude bin oder nicht.«

»Ist es nihicht. Bernhard weiheiß Bescheiheid«, schluchzte ich.

»Na und?«

Ich musste noch mehr weinen und erzählte Artjom, dass mein Ex drohte, zur Polizei zu gehen, und dass es wohl nur eine Frage der Zeit sei, bis er unwiderlegbare Beweise gefunden habe.

»Und dann werdet ihr alle abgeschoben.«

»So ein Quatsch. Erstens wird er nichts finden und zweitens: Warum sollte er so etwas tun?«

Ich schneuzte geräuschvoll in das Geschirrhandtuch, das Artjom mir hinhielt, und sagte: »Weil er ein mieses Schwein ist. Weil er mir mein Glück nicht gönnt. Und weil er mich wiederhaben will.«

»Und? Willst du ihn wiederhaben?«

»Natürlich nicht!«

»Na also, dann wird alles gut. Vertrau mir, Paula.«

»Ich soll dir vertrauen? Ihr fälscht Gutachten, du organisierst illegale Pokerrunden, dein Vater klaut meine Büroschlüssel, und dann seid ihr noch nicht mal Juden. Ich weiß überhaupt nicht mehr, mit wem ich eigentlich verheiratet bin.«

»Mit mir, Artjom.«

»Ist das überhaupt dein richtiger Name?«

»Werd nicht albern. Natürlich ist das mein richtiger Name.« Er stand auf, kam um den Tisch herum und nahm meinen Kopf zwischen seine Hände, um mich zu küssen. Ich presste die Lippen zusammen. Artjom machte ein Geräusch, das wie »Pffffff« klang, und sagte im Hinausgehen, er werde nun auf die Datscha fahren und hoffe, dass ich mich bis zum Abend beruhigt habe. Dann werde er mich schick zum Essen ausführen und mir alles erklären.

Kaum war er draußen, packte ich in Windeseile eine Reisetasche, simste Irina, dass wir eine Woche Betriebsferien machen würden – bei vollem Lohnausgleich –, und rief Heike an.

»Sag mal, haben deine Eltern noch die Ferienwohnung auf ihrem Hof?«

»Klar.«

»Ist die gerade frei?«

»Bestimmt. Wir haben Februar, wer will da in Dithmarschen Urlaub machen?«

»Ich.«

»Du?«

»Tu mir einen Gefallen, und stell keine Fragen.«

»Okay, ich sag meinen Eltern Bescheid, dass du kommen willst. Wann genau?«

»Jetzt gleich.«

»Oha.«

Ich schrieb Artjom einen weinerlichen Brief, dass ich ihn zwar lieben würde, aber nicht mehr wüsste, wie es weitergehen solle mit uns, dass ich enttäuscht von ihm sei, dass ich ihm nie wieder etwas glauben könne und dass ich eine Auszeit bräuchte, um mir über unsere Beziehung klarzuwerden.

Ich zerriss den Brief und hinterließ einen Zettel mit der schlichten Botschaft: »Muss nachdenken. Brauche Ruhe.« Ich plünderte unsere Weinvorräte und schnappte mir drei Bücher, die Lena mir kürzlich geschenkt hatte – »Von Vladimir Sorokin, musst du lesen!« Ohne weiter nachzudenken, schmiss ich meine Habseligkeiten in den Kofferraum und machte mich auf zur Autobahn Richtung Husum.

Ihr könnt mich alle mal!, dachte ich.

20

Dithmarschen im Februar war wirklich keine Reise wert. Der Tag war dunkel, das flache Land flog als graubräunlicher Brei an mir vorüber. Unzählige Windkrafträder drehten sich behäbig mit ihrem traurigen Flop-Flop. Die perfekte Kulisse für meine Stimmung.

Als ich kurz vor Schülp auf den Hof von Heikes Eltern einbog, hatte ich vom Weinen rot geränderte Karnickelaugen. Ich betrat das große Bauernhaus und fand Heikes Mutter in der Küche.

»Na, min Deern, du siehst ja 'n büschen schietig aus«, begrüßte sie mich. »Wills du wat eeten?«

»Nee, danke, hab keinen Hunger«, antwortete ich.

»Beeten schnacken?«

»Sei mir nicht böse, mir ist im Moment nicht nach reden. Aber danke, dass ich so spontan vorbeikommen durfte.«

Die Bäuerin nickte langsam. Sie nahm ein paar Schlüssel von einem Bord und brachte mich in das kleine Ferienhaus, ein ehemaliger Schafstall, der etwas abseits vom Haupthaus lag.

Ein Wohnzimmer mit Bollerofen, eine Schlafkammer, eine Miniküche, ein Bad. Niedrige Decken, alte Holzmöbel, winzig und gemütlich, genau das Richtige für meine Zwecke.

»Brauchs du noch wat?«, fragte mich Heikes Mutter. Ich schüttelte den Kopf, und sie ließ mich allein.

Ich holte meine Sachen aus dem Auto, steckte Holz in den

Ofen, entkorkte die erste Flasche Wein, legte mich aufs Sofa, hörte beim Trinken dem Knacken des Feuers zu und schlummerte weg. Mitten in der Nacht erwachte ich, leicht gerädert, und tastete nach meinem Handy. Kein Anruf. Keine SMS.

Das kann ja wohl nicht wahr sein, dachte ich, wieso ruft der Mistkerl nicht an? Will der gar nicht wissen, wo ich bin?

Ich erinnerte mich an Mischas Aufstand, als Lena verschwunden war, und musste schon wieder weinen. Von Selbstmitleid gebeutelt, trank ich den Wein aus und wankte ins Bett.

Die erste Hälfte des nächsten Tages verbrachte ich im Schlafanzug vor dem Fernseher und schaute bis kurz vor der Besinnungslosigkeit merkwürdige Doku-Soaps, Talkshows und Shopping-Kanäle. Gar nicht so schlecht, das Angebot, dachte ich und bestellte ein exklusives Antifalten-Spezialkonzentrat für mich, einen exklusiven Spezialhandschuh zur Entfernung von Tierhaaren für Mutter und eine exklusive Handkreissäge mit Doppelsägeblatt für Alexej.

Dann raffte ich mich auf und ging an die frische Luft. Ein eisiger Wind pfiff über die kahlen Felder, zwei Stunden marschierte ich über einsame Wege, ohne einem lebenden Wesen zu begegnen. Als ich auf den Hof zurückkehrte, fand ich vor meiner Tür eine Schüssel mit noch warmem Kohleintopf und eine Packung frischer Eier. Der Gedanke an Agathe füllte meine Augen erneut mit Tränen.

Ein Blick auf das jungfräuliche Display meines Handys ließ mich die nächste Flasche Riesling öffnen. Nach drei Gläsern war ich mutig genug und wählte Artjoms Nummer.

»Allo?«, meldete sich sein brummender Bass. Schnell legte ich auf. Was sollte ich auch sagen? Hallo, hier ist deine

Frau, frag doch mal, wie's mir geht. Ach, das interessiert dich nicht? Okay, tschüss.

Nein, die Blöße wollte ich mir nicht geben. Wenn meine überstürzte Flucht irgendeinen Sinn haben sollte, dann doch nur, dass Artjom anfing nachzudenken, dass er reumütig angekrochen kam, um mich um Verzeihung zu bitten und Besserung zu geloben. Dass er sich stattdessen gar nicht meldete, passte nicht in mein Konzept.

Eigentlich hatte ich fest damit gerechnet, er würde, keine zwölf Stunden nach meinem Abgang, mit großer Geste und viel Getöse in Dithmarschen einreiten. Nun gut, streng genommen konnte er nicht wissen, wo ich war. Und zugegeben, ich hatte geschrieben, dass ich Ruhe haben wollte. Aber es war ungewöhnlich, dass er sich daran hielt.

Er liebt mich nicht mehr, dachte ich, riss einen Streifen von der Klopapierrolle, die ich vorsorglich auf dem Wohnzimmertisch deponiert hatte, und rotzte hinein. Ach was, er hat mich nie geliebt. Wahrscheinlich hat er mich nur geheiratet, um seinen Aufenthalt in Deutschland endgültig zu sichern. Scheinehe, dachte ich, ich führe eine Scheinehe.

Sogar in meinem beklagenswerten Zustand war mir klar, dass das Unsinn war. Doch es tat gut, mich in dunkle Fantasien hineinzusteigern und mir das Schlimmste auszumalen. Es lenkte davon ab, mich mit dem eigentlich Geschehenen auseinanderzusetzen.

Denn wie würde ich nach meiner Landpartie, die nicht ewig dauern konnte, mit Artjoms Halbwahrheiten umgehen? Sollte, wollte ich ihn deshalb verlassen? Ich verbannte Gedanken an das Undenkbare, griff nach einem der Bücher und versank in Vladimir Sorokins düsteren Welten, die nicht wesentlich zur Steigerung meiner Laune beitrugen.

Am Abend gab ich mein Eremitendasein für eine Stunde auf und stattete meiner Gastfamilie einen Besuch ab. Heikes Eltern saßen in der guten Stube, ihr Vater nickerte im Ohrensessel, einen räudigen Kater auf dem Schoß, ihre Mutter stopfte Socken.

»Na, wie geiht di dat?«

»Och, geht so. Danke für den Eintopf, der war echt lecker.«

»Da nich' für. Sach ma', wie lang bleibs du denn?«

»Weiß ich noch nicht. Braucht ihr das Ferienhaus?«

»Nee, nee. Aber am Wochenende is Boßeln. Vielleicht has du Lust?«

»Schauen wir mal.«

»Ja, immer suutsche.«

»Genau, in der Ruhe liegt die Kraft.«

Die Ruhe und Abgeschiedenheit zeigten in der Tat ihre Wirkung. Trotz beträchtlichen Alkoholkonsums klärte sich mein Kopf, nach zwei weiteren Tagen und einem Ausflug nach Husum – das völlig zu Recht die graue Stadt genannt wurde, dort konnte man im Winter nur depressiv werden – begann ich, Artjom zu vermissen. Und Deduschka. Sogar Rostislav und Darya fehlten mir. Langsam war ich bereit, allen alles zu verzeihen.

Deshalb tat mein Herz einen aufgeregten Hüpfer, als ich nach einem meiner Märsche durch die Marsch die Polyakowsche Rostlaube auf dem Hof entdeckte. Ha, dachte ich, da ist er endlich! Aufgeregt lief ich zu meinem Häuschen. Dort war niemand. Ich stürmte ins Bauernhaus und wäre in der Küche vor lauter Überraschung fast lang hingeschlagen. Im vollen Hofstaat saß Darya am Tisch und schälte einträchtig mit der Bäuerin Kartoffeln.

»Du has Besuch.«

»Das sehe ich. Darya, was machst du hier?«

»Ässen«, sagte sie und überging meine Enttäuschung.

Die beiden Damen kochten in aller Ruhe vor sich hin, Heikes Vater kam pünktlich zum Abendessen herein und beäugte neugierig den exotischen Gast.

Der Dithmarscher an sich neigt nicht zur Geschwätzigkeit, daher fiel es den Bauersleuten nicht weiter auf, dass Darya und ich während des Mahls kaum ein Wort wechselten. Nach dem Essen drückte mir Heikes Mutter Bettzeug in die Hand.

»Was soll ich damit?«, fragte ich.

»Das is für deine Schwiegermudder.«

»Du willst hier schlafen?« Erstaunt sah ich Darya an. Sie deutete auf einen großen Koffer, der in einer Ecke stand. Du meine Güte, dachte ich, sie plant einen längeren Aufenthalt.

»Na, dann komm.«

Sie inspizierte das Ferienhaus auf das genaueste, missbilligend betrachtete sie die leeren Weinflaschen in der Küche und rümpfte die Nase ob der beschränkten Räumlichkeiten. Dann okkupierte sie das Sofa, das man zu einem Bett ausklappen konnte, und klopfte mehrmals neben sich auf das Polster. Ich verstand die Aufforderung und setzte mich zu ihr.

Umständlich öffnete sie ihren Koffer, der neben diversen Outfits auch Fotoalben, vergilbte Dokumente und ein russisch-deutsches Wörterbuch enthielt. Sie schlug eins der Alben auf, blätterte ein wenig darin herum und deutete schließlich auf ein Schwarzweißfoto.

Im Hintergrund war eine lachende, platinblonde und noch sehr junge Darya zu erkennen. Vor ihr stand ein kleines Mädchen mit geflochtenen Zöpfen, sie trug eine gestärkte

weiße Bluse und einen Faltenrock. Einer ihrer Kniestrümp-
fe war bis zum Knöchel hinuntergerutscht. Verlegen lächelnd blickte sie in die Kamera.

»Moja dotsch«, sagte Darya und schlug das Wörterbuch
auf. Ihre Finger flogen über die Seiten, dann tippte sie auf
ein Wort.

»Tochter?«, fragte ich ungläubig. »Das ist deine Tochter?
Artjom hat eine Schwester?«

»Tot. Tuberkuljos.«

»Oh.«

Sie nahm das nächste Album und zeigte auf ein anderes
Bild. Ein Mann in einem dunklen Anzug, die Haare streng
gescheitelt, der Blick herausfordernd bis trotzig.

»Moj brat«, sagte Darya und hielt mir wiederum das Wörterbuch unter die Nase.

»Dein Bruder?«

»Da. Tot. Kain Arbait, nur Wodka.«

»Oh.«

»Papa – tot. Ganz krank. Kain Medizin. Mama – tot. Ganz
Kummär.«

Tränen liefen über Daryas Gesicht, ich reichte ihr das Toi-
lettenpapier und nahm ihre Hand. Ich suchte nach trösten-
den Worten und fand keine.

»Russland nix gutt. Mänsch arm. Kain Arbait. Kain Per-
spektiva. Hier gutt. Kindär kain Tuberkuljos. Viel Perspek-
tiva. Wenn du hast Optzija, du kommst hier. Du verstähst?«
Ich verstand. Was ich nicht begriff, war, warum Darya auf
dem Sofa saß und nicht mein Mann.

»Wieso ist Artjom nicht gekommen, um mir das zu erzählen?«, fragte ich sie.

Wieder schnappte sie sich die Übersetzungshilfe und zeigte
auf das Wort »Stolz«.

»Artjom gutt Mann«, sagte sie, »Frau muss hören Mann. Mann ist Boss.«

Da ich ahnte, dass eine feministische Grundsatzdiskussion mit Darya zu nichts führen würde, holte ich den vorletzten Riesling aus der Küche und schenkte uns die Gläser randvoll. Wir prosteten uns zu, schauten uns die restlichen Fotos an, die Erinnerungen erhellten Daryas Gesicht, sie lachte und weinte gleichzeitig und erzählte mir auf Russisch tausendundeine Geschichte. Ich lauschte dem Sound ihrer Sprache und schlief, gegen ihre Schulter gelehnt, ein.

Nach einem ausgiebigen Frühstück war ich zur Abfahrt bereit. Darya schüttelte den Kopf.

»Du willst noch hierbleiben?«, fragte ich. Sie nickte.

»Warum?«

»Ist heute Bose.«

»Wer ist böse?«

»Booo-se!«

»Ach, du meinst Boßeln.«

»Da.«

Heikes Mutter hatte Darya am Tag zuvor in die Geheimnisse des Dithmarscher Nationalsports eingeführt. Darya hatte zwar kaum etwas verstanden, aber immerhin so viel, dass es sich um ein größeres gesellschaftliches Event handelte, bei dem Gäste gern gesehen waren.

Ich versuchte, ihr begreiflich zu machen, dass Boßeln nicht das war, was sie erwartete. Stundenlang würden wir in der Eiseskälte über brachliegende Felder stolpern und Kugeln durch die Gegend schmeißen, umringt von Landwirten, die im Verlauf des Wettkampfs dem Korn zusprachen und beim sich anschließenden Gruppenbesäufnis in der örtlichen Gastronomie vollends aus dem Häuschen gerieten.

Es war nichts zu machen. Darya wollte boßeln. Heikes Eltern waren begeistert. Wegen einer Grippewelle fielen bewährte Mitstreiter aus, man war dankbar für die Unterstützung aus der Stadt. Um die Mittagszeit versammelte sich unser Team auf dem Hof, aus den mitgebrachten Bollerwagen wurden erste Kurze serviert, ich stellte mich vor und schüttelte Hände.

Es konnte losgehen, wir warteten nur auf meine Schwiegermutter, die noch dabei war, das passende Outfit zusammenzustellen. Ich hatte sie gebeten, sich warm und zweckmäßig anzuziehen, schließlich würden wir den halben Tag in unwirtlichem Gelände verbringen.

Als die russische Diva die Bühne betrat, ging ein Raunen durch die Menge. Darya trug glänzende schwarze Gummistiefel mit Keilabsatz, eine eng anliegende knallrote Hose, eine abgesteppte und taillierte Skijacke, schwarz, mit großen goldenen Knöpfen, eine rote Nerzstola zu passender Pelzmütze. So etwas hatte Schülp noch nicht gesehen.

Selbst ich wusste bis dato nicht, dass es hochhackige Gummistiefel gab. Eine Domina auf dem Weg nach Kitzbühel, dachte ich und war ein wenig stolz auf meine Schwiegermutter.

»Na, denn man tou«, sagte Heikes Vater und grinste sich einen.

Die Boßelstrecke ging mehrere Kilometer über steinhart gefrorene Felder. Es galt, eine mit Blei gefüllte Holzkugel so weit wie möglich zu werfen. Der Trick bestand darin, die Kugel so zu schmeißen, dass sie nach ihrer Landung noch ordentlich weiterrollte. Die Regeln waren überschaubar, im Grunde gewann die Mannschaft, die insgesamt die längsten Würfe erzielte.

Das gegnerische Team strotzte vor Kraft und Selbstbewusstsein, gab es doch keine Ausfälle in den eigenen Reihen zu beklagen. Und nachdem man kurz die beiden Ersatzspieler von auswärts gemustert hatte, gab man sich siegessicher. Als ich gleich meinen ersten Wurf versemmelte, die kalte Kugel war mir aus den tauben Fingern gerutscht, fühlte man sich in seiner Einschätzung bestätigt. Meine Mitstreiter zeigten sich solidarisch, klopften mir aufmunternd auf die Schultern, ein kräftiger, rotblonder Bursche namens Knut Harmsen erbot sich, mir schnell die richtige Wurftechnik zu zeigen. Er zog mich abseits in eine Ackerfurche, stellte sich dicht hinter mich, umfasste mich fest mit beiden Armen und blies mir heiß in den Nacken. Das war bei dieser Witterung nicht unangenehm.

Ich sah, wie sich auf Daryas Stirn eine steile Falte bildete. Bevor sie einschreiten konnte, war sie an der Reihe. Sie machte einen eleganten Hopser, drehte sich mehrmals mit erheblichem Schwung um die eigene Achse und schleuderte mit einem Schrei der Entschlossenheit ihr Geschoss durch die Luft. Die Kugel flog und flog und flog, kam auf und rollte, rollte, rollte. Ein sensationeller Wurf! Unsere Seite jubelte, die Gegner murrten.

Jetzt hatte Darya der Ehrgeiz gepackt. Sie feuerte die anderen an, »Dawai, dawai!«, stieß übelklingende Flüche aus, wenn jemand ihrer Meinung nach versagte, und kippte zwischendurch mit stoischem Gleichmut die Klaren, die ihr gereicht wurden.

Als ihr ein zweiter, ebenso fantastischer Wurf gelang, begehrte die Gegenseite auf. Das könne nicht mit rechten Dingen zugehen, raunte man hinter vorgehaltener Hand, die Russen seien schließlich für leistungssteigerndes Doping bekannt. Jemand kolportierte sogar, bei Darya würde es sich um eine sowjetische Goldmedaillen-Olympionikin im Kugelstoßen handeln.

»Quatsch«, sagte ich, »meine Schwiegermutter ist Cellistin. Da bekommt man so kräftige Arme.«

Nach mehreren Schnäpsen verständigte man sich darauf, dass Darya wohl ein Naturtalent sei.

Kurz vor Anbruch der Dunkelheit unterlagen wir mit einem Punkt Rückstand – mit einem derart knappen Ergebnis hatte keiner gerechnet, wir hatten es allein Darya zu verdanken.

Die anschließende Siegesfeier fand in einem Gasthof im benachbarten Strübbel statt. Knut, der mir den Nachmittag über liebevolle Betreuung hatte angedeihen lassen, hakte sich auf dem Weg dorthin vertrauensvoll bei mir unter. Er humpelte ein wenig, denn Darya hatte unabsichtlich gleich zweimal die Kugel auf seinen Fuß fallen lassen. Nun stolperte sie aus Versehen und trat ihm dabei von hinten in die Hacken.

Knut wunderte sich, dass eine Frau, die ein derartiges Händchen beim Boßeln hatte, so ungeschickt sein konnte.

»Das muss am Korn liegen«, sagte ich und flüsterte Darya zu: »Nun lass es gut sein. Der ist doch harmlos.« Sie guckte streng und trat vorsichtshalber noch einmal nach.

Nach der anstrengenden sportlichen Betätigung stürzten wir uns auf dampfenden Grünkohl, Würstchen und Kassler. Knut hätte nur allzu gern neben mir gesessen, doch Darya zwängte sich zwischen uns. Ich wärmte meine halb erfrorenen Hände an den heißen Schüsseln und beobachtete, wie sie unauffällig einen Pfefferstreuer in Knuts Teller entleerte. Ich fand, sie ging zu weit. Bevor ich etwas sagen konnte, hatte sich der junge Mann schon die erste Gabel in den Mund geschaufelt.

»Ohauahauaha«, rief er, »dat is ja ma' pikant!«

Anscheinend machte das Essen ihn erst richtig scharf, denn mehrmals rief er über Daryas Kopf hinweg: »Und nachher wird getanzt, ne?«

Da ich um sein Leben fürchtete, antwortete ich artig: »Du, ich kann gar nicht tanzen.«

»Macht nix. Ich auch nicht.«

Nachdem sich den ganzen Tag ein Schnaps an den anderen gereiht hatte und auch der Grünkohl flüssige Verdauungshilfe erforderte, artete die Feier langsam aus. Es wurde gegrölt und gelacht, ein Stuhl flog quer durch den Saal. Voller Erstaunen blickte Darya auf das Treiben.

»Tja«, sagte ich, »das hättest du uns Deutschen gar nicht zugetraut, was?«

Ein Bauer hatte seine Quetschkommode mitgebracht, norddeutsches Liedgut wurde zum Besten gegeben, von »Dat du mien Leewsten büst« bis zu »Herrn Pastor sien Kauh«. Auch die Shantys durften nicht fehlen, begeistert schmetterten Knut und ich »Wir lagen vor Madagaskar«.

Nach und nach wurden Rufe lauter, dass Darya etwas singen möge. Sie zierte sich, ließ sich noch einmal bitten und noch einmal und stimmte dann mit klarer Stimme eine russische Weise an. Die Landbevölkerung lauschte ergriffen der melancholischen Melodie; auch wenn keiner den Text verstand, begriffen doch alle, dass es dabei nur um die Liebe oder den Tod gehen konnte.

Nur Knut schrie: »Wir sind hier nich auffer Beerdigung. Kannssu auch was, was 'n büschen fröhlicher is? Kanssu ›Kalinka, kalinka‹?«

Darya knurrte etwas wie »Idiot«, aber alle skandierten plötzlich »Kalinka, kalinka«, so dass sie sich geschlagen gab. Zur Strafe zwang sie uns, den Refrain auswendig zu lernen, und sagte ihn uns mehrere Male vor:

»Kalinka, kalinka, kalinka moja! W sadu jagoda malinka, malinka moja!«

Nach zehn Minuten hatten wir trotz oder dank gelockerter Zungen den Bogen raus. Ekstatisch brüllten wir »Kalinka, kalinka« und stampften dazu im Takt mit den Füßen. Erschrocken steckten der Wirt und andere Gäste ihre Köpfe zur Tür herein.

Spät in der Nacht brachte uns ein Taxi, auf das wir eine Stunde gewartet hatten, auf den Hof zurück. Darya wollte eigentlich laufen, ich hatte jedoch Angst, dass wir uns im Dunkeln verirrten, und war außerdem nicht mehr standfest.

Nach wenigen Stunden Schlaf waren die mittelschweren Kopfschmerzen keine Überraschung. Ich kroch aus meiner Kammer und fand mich allein. Die Boßelkönigin war schon abgereist.

Zeit, nach Hause zu fahren, dachte ich und packte meine Siebensachen. Mir war etwas flau im Magen, was nicht nur am gestrigen Abend lag. In ein paar Stunden würde ich Artjom wiedersehen.

Wie sollte ich dem stolzen russischen Mann gegenübertreten? Zerknirscht? Voller Freude? Mit dem Zorn der Gerechten? Nach wie vor war ich der Meinung, dass ein klärendes Gespräch anstand.

Ich verabschiedete mich von Heikes Eltern, bedankte mich herzlich für den netten Aufenthalt und versprach, bald einmal wiederzukommen.

»Ruft an, wenn ihr Hilfe beim Boßeln braucht«, sagte ich und packte die Care-Pakete mit Kohleintopf in den Kofferraum. Auf der Fahrt nach Hause summte ich ununterbrochen: »Kalinka, kalinka«.

21

Meine Wohnung empfing mich gähnend leer. Kurz erschrak ich, weil ich dachte, Artjom sei ausgezogen. Er hatte aber nur aufgeräumt. In der Küche stand ein Strauß Rosen auf dem Tisch. Immerhin. Ich rief ihn auf seinem Handy an und erreichte die Mailbox.

»Bin wieder da«, hinterließ ich kurz und bündig.

Nachdem ich meine Sachen ausgepackt, Wäsche gewaschen und die Vorräte eingefroren hatte, tigerte ich durch die Zimmer und wartete. Auch Alexej ließ sich nicht blicken. Da sich mein Gefühl der Einsamkeit verstärkte, klingelte ich bei Frau Hinrichs. Keiner da.

Ich meldete mich bei meiner Mutter, der noch gar nicht aufgefallen war, dass ich für mehrere Tage die Stadt verlassen hatte.

»Hallo, da bin ich wieder!«

»Warst du weg?«

»Äh, ja. Kurz. Bei Heikes Eltern auf dem ...«

»Kind, sei mir nicht böse«, fiel sie mir ins Wort, »ich habe leider keine Zeit zum Plaudern. Ich will mit Rostislav ins Reisebüro.«

Na toll, dachte ich, ich stecke in einer schweren Ehekrise, und keinen interessiert's. Nicht meinen Mann. Und nicht meine Mutter.

Kurz nach neunzehn Uhr drehte sich endlich ein Schlüssel im Schloss. Ich legte mich schnell aufs Sofa und tat so, als würde ich lesen. Dann stand tatsächlich Artjom vor mir.

Übernächtigt sah er aus, schwarze Schatten lagen unter seinen Augen, rasiert hatte er sich seit Tagen nicht mehr.

»Hallo, Paula.«

Na, das ist mal eine herzliche Begrüßung, dachte ich. Kein Kuss. Keine Umarmung. Nichts. Er stand. Ich lag. Wir guckten uns an.

»Wir sollten reden«, sagte er knapp und setzte sich in die Küche. Wie ein geprügelter Hund schlich ich hinter ihm her. Das hatte ich mir etwas anders vorgestellt …

Eine Weile noch war es still zwischen uns, dann eröffnete Artjom das Feuer.

»Du kannst mich doch nicht einfach verlassen!«

»Ich hab dich nicht verlassen. Ich brauchte nur ein paar Tage Ruhe.«

»Die hättest du auch hier haben können.«

»Wie denn? Ständig hockt uns Alexej auf der Pelle, deine Eltern marschieren ein und aus …«

»Aha, jetzt ist also wieder meine Familie schuld!«

»Artjom, es geht nicht um deine Familie. Es geht um uns beide. Darum, dass ich nicht weiß, was ich dir noch glauben kann. Kannst du dir vorstellen, wie sich das für mich anfühlt?« Nein, das konnte er nicht.

»Diese kleinen Flunkereien, das ist doch alles nicht so wichtig.«

»Findest du? Also ich hätte schon gern gewusst, womit du dein Geld verdienst. Von deinem Vater wollen wir erst gar nicht reden. Oder davon, dass mit euren Aufenthaltstiteln irgendetwas nicht stimmt.«

»Damit stimmt alles.«

»Ach, seid ihr in den letzten Tagen konvertiert?«

Artjom schwieg einen Augenblick und nahm dann meine Hand.

»Paula, mach dir keine Sorgen. Wir können einwandfrei belegen, dass wir Juden sind. Und es gibt niemanden, der uns das Gegenteil beweisen kann. Nicht hier in Deutschland und nicht in Russland.«

»Ich mache mir aber Sorgen. Wenn ich an das gefälschte Gutachten vom Cello denke …«

»Ha, das waren auch Stümper!«

»Na, dann bin ich ja beruhigt.«

»Schluss jetzt«, sagte er, kam um den Tisch herum und nahm mich in den Arm. Das wurde auch Zeit. Ich weinte ein wenig und wischte meine Nase an seinem Ärmel ab.

»Ich will mich nicht ständig mit dir streiten«, sagte Artjom, »du musst mir einfach vertrauen. Ich würde niemals etwas tun, was dich verletzen oder in Gefahr bringen könnte. Okay?«

Ich heulte zur Sicherheit noch ein wenig weiter.

»Ich liebe dich, Paula. Du bist alles, was ich mir immer gewünscht habe. Okay?«

»Okay. Aber zwei Sachen hätte ich da noch …«

»Was denn?«

»Also, erstens: Gibt es etwas, das du mir noch nicht erzählt hast?«

Artjom lachte. »Oh, da gibt es noch ganz viel. Aber ich kann mein Pulver ja nicht auf einmal verschießen. Nachher wird dir noch langweilig mit mir.«

»Artjom!«

»Das war ein Scherz. Das Wichtigste weißt du, wirklich!«

»Ha, ha. Und was machen wir mit Bernhard?«

»Das haben wir geregelt. Papas Kumpel Vladimir hat ihm einen Besuch abgestattet.«

»O Gott«, mir wurde ganz anders, »lebt er noch?«

»Bernhard erfreut sich bester Gesundheit. Er ist nun Vladimirs deutscher Rechtsbeistand und hilft ihm bei der Abwicklung seiner Immobiliengeschäfte. Wir fanden, Bernhard ist genau der richtige Mann dafür.«

Artjom grinste triumphierend, dann öffnete er den Küchenschrank und holte ein Paket hervor.

»Für dich. Damit du mir nicht mehr böse bist.«

Ich riss ungeduldig das raschelnde Papier auf und staunte. Ein rubinbesetztes Armband funkelte mir entgegen, dazu gab es einen Gutschein für ein Candlelight-Dinner in meinem Lieblingsrestaurant – und ein T-Shirt. Bedruckt war es mit einem Foto, das Weihnachten entstanden sein musste: Mutter, Vater, Darya, Rostislav, Artjom und ich lachend vorm Tannenbaum.

»O Schatz, danke! So schöne Geschenke«, sagte ich, »besonders das T-Shirt.«

»Jetzt kannst du deine Familie immer am Herzen tragen. Ich wusste, dass es dir gefällt …«

Wir verbrachten eine stürmische Nacht der Versöhnung, die nur kurz von Alexej unterbrochen wurde. Er polterte in unser Schlafzimmer, rief: »Paula! Angenehm, angenehm«, küsste mich feucht auf beide Wangen und verschwand wieder. Wenigstens einer, der mich wirklich vermisst hat, dachte ich. Trotzdem konnte es so nicht weitergehen.

Kurz vorm Einschlafen suchte ich ein letztes Mal das Gespräch.

»Artjohom?«

»Hmmmm?«

»Wissen wir inzwischen, wann Deduschka wieder nach Hause fährt?«

»Der bleibt uns erhalten.«

»Wie meinst du das?«

»Er wird sein Visum verlängern.«

»Ich dachte, nach neunzig Tagen ist Schluss.«

»Keine Bange, Paula. Alles ganz legal. Er wird Sprachschüler und lernt offiziell Deutsch, am Goethe-Institut. Toll, nicht?«

»Super, einfach super.«

»Kein Sarkasmus, Paula. Bitte!«

»Hmmm. Du, Artjohom?«

»Was gibt's denn noch?«

»Es wird ja jetzt wärmer. Da kann Deduschka doch in die Datscha ziehen.«

»Wärmer? Wir haben Februar, draußen sind vier Grad!«

»Na und? Ihr Russen könnt doch Kälte ab!« Ich kicherte ins Kissen.

Mutter und Rostislav hatten im Reisebüro den perfekten Familienurlaub gefunden – und auch gleich gebucht.

»Ihr hättet vorher mal fragen können, ob uns das recht ist. Das ist schließlich unser Hochzeitsgeschenk«, nörgelte ich.

»Papperlapapp«, sagte meine Mutter, »das war ein Last-Minute-Angebot, da mussten wir zuschlagen.«

»Last Minute? Wann soll es denn losgehen?«

»In zwei Wochen.«

»Oh, so bald. Und wohin fahren wir?«

»Wir fahren nicht, wir fliegen – nach …«, sie machte eine Pause, fast konnte ich einen Trommelwirbel hören, »… Fuerteventura! In den Club Sunshine Paradise, viereinhalb Sterne, ganz schick. Alles inklusive.«

»All-Inclusive-Club-Urlaub?« Ich stöhnte. »Das kann nicht dein Ernst sein.«

»Wieso? Das ist doch herrlich bequem. Wir müssen uns um nichts kümmern und werden vierzehn Tage verwöhnt. Also ich hab keine Lust, für alle zu kochen, Rostislav auch nicht.«

Seit wann kochte Rostislav?

»Und stell dir vor, Paula, es gibt sogar einen Wellnessbereich und ein Fitnessstudio, drei Pools und einen Minigolfplatz. Und die Anlage liegt direkt am Meer.«

»Ich wusste gar nicht, dass du Minigolf spielst.«

»Ach, ich finde, im Urlaub kann man das mal machen. Und das Allerbeste ist: Wir haben richtige Appartements mit Wohn- und Schlafzimmer, drei nebeneinander. So ein Glück, dass die noch frei waren!«

Mutter freute sich wie ein Kind. Ich sagte nichts mehr, ich wäre mir schäbig vorgekommen, ihre Euphorie zu dämpfen. Ich sah mich zwar eher als Individualtouristin, die auf eigene Faust Land und Leute erkundete, ohne Programm, ohne Anweisungen und reglementierte Essenszeiten, zu denen man unmöglich Hunger haben konnte. Durch meinen Kopf geisterten Bilder von renitenten Animateuren, die einen zwangen, an gruppendynamischen Spielchen teilzunehmen. Bestimmt musste man komische Armbänder tragen, die einen als Pauschalurlauber auswiesen, und sah sich genötigt, den ganzen Tag zu essen, nur weil alles inklusive war.

So schlimm wird's schon nicht werden, redete ich mir ein. Hauptsache Meer, Strand und Sonne.

Die anderen Reiseteilnehmer reagierten unterschiedlich auf Mutters und Rostislavs Schnäppchen. Artjom entschied fatalistisch, dass ihm alles recht sei, solange er bei mir sein könne. Darya mokierte sich, dass das Hotel nur viereinhalb und nicht fünf oder besser sechs Sterne hatte. Vater stand dem Projekt »Familienurlaub« sowieso skeptisch gegenüber. Nun fragte er sich außerdem, was er, der alte Bergsteiger und Österreichfan, denn vierzehn Tage am Strand sollte.

Alexej hatte sich schon vor Wochen fein aus der Affäre gezogen, einer musste schließlich zu Hause bleiben und all die Tiere versorgen. Außerdem pflegte er weiterhin regen Kontakt zu seinem Tierschützer und hatte ihm zugesagt, ihn bei einer Demonstration gegen Legebatterien zu unterstützen. Dieser Termin lag leider, leider in unserer Urlaubszeit. Ich vermutete, dass er den Gedanken, zwei Wochen ohne Frau Hinrichs zu verbringen, völlig abwegig fand.

Ich fand es abwegig, dass Deduschka weiterhin auf unbestimmte Zeit bei uns wohnen sollte. Und mir war klar, dass ich dieses Problem allein und mit äußerstem Fingerspitzengefühl lösen musste. Von Artjom hatte ich keine Hilfe zu erwarten. Den fragilen Frieden, der zwischen uns herrschte, wollte ich nicht gefährden.

Kurz spielte ich mit dem Gedanken, Deduschka bei Frau Hinrichs einzuquartieren. Aber erstens wusste ich nicht, wie Frau Hinrichs darüber dachte, und unser Verhältnis war nicht vertraut genug, um sie einfach zu fragen. Und zweitens zog er dann ja nur eine Tür weiter. Ich präferierte eine größere räumliche Distanz.

Angriff ist die beste Verteidigung, dachte ich und lud Deduschka zum Mittagessen ein. Ich ließ mich nicht lumpen und führte ihn an die Elbchaussee ins Landhaus Scherrer, einen von Hamburgs Gourmettempeln. Gutes Essen stimmt bekanntlich gnädig.

Alexej fühlte sich in der gediegen-hanseatischen Atmosphäre sofort wohl und betrachtete mit Interesse den sogenannten »Digestiftisch«, auf dem eine großzügige Auswahl an Verdauungsschnäpsen dargeboten wurde. Das freundliche Personal ließ sich nicht anmerken, ob es diesen Gast merkwürdig fand, die anderen Gäste waren zu vornehm, um laut zu tuscheln, und schenkten uns nur verstohlene Blicke.

Zur Feier des Tages hatte Alexej den grünen Trainingsanzug abgelegt und ein neues Exemplar in einem flotten Fliederton angezogen, ein Geschenk von Frau Hinrichs. Ich war mittlerweile gänzlich unempfindlich gegenüber osteuropäischen Modesünden und dachte: Der steht ihm aber gut.

Alexej futterte sich mit Genuss durch die verschiedenen Gänge und sagte zwischendurch immer wieder: »Härrlich, Paula, härrlich!«

Ich suchte währenddessen nach einer geschickten Gesprächseröffnung. Nach einem erneuten »Härrlich!« sagte ich: »Ja, und das Wetter wird jetzt endlich auch wieder besser. Der Frühling bei uns ist eine herrliche Jahreszeit.«

Alexej nickte und blickte durchs Fenster in den trüben Hamburger Himmel.

»Da möchte man den ganzen Tag am liebsten an der frischen Luft sein«, fuhr ich fort. »Sag mal, zu Hause hast du einen großen Garten, nicht?«

Er nickte wieder.

»Den vermisst du doch bestimmt. Gerade jetzt, wo bald alles grünt und blüht.«

»Gibt Datscha hier«, sagte Alexej und betrachtete die kahlen Bäume vorm Restaurant.

Das war mein Stichwort. »Genau, die Datscha. Die hast du so toll renoviert. Dieser schöne Wintergarten! Jetzt ist da auch richtig Platz.«

Alexej zog ein wenig den Kopf ein, als witterte er Gefahr. Nicht nachlassen, Matthes, dachte ich, nicht nachlassen.

»Weißt du, bei Artjom und mir ist es auf Dauer doch ein wenig eng …«

»Äng?«, Alexej lachte. »Ist nicht äng! Kennst du Wohnung in Russland? Zwei Zimmärr, funf Mänschen, und Küche und Toilette teilen mit andere zähn Familie.«

»Und deswegen ziehen im Frühling auch alle auf ihre Datschen«, behauptete ich, »das sollten wir genauso machen.«

»Wir ziehän auf Datscha?«, fragte Alexej.

»Nicht wir. Du.«

»Ah! Was sagt Dascha?«

Darya war allerdings ein Problem. Natürlich hatte ich ihr von meinem Plan, Deduschka in die Laube zu verfrachten, nichts erzählt. Ich wusste, wie ihre Antwort lauten würde. Deshalb war es besser, Fakten zu schaffen.

»Darya findet die Idee super. Endlich mal jemand, der sich richtig um den Garten kümmert, hat sie gesagt.«

»Ah!«

»Weißt du, ich hab mir gedacht, wir überraschen die anderen. Wir sind ja bald zwei Wochen weg. In der Zeit kannst du in aller Ruhe umziehen und schon mal damit anfangen, den Garten neu zu gestalten. Was meinst du, was die für Augen machen, wenn wir zurückkommen.«

»Hmmm.« Alexej war noch nicht überzeugt.

»Du könntest ein Beet mit ganz vielen Stiefmütterchen anlegen. Frau Hinrichs hilft dir bestimmt dabei, Stiefmütterchen sind ihre ab-so-lu-ten Lieblingsblumen.«

»Hmmmhmmm.« Sein Widerstand schwand.

»Gemeinsame Gartenarbeit schweißt bekanntlich zusammen. Abends könntet ihr Lagerfeuer machen und in den Sternenhimmel gucken …«, ich seufzte, »… wie romantisch.«

Deduschka wischte sich bedächtig mit einer Serviette den

Mund ab, ich konnte förmlich sehen, wie es hinter seiner Stirn arbeitete. Dann lächelte er und sagte: »Gutt.«

Ich hatte ihn im Sack.

»Prima. Aber nichts den anderen sagen, soll ja eine Überraschung sein.«

Aus dir wird noch ein echtes Schlitzohr, Matthes, dachte ich und orderte zwei Marillenbrände. Doppelte.

Je näher der Ferienstart rückte, desto aufgeregter wurden alle. Darya war mit der Auswahl ihrer Urlaubsgarderobe beschäftigt, Mutter nervte Vater, indem sie ihm aus Reiseführern vorlas, und Rostislav schmetterte stundenlang: »O sole mio«.

»Ich dachte, wir fahren nach Spanien«, neckte Artjom ihn.

Niemandem fiel auf, dass Alexej und ich öfter verschwanden. Wir klapperten die Gartenmärkte ab, besorgten Blumenerde, Samen und Pflanzen, die wir in Frau Hinrichs' Keller versteckten. Beim Abendbrot zwinkerten wir uns verschwörerisch zu.

Zwei Tage vor dem Abflug erreichte mich ein Anruf von Heike.

»Wollte mich nur mal melden. Geht's dir besser?«

»Danke, alles wieder gut. Bei deinen Eltern war es übrigens sehr, sehr nett.«

»Hab ich schon gehört. Deine Schwiegermutter hat einen bleibenden Eindruck hinterlassen.«

»Ach, das Boßeln, ja, das hat Spaß gemacht. Und bei der Party danach ging's hoch her.«

»Mensch, das hab ich dir noch gar nicht erzählt. Stell dir vor, irgendein Kurt …«

»Knut?«

»Genau, Knut, also der war zwei Tage verschwunden. Man hat ihn dann völlig fertig in der Besenkammer vom Gasthof gefunden. Da muss ihn jemand im Suff aus Versehen eingeschlossen haben. Sachen gibt's …«

»Tja«, sagte ich, »die gibt's gar nicht.«

Ich mochte mich zum Schlitzohr gemausert haben. Im Vergleich zu Darya war ich eine blutige Anfängerin.

22

Ich fliege nicht gern. Ich habe keine wirkliche Flugangst, aber der Gedanke, mein Leben in die Hände wildfremder Menschen zu legen, behagt mir nicht. Weiß ich, ob der Pilot einen Clown gefrühstückt hat und auf Loopings steht? Ob der Copilot mit Rauschpilzen experimentiert? Ob der korpulente Herr neben mir bei Luftlöchern zu hysterischen Ausbrüchen neigt? Das weiß ich alles nicht, und käme mir unterwegs etwas komisch vor, könnte ich nicht sagen: »Entschuldigung, mir reicht's jetzt. Halten Sie mal kurz an, ich steige lieber aus.«

So hielt sich meine Vorfreude bei Reisebeginn in Grenzen. Im Grunde lagen meine Nerven schon nach dem Check-in blank. Diverse Male in den letzten Wochen hatte ich Darya darauf hingewiesen, dass jeder von uns maximal zwanzig Kilo Gepäck mitnehmen dürfe. Ich hatte damit gerechnet, dass sie meine Ermahnung in den Wind schlug. Aber auf dieses Theater war ich nicht gefasst gewesen.

Meine Schwiegermutter rauschte mit vier Koffern und zwei Beautycases an. Das waren ungefähr vierzig Kilogramm zu viel und somit über dreihundert Euro Extragebühren. Eine Frechheit, fand Darya.

Die Dame vom Bodenpersonal bot ihr an, dass sie Kleidung aussortieren und ihr zur Aufbewahrung geben könne. Das ist eine gute Lösung, dachte ich. Das geht gar nicht, fand Darya. Alles in den Koffern sei unentbehrlich, und schon gar nicht würde sie dieser dahergelaufenen Person ihre Wertgegenstände anvertrauen, da könne sie die Sachen ja gleich an die Straße stellen.

Leider sprach die Mitarbeiterin der Airline Russisch. Während des sich anschließenden Disputs suchte ich Unterstützung bei meinen Mitreisenden. Artjom hatte sich wohlweislich aus dem Staub gemacht – »Schatz, ich besorg ein paar Zeitschriften.« Mutter und Rostislav waren mit ihren Reiseführern beschäftigt, Vater tat so, als würde er nicht zu uns gehören.

Also wedelte ich hektisch mit meiner Kreditkarte. »Kein Problem, ich bezahl das, kein Problem.«

Mittlerweile war die Schalterdame jedoch so angefasst, dass sie nun noch einmal akribisch unsere Unterlagen und Pässe inspizierte, zu ihrem Missfallen aber nichts fand, das uns am Abflug hindern konnte.

»Danke für eure Unterstützung«, fauchte ich den Rest der Familie an, als wir zum Gate rannten. Nach der vorangegangenen Prozedur mussten wir uns sputen. Abgehetzt erreichten wir das Flugzeug, ich sank in meinen Sitz und beobachtete das Chaos um uns herum.

Mutter und Rostislav hatten unsere Reise idiotensicher in die Hamburger Frühjahrsferien gelegt, so dass der Flieger bis auf den letzten Platz ausgebucht war und von jungen, aufstrebenden Familien mit schreienden Kindern aller Altersklassen bevölkert wurde.

In die Reihe vor uns setzte sich eine Mutter mit zweien ihrer Söhne, der dritte Spross kam zu mir und Artjom in den Sitz am Gang. Er saß keine zehn Sekunden, da nörgelte er schon und trat gegen die Rückenlehne seiner Erziehungsberechtigten.

»Was hat denn mein Liebling?« Der Liebling wollte nicht am Gang, sondern am Fenster sitzen.

»Überhaupt kein Problem. Natürlich sitzt der junge Mann am Fenster«, sagte Artjom charmant und räumte seinen Platz. »Ach, das ist aber nett von Ihnen«, säuselte die Frau und schaute meinem Mann zum Dank tief in die Augen.

Als wir endlich abhoben, bohrte der Liebling neben mir aufgeregt in der Nase und schmierte seine Popel in den Vordersitz. Drei Mal verschüttete er seine Cola, rammte mir unzählige Male seinen Ellbogen in die Seite und stritt sich fortwährend mit seinen über den Lehnen hängenden kleinen Brüdern, deren Windeln nach jedem Wechsel sofort wieder voll waren. Uns umgab ein unvergleichliches Aroma. Alle fünf Minuten fragte der Junge mich: »Wann sind wir da?«

Statt ihre Brut zu disziplinieren, tat es die Mutter ihren Kindern gleich, beugte sich über ihre Rückenlehne und unterhielt sich angeregt mit meinem Mann.

»Oh, Sie kommen aus Russland. Wie interessant!«

»Ihr Deutsch ist aber wirklich ausgezeichnet!«

»Was machen Sie beruflich? ... Wie interessant!«

Über viereinhalb elende Stunden später landeten wir auf Fuerteventura.

Beim Aussteigen machte Artjom weiter debile Scherze mit den Jungs, deren Mutter sich zu der bewundernden Bemerkung verstieg: »Sie können aber gut mit Kindern.«

Während ich mich mit Daryas Koffern abmühte, half Artjom der unbemannten Frau mit ihrem Gepäck. Vater hatte ein Großraumtaxi organisiert und drängte zur Abfahrt.

»Schahatz, kommst du?«, fragte ich und hakte meinen Gatten demonstrativ unter.

»Augenblick, Marlene wollte mir noch ihre Handynummer geben«, sagte Artjom.

»Wer ist Marlene?«, fragte ich.

»Vielleicht trifft man sich mal auf einen Drink«, kicherte die alleinreisende Mama, als sie Artjom einen Zettel zusteckte, und ließ keinen Zweifel daran, dass dieses »man« mit Sicherheit nicht meine Person einschloss. Ihr Liebling trat mir zum Abschied noch einmal fest auf den Fuß.

Beleidigt humpelte ich zum Taxi und murmelte: »So eine blöde Kuh.«

»Wieso? Die war doch ganz nett«, sagte Artjom, »hat sie dir nicht auch leidgetan, so ganz allein mit drei Kindern?«

»Nee. Das wird schon seinen Grund haben, dass die allein ist.«

Unser Taxi brauste davon. Schweigend schaute ich auf der Fahrt aus dem Fenster. So weit man blicken konnte, erstreckte sich eine Öde aus schwarzem Lavagestein, gesprenkelt mit Kakteen und vereinzelten Palmen. Von den Kanarischen Inseln kannte ich bislang nur La Gomera, ein grünes und blühendes Paradies. Nach den Reizen Fuerteventuras suchte ich vergeblich.

Die letzten Kilometer zum Hotel führten an der Küste entlang. Endlich, der Atlantische Ozean. Ruhig lag er da und glitzerte in der Nachmittagssonne. Der Anblick entschädigte mich für die Strapazen der letzten Stunden, meine Laune besserte sich und etwas, das annähernd einem Urlaubsgefühl glich, stellte sich ein.

Der Club Sunshine Paradise an der Costa Calma bestand aus mehreren weißen dreigeschossigen Gebäudereihen, die Appartements und Rezeption beherbergten. Am Empfang wies man uns in die Örtlichkeit ein – Minigolfanlage an einem Ende, Pools und Poolbar nebst Zugang zum Strand am anderen, Restaurant, Wellness- und Fitnessbereich, Showbühne und Vergnügungsmeile im Souterrain.

Restaurant im Keller, dachte ich, na super, hoffentlich gibt's da überhaupt Fenster.

Unsere drei Appartements, alle im Erdgeschoss mit handtuchgroßer Terrasse, lagen direkt am Minigolfplatz. Dort tummelten sich Heerscharen kreischender Kinder, die mit ihren Schlägern wahlweise auf den Boden oder die Köpfe ihrer Kontrahenten eindroschen.

»Oh, wie schön«, sagte Mutter.

Alle wollten, dass Artjom und ich das Appartement in der Mitte bezogen, ich weigerte mich.

»Rechts oder links außen«, beharrte ich stur, ich ließ mich nicht einkesseln. Wir zogen nach rechts, nach einem kurzen Blick in die Zimmer – klein, aber nett eingerichtet, das Bad pieksauber – begann ich, die Koffer auszupacken.

»Lass das«, Artjom schob mich aus dem Zimmer, »das kannst du später machen. Wir gehen erst mal zum Strand.«

Wir marschierten los, vorbei an unzähligen handtuchgroßen Terrassen, entdeckten den Abgang zum Souterrain und stießen auf die Pools: ein Becken für Babys, eines, in dem gerade eine Seniorengruppe unter Anleitung Wassergymnastik machte, und ein großes, in dem man tatsächlich ordentliche Bahnen ziehen konnte. Hier waren noch mehr Kinder, die einen Höllenlärm veranstalteten, sich gegenseitig über den Haufen rannten und den Schwimmern mit Anlauf auf den Rücken sprangen. Vielleicht war es am Minigolfplatz gar nicht so schlecht.

Hinter den Pools führten zwei kleine Treppen zum Strand. Wir ließen uns in den Sand fallen, zogen Schuhe und Socken aus und hielten unsere blassen Hamburger Füße in die Sonne. Ich legte meinen Kopf auf Artjoms Bauch und grunzte wohlig.

»Hier kann man's aushalten«, meinte Artjom.

»Mmmhh …«

»Das sind bestimmt zwanzig Grad.«

»Mmmhh …«

»Was hältst du davon, wenn ich uns an der Poolbar einen Drink besorge?«

»Mmmhh!«

Er entschwand eilfertig, ich schloss, einigermaßen mit meinem Schicksal versöhnt, die Augen, ließ meinen Kopf in den Sand sinken und lauschte entspannt dem Rauschen des Wassers. Dann flog mir etwas Nasses ins Gesicht. Ich richtete mich auf und schluckte eine Ladung Steine. Die drei Blagen aus dem Flugzeug standen vor mir und grinsten mich an.

»Was macht ihr denn hier?«, fragte ich.

»Ferien«, sagte der Älteste und bohrte schon wieder in der Nase.

»Hier? In diesem Hotel?«

Er nickte. Mein Schöpfer meinte es nicht gut mit mir.

»Und wo ist eure Mutter?«

Allgemeines Achselzucken.

»Dürft ihr alleine an den Strand?«

Allgemeines Nicken.

»Wie alt bist du?«, fragte ich den Großen.

Er streckte mir eine seiner klebrigen, verdreckten Hände mit allen Fingern entgegen. »Fünf.«

»Und deine Brüder?«

Die Antwort waren drei Finger.

»Beide?«

Nicken.

»Ach, das sind Zwillinge?«

Augenrollen. Okay, Paula, dachte ich, das war eine blöde Frage. Natürlich sind das Zwillinge, wenn beide drei sind.

»Wollen wir mal eure Mutter suchen?«

Allgemeines Kopfschütteln.

Ich stemmte mich hoch. »Ich such die Mama. Und ihr bleibt hier und rührt euch nicht vom Fleck, klar?«

Ich kannte mich nicht gut aus mit Kindern, aber dass ein Fünfjähriger mit seinen dreijährigen Geschwistern allein am Meer herumlief, kam mir komisch vor. Ab welchem Alter lernten die Biester eigentlich schwimmen?

»Hier stehen bleiben!«, schnauzte ich die drei an und ging zur Poolbar. Dort standen Artjom und Marlene, die schon Zeit gefunden hatte, sich in einen Hauch von Strandkleid zu werfen. Sie lachte affektiert, warf ihren Kopf zurück und strich sich dabei durch die Haare.

»Hallo, Marlene«, begrüßte ich sie, »deine Brut säuft gerade ab.« Mit einem Aufschrei stürzte sie zum Strand.

»Was hast du nur gegen die arme Frau?«, fragte Artjom.

»Nichts«, sagte ich, »ich wollte bloß nicht, dass ihren Kindern etwas passiert.«

Abendessen gab es zwischen achtzehn und einundzwanzig Uhr. Mutter wollte möglichst früh speisen – »Sonst ist das Büfett so leer gefuttert. Das kennt man ja.«

Ich bestand darauf, später zu gehen, in der Hoffnung, Marlene und ihrem Nachwuchs zu entkommen.

Zum Glück brauchte Darya ewig, um sich anzukleiden. Kurz vor Ultimo rasten wir durch die Katakomben Richtung Restaurant. Der Speisesaal war riesig und hatte tatsächlich nur an der Frontseite Fenster zum Meer.

Wir ergatterten einen Tisch am entgegengesetzten Ende und kämpften uns durch ein undurchsichtiges Büfettsystem. Es gab mehrere mittig im Raum plazierte Essensausgaben. Mir war nicht klar, nach welcher Logik sie geordnet waren, allein die Dessertstation war zweifelsfrei auszumachen. Also häufte ich mir von allem ein wenig auf. Nach dem Fraß im Flieger hatte ich Hunger.

Den anderen ging es ebenso. Artjom und Rostislav balancierten ihre überladenen Teller geschickt zurück und stürzten sich auf ihr Essen wie die Wölfe. Ich hatte mich längst an russische Tischgepflogenheiten gewöhnt, manchmal ertappte ich mich selbst dabei, den linken Arm lässig aufzustützen und das vorher klein geschnittene Fleisch nur mit der Gabel aufzuspießen.

Laut und lustig ging es beim Essen zu, es schmeckte uns, und wir sprachen reichlich dem guten spanischen Rotwein zu. Unser deutsch-russisches Sprachgetümmel wurde nur gelegentlich von Rostislavs Handyklingeln unterbrochen – »Bisness«.

Am Nebentisch saß ein Ehepaar mittleren Alters mit einer schwer pubertierenden Tochter. Die Familie hatte sich nicht viel zu sagen, schweigend nahmen sie ihr Mahl zu sich und beobachteten uns pikiert. Als sie aufstanden, zischte die Frau ihrem Mann unüberhörbar zu: »Russen – stinken vor Geld, aber Manieren kann man sich eben nicht kaufen …«

Dämliche Arschlöcher, dachte ich und überlegte, ob ich etwas sagen sollte. Vater war aufgestanden, tupfte sich mit einer Serviette den Mund ab und fragte laut: »Was haben Sie da gerade gesagt?«

»Nichts, gar nichts«, stammelte die Frau, der Mann zog es vor, angestrengt in eine andere Richtung zu blicken, die Tochter wurde rot.

»Dann ist es ja gut.« Vater setzte sich wieder und sagte zu Rostislav und Darya gewandt: »Manche Menschen haben einfach kein Benehmen.«

Darya tätschelte freundlich seine Hand, Mutter meinte: »Gut gemacht, Karl.«

Halleluja, dachte ich, der Herr sei gepriesen. So viel Einsatz für die angeheiratete Familie hatte ich Vater wahrlich nicht zugetraut. Wahrscheinlich hatte ich ihn immer verkannt. Lena fand ihn ja sogar charmant.

Nach der Völlerei waren wir geschafft, nur Mutter und Rostislav mobilisierten ihre letzten Reserven und wollten sich unbedingt noch das allabendlich stattfindende Showprogramm ansehen. Wir anderen winkten dankend ab.

Auf dem Weg zu unseren Appartements ertönte plötzlich von irgendwo oben ein »Huhu«. Marlene lehnte über einer Balkonbrüstung im zweiten Stock und winkte.

»Habt ihr noch Lust, auf einen Absacker hochzukommen?« Sie wedelte mit einer Flasche Prosecco. »Ich hab genug da für einen lustigen Abend.«

»Och ...«, Artjom schien ernsthaft über das Angebot nachzudenken.

»Nein danke«, rief ich schnell, »wir haben noch etwas vor. Mein Mann und ich wollen ins Bett.«

Enttäuscht zog Marlene ihren Kopf zurück. Artjom lachte leise. »Sag mal, kann es sein, dass du ein bisschen eifersüchtig bist?«

»Ich? So ein Quatsch!«

Am dritten Tag des Urlaubs stellte sich eine gewisse Routine ein. Der russische Teil der Familie schlief gern länger, die Deutschen waren spätestens um sieben Uhr dreißig wach. Dann nämlich schickten diejenigen Eltern, die gern noch etwas Ruhe haben wollten, ihre Kinder auf den Minigolfplatz.

Mit kleinen Augen saß ich Morgen für Morgen auf der Terrasse, schlürfte Kaffee, ließ mir die Golfbälle um die Ohren pfeifen und beobachtete das Treiben. Manchmal fühlte ich mich bemüßigt, einzugreifen, und rief Sachen wie: »Hey, ihr seid hier nicht beim Wrestling« oder »An den Haaren ziehen ist verboten!« Keiner der Terroristen schenkte mir die geringste Beachtung.

Gegen zehn kroch Artjom aus seinem Bett und setzte sich zu mir.

»Ach, Kinder sind einfach toll«, sagte er oft mit einem Blick auf das Inferno gegenüber. Ich schwieg dazu. Mein Kinderwunsch war bis zu unserem Urlaub, wenn überhaupt, nur sporadisch vorhanden gewesen. Innerhalb dieser vierzehn Tage löste er sich völlig in Luft auf.

Marlene hatte es sich zur Gewohnheit gemacht, spätestens am Nachmittag zu uns an den Strand zu kommen, um ihre Zwillinge abzuladen, den Ältesten hatte sie gnadenlos in den Miniclub gesteckt.

»Könnt ihr mal kurz ein Auge auf sie haben? Bin sofort wieder da!« Dann verschwand sie für einen längeren Zeitraum, um sich mit einem dänischen Animateur namens Lars zu treffen. Immerhin hatte sie begriffen, dass sie nicht in meinem Revier wildern durfte.

Das war die große Stunde der beiden Babuschkas in spe. Mutter förderte die Motorik der Kleinen und wurde eine Meisterin im Steine-übers-Wasser-Ditschen, Darya übernahm den intellektuellen Part der Erziehung, am Ende ihrer Ferien konnten die Hosenscheißer fehlerfrei bis zwanzig zählen – auf Russisch.

»Ein Enkelkind wäre schon schön«, seufzte Mutter ab und zu, »vor allem, solange man noch einigermaßen rüstig ist.«

»Da«, sagte Darya dann und strich den Kindern versonnen

die Haare aus dem Gesicht. Bevor die beiden auffordernd zu mir blicken konnten, entschwand ich zur Poolbar, um mir lange vor Sonnenuntergang ein bis zwei Sundowner zu genehmigen.

Die Herren gingen derweil ihren eigenen Freizeitbeschäftigungen nach. Artjom briet seinen makellosen Körper in der Sonne, las, schwamm und besuchte das hoteleigene Fitnessstudio, um dort den anderen beim Gewichtestemmen zuzugucken und ein wenig über bestimmte Trainingsmethoden zu fachsimpeln.

Vater und Rostislav machten ausgedehnte Strandspaziergänge, Vater ging voran, die Hosenbeine hochgekrempelt, nach und nach nahmen seine langen weißen Beine ein feuriges Rot an. Rostislav stapfte wild gestikulierend hinterher, meist das Handy am Ohr. Wie Pat und Patachon, dachte ich, oder Dick und Doof.

Die erste Woche plätscherte fast ereignisfrei an uns vorüber. Ich entspannte mich, alle vertrugen sich, Artjom und mir blieb wider Erwarten ausreichend Zeit für Zweisamkeit.

Mutter nervte ein wenig mit ihren Reiseführern.

»Wollen wir heute mal in den Oasis Park? Nein?«

»Wie wär's mit einem Ausflug nach La Atalayita? Nein?«

»In der Nähe von Valles de Ortega gibt's eine Aloe-Vera-Plantage. Habt ihr Lust … nein?«

Insgesamt aber störte das in keiner Weise die Urlaubsharmonie. Selbst ein kleiner Zwischenfall am Pool konnte die gute Stimmung nicht trüben. Darya hatte es gewagt, sich auf eine freie Liege zu setzen, auf der ein unbenutztes Handtuch lag, und fand sich plötzlich den Attacken unserer Tischnachbarn aus dem Restaurant ausgesetzt, die ihre Besitzansprüche auf ebenjene Liege geltend machten.

»Sie stehen jetzt sofort auf. Das ist unser Platz«, blökte die Frau, »so eine Frechheit!«

Darya entschuldigte sich, schritt zur Rezeption und wollte ebenfalls eine Liege reservieren.

»Sie können keine Liege reservieren«, erklärte man ihr, »die Liegen sind für alle da. Wer zuerst kommt, liegt zuerst.«

Meine Schwiegermutter war verwirrt. Mutter versuchte, ihr die gute deutsche Tradition mit den Handtüchern zu erklären. Rein theoretisch verstand Darya dieses Prinzip. Praktisch entsorgte sie nun jeden Tag, wenn sie an der bewussten Liege vorbei zum Strand ging, das Handtuch unauffällig im Pool.

Vater hatte irgendwann genug vom Faulenzen.

»Die Männer gehen morgen wandern«, überraschte er uns beim Abendessen. Rostislav und Artjom sahen sich verstohlen um, konnten aber niemand anderen entdecken, zweifelsohne waren sie mit »Männer« gemeint.

»Wandern?«, fragte Artjom vorsichtig. Rostislav zog die Stirn in Falten.

Vaters Gesichtsausdruck zeugte von einer Entschlossenheit, die keinen Widerspruch duldete.

»Genau, wandern. Durch den Naturpark von Jandía. Ich habe eine tolle Tour ausgearbeitet, ungefähr fünf Stunden Marsch, hin und zurück. Nur dreihundert Höhenmeter. Das schaffen auch die Russen.«

»Fünf Stunden?«, fragte Artjom wieder. »Zu Fuß?«

»Natürlich zu Fuß. Oder soll ich dich etwa tragen?«

Artjom schwieg betreten. Rostislav holte sich noch ein Dessert, Stärkung war jetzt alles.

»Morgen um neun geht's los, der frühe Vogel fängt den Wurm«, sagte Vater, »das wird ein Heidenspaß!«

23

Von einem Aufbruch um neun Uhr konnte keine Rede sein, angesichts der bevorstehenden Anstrengungen schliefen die russischen Outdooraktivisten lieber aus. Als man gegen zehn gemächlich vom Frühstück zurückkehrte, hatte Vater schon Schaum vorm Mund, zügelte sich aber.

»Jetzt zieht euch was Vernünftiges an«, sagte er mit unterdrücktem Groll, »zehn dreißig ist Abmarsch.« Kurz darauf standen Artjom und Rostislav vor ihm, in bunten Hawaii-Hemden und Shorts, der eine Flip-Flops, der andere Sandalen an den Füßen. Vater verlor kurz die Beherrschung und fluchte: »Festes Schuhwerk, verdammt, festes Schuhwerk!«

Die beiden huschten zurück in ihre Appartements und wechselten die Schuhe.

Vater breitete eine große Karte auf dem Terrassentisch aus und erklärte die Route.

»Mit dem Bus erst mal nach Jandía. Von dort gehen wir durch das Gran Valle bis zur Passhöhe Degollada de Cofete. Dann runter an der Flanke des Bergs nach Cofete und wieder zurück.«

»Unterwegs gibt's doch bestimmt ein Restaurant, in dem wir einkehren können, oder?«, fragte Artjom.

»Ha!«, Vater schnaufte und deutete auf einen großen Rucksack. »Restaurant brauchen wir nicht. Ich hab Proviant dabei.«

Mit großen Augen hatte Rostislav den Ausführungen ge-

lauscht, er begriff, dass es ernst wurde. Mit den Worten
»Glaich zuruck« schoss er davon und kam nach einer halben Stunde mit Tüten bepackt wieder.

Vaters Stimmung hatte ihren Tiefpunkt erreicht.

»Das trägst du aber allein«, raunzte er.

»Kain Prrobläm!« Rostislav schnappte sich eine von Daryas Strandtaschen, verstaute seine Wegzehrung und hängte sich das pinkfarbene Ungetüm quer über den Bauch.

»Färrtig!«

Wir Frauen waren froh, als die Männer gegen Mittag endlich aufbrachen, und winkten zum Abschied eher desinter-
essiert.

Mutter und Darya wollten einen Pooltag einlegen, es war
zu frisch und windig für den Strand. Da ich großmütterli-
che Attitüden und kaum versteckte Andeutungen fürchtete,
täuschte ich Kopfschmerzen vor und ging nach einem kleinen Imbiss shoppen.

Ich schlenderte die Straße mit dem malerischen Namen
»Avenida Jahn Reisen« entlang zum nahe gelegenen Ort.
Dort gab es ein überschaubares Einkaufszentrum mit al-
lem, was das Herz begehrte: Touristennippes, Surfer-
Equipment, Kunsthandwerk, Parfümerie, das Übliche
eben. Ich erstand eine weiße Strandtunika, deren gewagtes
Dekolleté silberne Pailletten schmückten, wohl wissend,
dass ich dieses Teil in Hamburg nie anziehen würde.

In der Parfümerie deckte ich mich mit Kosmetika ein und
erstand auch Duftwässerchen für Mutter und Darya. Da ich
schon wieder Appetit hatte – ich schrieb es der guten See-
luft zu –, aß ich in einer Tapas-Bar frittierten Fisch und
bekämpfte die sich anschließende leichte Übelkeit mit zwei
Camparis.

Auf dem Rückweg musste ich mich gegen den Wind stemmen, er hatte zugenommen und blies mir scharf ins Gesicht, dunkle Wolken zogen vom Meer her landeinwärts. Der perfekte Tag für eine Wanderung, dachte ich und grinste. Mutter und Darya fand ich in den Katakomben bei einem Bingoturnier. Ich zog mich schnell zum Lesen zurück.

Am späten Nachmittag betrat Mutter, ohne anzuklopfen, mein Appartement.

»Es regnet.«

»Ja und?«

»Ganz schön heftig. Schau mal raus!«

Ich zog die Vorhänge zur Seite und sah, dass der Minigolfplatz unter Wasser stand, die Palmen hingen schief im Sturm.

»Na, die Männer sind bestimmt schon klatschnass. Haben die Regenzeug dabei?«, fragte ich und rutschte etwas tiefer unter meine warme Decke.

»Natürlich nicht. Was sollen wir tun?«

»Gar nichts. Die sind sicher schon auf dem Rückweg.«

»Es wird bald dunkel.«

»Erst in zwei Stunden. Mach dir keine Sorgen, Mama. Die kommen schon klar. Wo ist eigentlich Darya?«

»Zur Maniküre. Die Frau hat wirklich die Ruhe weg.«

Zwei Stunden später, es war bereits stockdunkel, der Sturm zum Orkan angewachsen, ging ich zur Rezeption. Weniger weil ich wirklich beunruhigt war – ich ging davon aus, dass die Kerle sich vor dem Unwetter in eine Bodega geflüchtet hatten –, vielmehr befand sich Mutter in einem Zustand der Auflösung, nachdem wir feststellten, dass Artjom sein Handy im Hotel vergessen hatte und Rostislav auf seinem nicht zu erreichen war. Vater besaß keins, weil er diesem neumodischen Schnickschnack misstraute.

Ich erklärte dem Mann am Empfang kurz die Problematik.

»Und wo genau wollten die Herren wandern?«, fragte er.

»In irgendeinem Naturpark, Jadida oder so.« Ich hatte vorhin nur mit halbem Ohr zugehört.

»Jandía?«

»Exakt!«

»Nun ja, das ist ein relativ großes Areal. Wissen Sie es etwas genauer?«

»Äh, ein Valle war noch im Gespräch.«

»Sie wollten also durch ein Tal gehen«, sagte der Mann und hüstelte, »das hilft uns nicht wirklich weiter. Wann sind die Herren denn aufgebrochen?«

»Ungefähr um halb eins.«

»Hmm. Haben die Herren ein Handy dabei?«

»Ja, das haben wir natürlich als Erstes probiert. Wir können sie nicht erreichen.«

Der Concierge kratzte sich ratlos am Kopf.

»Mein Vater ist ein erfahrener Bergsteiger, und hier auf der Insel kann ja nicht viel passieren«, warf ich ein, weil ich das Gefühl hatte, etwas sagen zu müssen, um der Situation die Dramatik zu nehmen, schließlich klammerte sich Mutter die ganze Zeit an meinen Rockzipfel. Ich zwinkerte ihm aufmunternd zu.

»Nun ja«, er hüstelte wieder, »so ein Unwetter ist nicht ganz ungefährlich. Die wenigsten Wanderwege auf Fuerteventura sind befestigt oder ausgeschildert. Oft geht man über alte Ziegenpfade oder durch die Barrancos.«

»Durch die was?«

»Barrancos, ausgetrocknete Flussbetten. Bei Tageslicht und Sonnenschein überhaupt kein Problem, aber bei Re-

gen …«, er schaute nachdenklich nach draußen in die Sint-
flut und senkte die Stimme, »… da kann ein Barranco leicht
zur Todesfalle werden.«

»O mein Gott!« Mutter sank zitternd in einen Korbsessel.
Herzlichen Dank, dachte ich, fixierte mein Gegenüber und
erhob etwas die Stimme.

»Wie gesagt, mein Vater ist recht trittfest. Außerdem vermute ich, dass unsere Männer in irgendeiner Kneipe den
Regen abwarten und …«

»In der Gegend gibt es keine Kneipen. Das ist ein Naturschutzgebiet.«

»Und was schlagen Sie jetzt vor? Was sollen wir tun?«
Erneutes Kopfkratzen. Vielleicht hat er Läuse, dachte ich.

»Nun ja, vielleicht sollten wir noch ein wenig abwarten,
bevor wir die Guardia Civil informieren. Eine Suche wird
schwierig, Sie wissen ja nicht genau, wo die Herren überhaupt hinwollten.« Er klang jetzt vorwurfsvoll.

»Danke für Ihre Hilfe«, sagte ich und zerrte Mutter, die zur
Schnappatmung übergegangen war, aus ihrem Sessel.
Langsam machte sich eine gewisse Unruhe in mir breit.

»Komm, wir suchen Darya.«
Wir fanden sie unter einer Quark-Gurken-Maske, auf dem
direkten Weg zur Tiefenentspannung. Daraus wird nix,
dachte ich und schnippte ihr das Gemüse von den Augen.

»Da?« Sie richtete sich erstaunt auf.

»Wir haben ein Problem. Die Männer sind immer noch
nicht da.«

Sie pulte sich in aller Ruhe den Quark aus den Augenwinkeln und schaute mich fragend an.

»Rostislav, Artjom, Papa – weg. Futsch. Verschwunden.
Verstehst du?«

Sie verstand, aber es machte ihr nichts aus.

»Kain Prrobläm«, sagte sie und lehnte sich gelassen zurück.

»Doch, wir haben ein Problem«, erwiderte ich, »die drei sind vielleicht in Gefahr. Hättest du die Güte, deine Wellnessstunde zu unterbrechen?«

»Was machen?«, fragte sie.

»Wir warten noch ein wenig, und dann verständigen wir die Polizei.«

»Okay, warten.« Sie schloss schläfrig die Augen.

Das kann ja nicht wahr sein, dachte ich, wegen jedem Mist macht die sonst Theater, aber wenn's mal ernst wird, macht sie nix. Ich rüttelte ein wenig an ihrer Schulter.

»Los, Darya, auf geht's.«

Mit einem missbilligenden »Ts« rollte sie sich von der Liege und hüllte sich verschnupft in einen Bademantel. Wir marschierten zurück zur Rezeption. Dort hatte zwischenzeitlich ein Wachwechsel stattgefunden, ein neuer Mensch stand hinter dem Tresen, dem ich unsere Geschichte noch einmal von vorn bis hinten schildern musste. Sein Kollege hatte es nicht für nötig befunden, ihn über das Verschwinden dreier Gäste zu informieren.

»Ja, was machen wir denn nun?«, fragte er und versuchte, nicht auf den Gurkenrest zu starren, der meiner Schwiegermutter am Kinn klebte.

»Wir rufen die Polizei«, antwortete ich.

»Kaine Polizei«, sagte Darya.

»Also, was jetzt?«, fragte der Concierge.

»Polizei«, beharrte ich, »Suchtrupps, Feuerwehr, Helikopter. Hauptsache, es passiert was.«

»Wie Sie wünschen.« Er wählte eine Nummer, redete stakkatoartig auf Spanisch auf jemanden ein und wandte sich wieder an mich. »Es kann einen Augenblick dauern, bis jemand kommt. Sie können sich sicher vorstellen, dass die Guardia Civil bei so einem Unwetter viel zu tun hat. Gehen Sie ruhig so lange in Ihre Appartements zurück. Ich gebe Ihnen dann Bescheid.«

»Nichts da. Wir warten hier.« Mach dir keine Hoffnung, Burschi, dachte ich, du wirst uns nicht los.

Mutter saß in ihrem Korbsessel und wimmerte ein wenig, Darya stand neben ihr und tätschelte, ich ging nervös auf und ab. Andere Gäste strömten in der Empfangshalle an uns vorbei und musterten das seltsame Trio: eine heulende Frau, eine Halbnackte im Bademantel und eine mit hektischen roten Flecken im Gesicht, die sich wie ein Hamster im Rad gebärdete. Das würde für Gesprächsstoff an der Bar sorgen.

Nach geschlagenen fünfundvierzig Minuten quälte sich ein übergewichtiger Polizist die Treppen zum Hotel herunter und watschelte zur Rezeption. Ich sprang auf ihn zu und packte ihn am Arm.

»Hola, Señorita!«, sagte er erfreut.

»Señora«, antwortete ich, so viel Anstand musste sein. Ich redete auf den Dicken ein, der Rezeptionist kam zu Hilfe und übersetzte. Die Worte flogen wie Pingpongbälle zwischen den Männern hin und her.

Unser Dolmetscher nickte verständnisvoll, seufzte und sagte: »Es ist, wie ich befürchtet habe. Ein Hubschrauber kann bei dem Sturm nicht starten. Außerdem wird eine Gruppe Jugendlicher vermisst, die surfen wollten. Alle Einsatzkräfte sind mit der Suche nach ihnen beschäftigt. Sie verstehen, das sind fast noch Kinder …«

»Scheiß auf Kinder«, brüllte ich, »mein Mann ist weg.«

Eine Schar Schaulustiger hatte sich inzwischen mit geringem Diskretionsabstand um uns versammelt. Nach meinem Ausbruch wich die Menge entsetzt zurück, Mütter brachten ihre Söhne in Sicherheit, Väter legten schützend die Arme um ihre Töchter.

Nun kam Darya ins Spiel, hakte meine beiden Gesprächspartner unter und führte sie etwas abseits. Die drei steckten die Köpfe zusammen, eine lebhafte Unterhaltung entstand, in der gescherzt und gelacht wurde. Meine Schwiegermutter tätschelte dem Polizisten dabei mehrmals den Bauch. Hochzufrieden kamen sie zu uns zurück und verabschiedeten sich voneinander.

»Alläs gutt«, sagte sie, »dawai.«

»Wohin denn? Was passiert jetzt? Worüber habt ihr geredet?«

»Paula! Dawai!«

Etwas in ihrem Ton sagte mir, dass gerade nicht der Zeitpunkt war, um dumme Fragen zu stellen. Gemeinsam hievten wir Mutter aus dem Korbsessel und gingen durch den allmählich schwächer werdenden Regen zu unseren Appartements. Wir setzten uns in die mittlere der Behausungen, Darya zauberte aus ihrem unendlichen Fundus eine Flasche Cognac.

»Kannst du mir jetzt bitte sagen, was ihr eben besprochen habt?«, fragte ich.

»Alläs gutt«, sagte meine Schwiegermutter, »warten. Dickärr Mann findet.«

»Das versteh ich nicht. Ich denke, die haben keine Kapazitäten mehr frei? Wieso …«

»Poletschka, alläs gutt.«

Okay, dachte ich, hören wir auf die große Zeremonienmeisterin. Viel mehr können wir sowieso nicht tun. Wir flößten Mutter Cognac ein. Und warteten.

Gegen ein Uhr betrat ein Fremder das Appartement, wieder ein anderer Rezeptionist, doch wesentlich besser instruiert als sein Vorgänger.

»Wir haben sie!«, rief er.

Mutter und ich jubelten, Darya nickte nur, als hätte sie nichts anderes erwartet.

»Wo sind sie denn?«, fragte ich.

Wir müssten uns noch etwas gedulden, erklärte der Überbringer der guten Botschaft, einer der Herren hätte sich wohl am Fuß verletzt und werde noch ärztlich versorgt, nichts Schlimmes, nein, wahrscheinlich eine Zerrung.

»Ja, aber wo waren sie denn?«

Das sei eine lustige Geschichte, er lachte herzlich, und dass sie so einen glücklichen Ausgang genommen habe, hätten wir auch und vor allem dem Einsatz von Hauptmann Alvarez zu verdanken.

»Wer ist Hauptmann Alvarez?«, fragte ich.

»Dickärr Mann«, sagte Darya.

Genau, genau, fuhr der Herr vom Empfang fort, die gute spanische Küche … Jedenfalls hätte Señor Alvarez, einer inneren Eingebung folgend, einen mit zwei Kollegen bemannten Range Rover nach Cofete geschickt, um die Lage vor Ort zu sondieren. Die Einheimischen dort wussten von drei Ausländern zu berichten, die sich vor dem Regen in die kleine Bar des Dorfes geflüchtet hatten.

»Ha«, rief ich, »hab ich's nicht gesagt?«

Durchnässt und durchfroren hätten die Männer sich dort an heißen Getränken und Geschichten über die geheimnisvolle Villa Winter, die nur ein paar hundert Meter entfernt liege, gewärmt. Angeregt durch die Erzählungen des Wirtes seien die Fremden mit unbekanntem Ziel zu später Stunde aufgebrochen.

»Was ist denn die Villa Winter?«, fragte ich.

»Geduld, Señora, Geduld«, ermahnte mich der Märchen-onkel und fuhr fort.

Nach Rücksprache mit Hauptmann Alvarez seien die Poli-zisten sodann zur Villa Winter gefahren und hätten dort tat-sächlich drei etwas verwahrlost wirkende Typen vorgefun-den, die vom Hausmeister des Anwesens mit einem Luft-gewehr in Schach gehalten wurden. Mit etwas Mühe konnten sie den Verwalter davon überzeugen, dass es sich bei den Eindringlingen um harmlose, angetrunkene Touris-ten handele, und nicht um Räuber und Brandstifter. Sie hät-ten die Herren in ihren Jeep geladen und zurück in die Zi-vilisation gebracht.

»Dolle Geschichte«, sagte ich, »und was ist jetzt die Villa Winter?«

Bevor unser Erzähler eine Erklärung liefern konnte, ertön-ten von draußen deutsch-russische Schlachtgesänge. Wir sprangen auf die Terrasse – und da kamen sie. Rostislav und Artjom hatten Vater in ihre Mitte genommen, er hinkte stark, alle drei waren sie in einer derangierten Verfassung, völlig verdreckt, nass und sturztrunken.

Darya griff sich Rostislav und schob ihn ohne viel Federle-sens ins Badezimmer. Mutter sank Vater in die Arme und weinte schon wieder, ob aus Freude oder weil der Zustand des Gatten ihr Angst einjagte, war nicht zu erkennen.

»Pauuula«, jaulte Artjom und ließ sich schwer auf mich fal-len, »das glaubsssu nich', was wir erlebt ham …«

Ich führte ihn ins Schlafzimmer, er ließ sich rücklings auf das Bett fallen und begann übergangslos zu schnarchen.

24

Erst gegen Mittag des nächsten Tages waren unsere Ehemänner so weit wiederhergestellt, dass sie einen chronologischen Erlebnisbericht liefern konnten.

Der Bus hatte sie wie geplant zur Halbinsel Jandía gebracht. Nach einem erneuten Blick auf die Karte gab Vater die Richtung vor und schritt mit hohem Tempo voran, grimmig entschlossen, den erlittenen Zeitverlust wieder wettzumachen. Rostislav und Artjom folgten ihm leise murrend, da sie den Sinn dieser Veranstaltung nicht wirklich durchschauten. Für laut geäußerte Kritik fehlte ihnen allerdings die Luft, da Vater sie an einer Ziegenfarm vorbei über einen ansteigenden Passweg durch das Gran Valle jagte, das vor ihnen liegende Jandía-Massiv fest im Blick. Endlich, auf der Passhöhe angekommen, entschädigte sie ein grandioser Blick über die Playa de Cofete, ein einsamer, feinsandiger Strand, für die Anstrengungen.

»Pause«, bestimmte Vater und holte spanische Wurst, Käse und Baguette aus dem Rucksack. Rostislav steuerte aus den Untiefen seiner Tasche Wodka und Kekse bei. Mittlerweile rauschte ihnen der Wind gewaltig über die Köpfe, besorgt deuteten Rostislav und Artjom auf die dunkle Wolkenfront.

Vater winkte ab, das habe nichts zu bedeuten, die Wolken würden bei dem Wind sofort wieder abziehen. Drei Minuten später waren sie vom einsetzenden Regen komplett durchnässt.

Vater hantierte mit der durchweichten Karte und war dafür, den Rückweg anzutreten. Rostislav hatte jedoch in der Ferne eine Ansammlung von Häusern entdeckt und meinte, dorthin könne man doch viel schneller gelangen. An der Flanke des Berges begannen sie den Abstieg, rutschend und stolpernd, über Geröll hinweg. Vater, der geübte Wandersmann, strauchelte und fiel fluchend hin. Trotz seines festen Schuhwerks hatte er sich den rechten Knöchel verstaucht, ein Weitergehen war ihm unmöglich.

Er befahl Rostislav und Artjom, ihn liegen zu lassen und Hilfe zu holen. Doch die beiden weigerten sich, ohne ihn auch nur einen Schritt zu tun.

»Ein Russe lässt niemals seine Familie im Stich«, schrie Artjom gegen den Sturm an und nahm Vater huckepack, Rostislav schulterte den Rucksack.

Sie kamen nur langsam voran, erreichten aber doch das rettende Dorf, das wie ausgestorben war. Sie suchten zwischen den ärmlichen Häusern nach einer Menschenseele und fanden eine für den kleinen Ort überdimensionierte Bar, deren Betreiber hocherfreut war, sie zu sehen. Nicht im Entferntesten hatte er gehofft, bei diesem Wetter Umsatz zu machen.

Da seine Gäste froren, kochte er schnell einen starken Kaffee, den er großzügig mit Honigrum auffüllte. Die Männer entledigten sich ihrer nassen Kleidung und genossen die Spezialität des Hauses in Unterwäsche, man war ja unter sich.

Rostislav wühlte in seiner Tasche und förderte mehrere Pillenschachteln zutage, allesamt mit kyrillischem Aufdruck, die er Vater für seinen schmerzenden Fuß in die Hand drückte. Der, nach den Erfahrungen mit Alexejs Narkosemittel jeglicher osteuropäischer Medikation gegenüber unaufgeschlossen, lehnte dankend ab, bestand darauf, dass es kaum noch weh täte, und trank lieber weitere Kaffees.

Man kam mit dem Wirt, der leidlich Deutsch sprach, ins Gespräch und fragte ihn, ob sich sein Geschäft an einem derart gottverlassenen Ort überhaupt rentieren würde. Ihr Gastgeber schaute sie überrascht an und erklärte, Cofete sei ein echter Touristenmagnet, einerseits wegen des unendlichen Sandstrandes, andererseits natürlich wegen der Villa Winter. An den fragenden Blicken der Fremden erkannte er, dass sie keine Ahnung hatten, wovon er sprach. Also weihte er sie ein.

Die Villa Winter wurde von dem deutschen Ingenieur Gustav Winter errichtet, auf Fuerteventura als Don Gustavo bekannt. Schon über das Baujahr des festungsähnlichen Gebäudes gab es widersprüchliche Angaben, irgendwann in den vierziger und fünfziger Jahren des letzten Jahrhunderts.

Noch mehr Anlass zu Spekulationen bot die Frage nach dem eigentlichen Zweck der Villa. Etliche Verschwörungstheoretiker neigten dazu, einen unterirdischen deutschen U-Boot-Hafen zu vermuten, den Hitler mit Francos stillschweigender Genehmigung von Winter errichten ließ. Angeblich gab es in der Villa mindestens zwei Kellergeschosse, die zu einem unterirdischen, mit dem Meer verbundenen Höhlensystem führten. Und wozu sonst war der imposante Turm errichtet worden, wenn nicht, um dort eine Flak aufzustellen und Angreifern den Garaus zu machen?

Dann wiederum wurde gemutmaßt, dass das Haus nach dem Zweiten Weltkrieg als Versteck für Nazi-Größen diente, die von hier aus ihre Flucht nach Südamerika antreten sollten. Gustav Winter selbst hatte immer darauf bestanden, das Gebäude allein für sein Privatvergnügen genutzt zu haben, weil er ein großer Naturliebhaber sei und dort eine Tomatenplantage aufbauen wolle. Eine Geschichte, die ihm schon wegen der Unwirtlichkeit der Gegend niemand abnahm. Dazu kamen die baulichen Besonderheiten der Anlage: meterdicke Mauern, der Turm, riesige Zimmer, die ganze Kompanien fassen konnten, und etliche Ungereimtheiten mehr.

Etwas Genaues aber wusste keiner. Die Villa verfiel zusehends, nur wenige Räume wurden noch von einem alten Verwalter und dessen Schwester bewohnt. Die beiden besserten ihren kargen Lohn damit auf, Touristen gegen ein paar Euro in das Anwesen zu lassen.

Und so konnten Besucher weitere Merkwürdigkeiten berichten – dass Türen verriegelt und verrammelt waren, Fenster und Kellerzugänge zugemauert und der Hausmeister keine Auskunft geben mochte, was sich dahinter verbarg. Ein paar ganz Aberwitzige behaupteten, in den unterirdischen Gewölben seien noch mehrere Tonnen Edelmetall versteckt, Teile des sagenhaften Nazi-Goldes.

Fasziniert hatten Vater, Artjom und Rostislav der Geschichte gelauscht und dabei gut bezuschusste Kaffees konsumiert. In Rostislavs Blick lag ein gefährliches Funkeln.

»Gold, hmmm, hmmm«, sagte er und wollte wissen, wo genau die Villa Winter läge. Überhaupt nicht weit weg, erklärte der Wirt, einfach links die Schotterpiste hoch, und dann käme man direkt auf das Haus zu.

»Du willst da doch nicht etwa hin?«, fragte Vater und deutete hinaus. Es regnete, es windete, es war dunkel. »Vielleicht sollten wir lieber zusehen, dass wir zum Hotel zurückkommen.«

Das fand auch Artjom und fragte den Barmann, ob er ein Taxi bestellen könne. Der lachte ihn aus. Erstens hätte sich noch nie ein Taxi hierher verirrt, denn Cofete sei nur mit einem vernünftigen Allradantrieb zu erreichen. Und zweitens habe das Unwetter wohl einen Sendemast lahmgelegt, jedenfalls sei schon vor Stunden das Mobilfunknetz zusammengebrochen. Die Herren müssten also wohl oder übel hier ausharren, er würde sich glücklich schätzen, ihnen weiterhin seine Gastfreundschaft zu gewähren.

»Noch einen Kaffee?«

Nach weiteren Heißgetränken hatte die unheilvolle Mischung aus Koffein und Alkohol die Hirne derart außer Gefecht gesetzt, dass Artjom meinte, wenn man sowieso hier festsäße, könne man doch auch zur Villa rüberschlendern, Vater ihm sofort zustimmte und Rostislav den Wirt fragte, ob er ihm eine Schaufel leihen könne.

»Wofür?«, fragte der Wirt.

»Main Freund Karrl hat värrletzte Fuß. Nimmt Schaufel wie Stock zum Gähen.«

Das leuchtete ein.

Die drei schlüpften in ihre mittlerweile wieder getrockneten Sachen, den Rucksack ließen sie in der Bar, sie würden ja gleich wiederkommen, dann wankten sie in die Nacht. Der Weg war weiter und beschwerlicher als gedacht, es war stockfinster, einige Male wären sie beinahe von der Piste abgekommen. Zum Glück hatten sie den Wodka mitgenommen, der sie unterwegs stärkte.

Als sie schon fürchteten, die Orientierung verloren zu haben, erhob sich vor ihnen die imposante Villa Winter. Fast ein wenig unheimlich leuchtete das helle Haus in der Dunkelheit, Licht aber war nirgends zu sehen. Sie umrundeten die Anlage und fanden alles verschlossen.

Rostislav entwand Vater die Schaufel und versuchte, eine Tür, die weniger robust wirkte, aufzubrechen. Er machte einen Mordsradau, die Tür aber hielt stand, Vater schüttelte den Kopf. Dann warf sich Artjom mannhaft dagegen, Holz splitterte, und die drei zwängten sich durch die entstandene Öffnung.

Sie standen in einem langen, düsteren Flur, von dem mehrere Zimmer abgingen. Es roch modrig.

»Källärr, wir mussen zum Källärr«, flüsterte Rostislav.

Alle nahmen vorsichtshalber noch einen Schluck aus der Flasche und begaben sich dann auf die Suche nach dem Keller. Je tiefer sie in das Gebäude eindrangen, je mehr Flure sie durchschritten, desto stärker wurde der unangenehme Geruch. Sie spähten in schwarze Räume, lugten um Ecken in die Finsternis, unheimliche Geräusche – ein Kratzen, ein Rascheln, ein Fiepen – jagten ihnen Schauer über die Rücken.

Weit kamen sie nicht. Aus einem der dunklen Löcher sprang plötzlich ein Mann und fuchtelte ihnen mit einem Gewehr vor der Nase herum. Er trieb sie vor sich her, bis sie in einer Art Eingangshalle standen. Hinter dem Mann erschien eine Frau, die Szenerie gespenstisch mit einer Petroleumlampe ausleuchtend.

So standen sie nun da, der Mann und die Frau auf der einen Seite, Rostislav, Artjom und Vater auf der anderen, und starrten sich feindselig an.

»Nun«, eröffnete Vater die Konversation, »offenbar haben wir Sie geweckt. Das tut uns sehr leid. Das war wirklich nicht unsere Absicht. Wir haben uns wohl etwas verlaufen. Wo geht es denn hier ins Dorf zurück?«

Das Paar verstand kein Wort. Und wenn es verstanden hätte, so hätte es kein Wort geglaubt. Artjom versuchte es auf

Russisch, was nur dazu führte, dass die beiden zurückwichen und der Mann wild mit der Waffe wedelte.

»Du sprichst Italienisch«, zischte Vater Rostislav zu, »ist doch ähnlich wie Spanisch. Sag du mal was. War ja schließlich deine Schnapsidee.«

»Buona sera«, sagte Rostislav und breitete herzlich die Arme aus, »come sta? Tutto bene?«

Der Mann ließ einen Schwall Spanisch auf Rostislav los und kam drohend näher.

»Nicht ähnlich«, sagte Rostislav, »ganz anderrs.«

»Hat einer von euch Geld dabei?«, fragte Vater. »Vielleicht lassen sie uns gehen, wenn wir die Tür bezahlen.«

Rostislav griff schwungvoll in die Innentasche seiner Jacke und wollte seine Brieftasche zücken. Der Mann, der vermutete, dass sein Gegenüber auch bewaffnet war, gab einen Warnschuss in die Luft ab, Putz rieselte ihnen auf die Köpfe. Rostislav hielt die Hände nun stramm an der Hosennaht.

»Schaiß Idee, Karrl!«

»Schon gut, schon gut.«

Die Frau verschwand kurz und kehrte mit zwei Hockern zurück, auf die sie und ihr Gefährte sich setzten. Offenbar richteten sie sich auf einen längeren Aufenthalt in dieser Halle ein. Des Herumstehens müde hockten sich Vater, Rostislav und Artjom auf den Boden.

Artjom ließ den Wodka kreisen und bot, schließlich war er ein Mann mit Manieren, auch ihren Gegenübern etwas an. Der Mann hob das Gewehr, zielte auf Rostislavs Stirn, die Frau schlurfte heran und nahm die Flasche. Die beiden tranken, der Schnaps wechselte wieder die Besitzer. So ging es hin und her, eine klassische Pattsituation.

»Was machen wir jetzt?«, fragte Vater, als der Wodka alle war.

»Vielleicht haben die noch was zu trinken«, sagte Artjom.

»Nein, ich meine, wie kommen wir hier wieder raus?«

»Abwarten.«

Die Männer machten es sich Rücken an Rücken auf dem harten Untergrund einigermaßen bequem. Mit Argusaugen verfolgten ihre Kerkermeister jede ihrer Bewegungen.

»Mit euch Russen erlebt man was«, murmelte Vater, »die Sache im Wald war schon verrückt. Aber das hier …«

Nach ungefähr zwei Stunden, die langsam verrannen, hörten sie draußen ein Auto vorfahren. Es pochte an der gewaltigen Eingangstür, jemand rief: »Policía!«

Die Frau öffnete vorsichtig, und herein traten zwei Polizisten, die das Schauspiel, das sich ihnen bot, sehr amüsant fanden. Jedenfalls grinsten sie ununterbrochen und stupsten sich immer wieder an. Nach einem klärenden Wortgefecht zwischen den Einheimischen bedeuteten die Beamten den Männern, aufzustehen und sich in den Jeep zu setzen. Die holprige Fahrt brachte sie auf ein Revier der Guardia Civil in Morro Jable, wo Hauptmann Alvarez sie freundschaftlich empfing. Vaters Fuß wurde untersucht, und landestypische Getränke wurden gereicht, um auf das gute Ende eines großen Abenteuers anzustoßen. Dann brachte man sie ins Hotel. Vater brabbelte auf der Fahrt ununterbrochen vor sich hin.

»Mann, Mann, Mann. Mit euch Russen erlebt man was.«

»Dolle Geschichte«, sagte ich, »das war ja ein richtiges Abenteuer.«

»Der Mann hätte euch erschießen können«, schluchzte Mutter ergriffen.

»Ja, Luise, die Situation war nicht ganz ungefährlich«, sagte Vater, »aber wir hatten sie jederzeit im Griff.«

»Und wie geht's nun weiter?«, fragte ich. »Ihr habt im Suff
eine Tür zerstört. Da kommt doch noch was nach …«
»Kain Prrobläm«, sagte Darya, »dickärr Mann macht. Alläs gutt.«
Das war es in der Tat. Hauptmann Alvarez erledigte alle
Formalitäten und traf sich noch dreimal mit Darya, um jeweils Vollzug zu melden. Meiner Meinung nach hatte er
sich ein wenig in die exzentrische Russin verliebt, eventuell förderte auch der Umschlag, der diskret in seine Uni-
formtasche wanderte, die binationale Verbundenheit.
Vater, Rostislav und Artjom hatte die Expedition einander
nähergebracht, man sah sie nun Abend für Abend gemeinsam an der Bar, wo sie sich vor den anderen Gästen mit
ihren Erfahrungen brüsteten. Im Vorbeigehen schnappte
man Worte auf wie »Nazi-Gold«, »Schusswechsel« oder
»Kalaschnikow«.
»Papa«, raunte ich Vater zu, »es war nur ein Luftgewehr.«
Wir nahmen unseren Ferienalltag wieder auf, als wäre
nichts gewesen. Die restlichen Tage trübte kein Wölkchen
den Horizont, weder mental noch meteorologisch. Ich hatte
immer noch mit den Folgen der leichten Fischvergiftung zu
kämpfen, die ich mir in der Tapas-Bar zugezogen haben
musste. Ich nutzte sie als willkommene Ausrede, um dem
Kinderbespaßungsprogramm am Strand zu entgehen.
Hauptmann Alvarez ließ es sich nicht nehmen, uns zum
Flughafen zu eskortieren. Dank seines gewichtigen Auftre-
tens gab es auf dem Rückflug keinerlei Probleme mit dem
Übergepäck. Wir wurden Zeugen einer dramatischen Ab-
schiedsszene zwischen Marlene und ihrem dänischen All-
roundbetreuer, an den Händen der Babuschkas beobachteten die Blagen verlegen den Gefühlsausbruch ihrer Mama.
Als wir im Flieger saßen, sagte Mutter: »Kinder, war das

nicht ein schöner Urlaub? Was haben wir für einen Spaß gehabt!«

Wir konnten ihr nur beipflichten. Das Flugzeug startete, mindestens zehn Kleinkinder brüllten. Gelassen setzte ich mir Daryas Schlafbrille auf und stopfte mir Ohropax fest in die Gehörgänge. Ruhe, dachte ich, himmlische Ruhe.

25

Das zarte Gefühl familiärer Eintracht hielt in Hamburg nur kurz an. Artjom wunderte sich, dass Alexej ausgezogen war.

»Dein Großvater ist eben ein echter Naturbursche«, erklärte ich, »den zieht's raus ins Grüne.«

»Und was sagt Mam dazu?«, fragte Artjom.

»Keine Ahnung, aber wir werden es bald erfahren.«

Darya erlitt einen Nervenzusammenbruch, als sie feststellte, dass ihr Schwiegervater sich nicht nur häuslich auf der Datscha eingerichtet, sondern auch einen Gutteil des Rasens für ein herzförmiges Beet geopfert hatte, in dem blutrote Stiefmütterchen keck ihre Köpfe den spärlichen Sonnenstrahlen entgegenreckten. Zudem hatte er ihre Gobelins abgehängt und durch großformatige Poster ersetzt, die Landschaften in Cornwall zeigten.

Stinksauer stürmte sie in die Kanzlei und beschimpfte mich, natürlich war ihr klar, wer hinter diesem perfiden Plan steckte. Ich ließ die Tirade ungerührt über mich ergehen und nippte an einem Fencheltee, der meinen Magen beruhigen sollte.

»Dascha«, sagte ich sehr lieb, »das musst du verstehen. Bei uns ist nicht genug Platz. Wenn Artjom und ich weiter Wand an Wand mit Deduschka schlafen müssen, wird das nie was mit Enkelkindern.«

Ein Totschlagargument, damit hatte ich sie.

Alexej allerdings hatte nicht vor, sich das Leben durch

einen fortwährenden Kleinkrieg mit seiner Schwiegertochter zu versauen. Nachdem er Frau Hinrichs hinlänglich von den Vorzügen des Landlebens überzeugt hatte, zogen sie gemeinsam durch die Kleingartenkolonien der Hansestadt und pachteten schließlich ihre eigene Datscha im Eppendorfer Moor. Eine ganz wunderbare Lösung, jetzt konnten wir würfeln, wo wir in Zukunft grillen wollten.

Vater fand, dass Eika während seiner Abwesenheit dramatisch zugenommen hatte. Wir mussten zugeben, dass die Hündin um die Hüften herum etwas verfettet wirkte.
»Sie hat gerade erst geworfen«, wandte ich zu beider Verteidigung ein.
»Das ist kein Grund, sich gehenzulassen«, entschied Vater und unterzog den Weimaraner einem strengen Trainingsprogramm.
Langsam musste man sich auch Gedanken darüber machen, was mit den Welpen geschehen sollte. Am liebsten hätte Darya alle genommen, doch Rostislav probte den Aufstand. Vier Hunde seien wahrlich genug, man müsse auch mal an die Kosten denken, das Hundefutter, der Tierarzt, wer das denn eigentlich alles bezahlen solle? Nun gut, vielleicht noch ein Hund, ein kleiner. Aber klein waren sie alle. Er konnte sich nicht entscheiden und nahm lieber einen zweiten dazu, ob nun fünf oder sechs, das sei dann auch egal. Darya war zufrieden.
Meine Eltern behielten einen Welpen, auch Alexej und Frau Hinrichs beschlossen, dass das neue Heim eines Wachhundes bedürfe. Einen der putzigen Kerle wollten wir Heikes Eltern schenken, auf dem Hof würde er ein herrliches Leben führen.

Einer blieb übrig. Alle schauten mich an.

»O nein«, sagte ich, »kein Hund. Nie im Leben. Artjom ist ständig unterwegs, und ich habe auch keine Zeit, mich um ein Tier zu kümmern.«

»Och, weißt du …«, sagte Artjom.

Also war es beschlossene Sache. Man drückte uns das kleinste und missgestaltetste Fellknäuel in den Arm. Er war noch struppiger als seine Geschwister, hatte die Farbe einer Ratte, krumme Beine und einen enormen Unterbiss. Er jaulte drei Nächte durch, nachdem wir ihn zu uns nach Hause geholt hatten, und schiss ins Badezimmer.

»Der Ärmste«, sagte Artjom, »er vermisst sicher seine Mutter.«

»Wenn er so weitermacht, wird er bald das Leben an sich vermissen«, erwiderte ich.

»Sei nicht so herzlos, Paula. Was hältst du davon, wenn wir ihn Pupsik nennen?«

»Das passt zu ihm.«

Wie ich es geahnt hatte, oblag es mir, Pupsik zu erziehen und ihn davon zu überzeugen, stubenrein zu werden. Ich probierte es mit gutem Zureden, Geduld und Liebe, kaufte einen Hunderatgeber, den ich nach ihm schmiss.

Nichts half. Pupsik entleerte seinen Darm weiter neben unserer Toilette. Seine Blase hatte er besser unter Kontrolle, anstandslos strullerte er bald draußen auf die Wiese.

Ich führte ihn dem Tierarzt vor, der Pupsiks Verhalten höchst ungewöhnlich fand und keinen Rat wusste.

»Haben Sie Geduld, Frau Matthes«, sagte er, »das wird schon irgendwann. Ist ja nicht so schlimm bei dem kleinen Kerl. Stellen Sie sich vor, Sie hätten eine Dogge.«

Scherzkeks, dachte ich und ging.

Dann kaufte ich ein Katzenklo und stellte es ins Badezimmer. Pupsik war begeistert, unser Problem gelöst. Mein Mann war entsetzt.

»Er geht auf die Katzentoilette? Ist der schwul?«

»Herrgott, Artjom, was ist das denn für eine Logik?«

»Mein Hund geht auf keine Katzentoilette!«

»Bitte sehr«, sagte ich, »dann kümmere du dich um ihn. Ich habe es jedenfalls satt, dass mir morgens Hundekacke unter der Fußsohle klebt.«

Die Diskussion war erledigt.

Der von mir gepriesene Hamburger Frühling hielt tatsächlich Einzug in die Stadt. An einem sonnigen Apriltag schlenderte ich mittags mit dem Hund auf dem Arm über den Isemarkt. Ich wollte Artjom abends mit kleinen Köstlichkeiten überraschen, auf Pupsiks Speiseplan stand frisches Rinderherz.

Vor mir tauchte unerwartet Bernhard nebst Familie auf. Seine Brut trug er in einem dieser angesagten Tragebeutel vor den Körper geschnallt. Es sah dämlich aus. Die Mutter seines Kindes war an einem Bio-Stand in ein Gespräch vertieft. Ich duckte mich weg. Zu spät. Er hatte mich leider gesehen.

Ihm war das Zusammentreffen genauso unangenehm wie mir, peinlich berührt sagte er: »Oh, hallo, Paula. Na, äh, wie geht's?«

»Spar dir dein Gesülze«, erwiderte ich.

»Was ist das denn?«, er deutete auf Pupsik, »soll das ein Hund sein? Gott, ist der hässlich.«

»Stimmt. Aber es ist zum Glück nur ein Hund«, sagte ich mit Blick auf das schiefköpfige Baby vor seinem Bauch und schob ein »Wächst sich das noch zurecht, oder bleibt das so?« hinterher.

Einen Augenblick schwiegen wir uns bösartig an. Dann siegte meine Neugier.

»Wie läuft's in der Kanzlei? Kommst du gut klar mit Vladimir?« Bernhard zuckte zurück.

»Du kennst ihn?«

»Natürlich. Ein alter Freund der Familie.«

Er zog mich beiseite und wisperte: »Der Typ ist mir ein bisschen unheimlich. Manchmal habe ich richtig Angst vor dem.«

»Zwingt dich doch keiner, für ihn zu arbeiten.«

»Wenn das so einfach wäre«, Bernhard verfiel in einen klagenden Ton, »aber ich habe da am Anfang ein paar Sachen für ihn gedreht, nun ja, und jetzt ist es irgendwie ganz schwierig …«

»Bernhard, Bernhard«, sagte ich genüsslich, »da bist du wohl in etwas hineingeraten, dessen Tragweite du noch gar nicht abschätzen kannst. Tja, Geldgier macht bekanntlich blind.«

Pupsik hatte sich während der Unterhaltung auf meinem Arm versteift und begann zu knurren.

»Oh, ich glaube, er mag dich nicht«, stellte ich fest und wandte mich zum Gehen. Gerade rechtzeitig, denn in diesem Moment wuchtete sich Bernhards Freundin auf uns zu, seit der Geburt hatte sie nicht wirklich wesentlich an Gewicht verloren. Vladimir und der Walfisch, dachte ich beschwingt, Bernhard ist nicht zu beneiden. Spontan gab ich Pupsik einen Kuss.

In der Kanzlei kämpfte ich tapfer, aber auf verlorenem Posten mit meinen Mandanten. Irina befand sich auf einem Heimataufenthalt. Als ich sie um ihr konkretes Rückreisedatum bat, hatte sie gesagt: »Weiß nicht. Aber wenn ich wieder da, ich melde mich.«

Das war vier Wochen her, und ich fragte mich, wie ich so blöd gewesen sein konnte, ihr Urlaub zu genehmigen.

Zur Unterstützung hatte ich Rostislav angefordert, der sich gern als Dolmetscher und zusätzlicher Lebensberater zur Verfügung stellte. Leider waren seine Vorstellungen von vernünftiger Problemlösung nicht deckungsgleich mit meinen. Ich war stets um Kompromisse und Ausgleich bemüht, er hielt es eher mit dem Rat »Auge um Auge, Zahn um Zahn«.

Als Sekretär taugte er gar nicht, oft vergab er einen Termin mehrmals. So saßen wir dann mit drei Klienten gleichzeitig zusammen, die interessiert den Fällen der anderen lauschten und sich gegenseitig die wahnsinnigsten Tipps gaben.

Einen gerade in Hamburg eingetroffenen orthodoxen Armenier, der unmittelbar von Heimweh geplagt wurde und auf Empfehlung zu uns gefunden hatte, schickte Rostislav zu einem in der Nähe gelegenen türkischen Kulturverein.

»Bist du verrückt?«, fragte ich ihn. »Ich hab's dir doch aufgeschrieben. Hier, die Adresse vom armenischen Kulturverein.«

»Armänisch, turkisch, egal«, sagte Rostislav, »Kulturr ist Kulturr.«

Wir sahen den armen Mann nie wieder.

Dann stand eines Tages Irina in der Tür, sagte: »Ich bin da«, setzte sich und fing an zu arbeiten. Nach zwei Tagen hatte sie das Chaos durchorganisiert. Rostislav war untröstlich, dass seine Hilfe nicht mehr vonnöten war. Das Leben ging seinen geregelten Gang.

Sowieso war alles wie immer. Lena und Mischa hatten sich in der Wolle und schauten abwechselnd bei mir vorbei, um sich über den jeweils anderen zu beschweren. Diesmal

sorgte Lenas berufliches Fortkommen für zwischen-
menschliche Diskrepanzen.

Sie hatte ihre Dissertation abgeschlossen und war nun Frau
Dr. phil. Am liebsten hätte sie wissenschaftlich gearbeitet,
an der Universität Hamburg war jedoch kein Job frei. Dafür zeigte sich die Universität Konstanz interessiert. Süd-
deutschland war jedoch als Arbeitsplatz indiskutabel.

Lena wollte sich nun weiter im norddeutschen Raum be-
werben, hatte allerdings keine Lust, »faul zu Hause auf
dem Sofa zu liegen«. Deshalb schlug sie Mischa vor, dass
sie in dieser hoffentlich überschaubaren Übergangszeit einen Teil seiner geschäftlichen Aufgaben übernehmen könne. So hätte man auch mehr Zeit füreinander. Das lehnte ihr
Gatte kategorisch ab.

»Ha!«, sagte Lena. »Er hat irgendetwas vor mir zu verbergen. Wahrscheinlich hat er eine Freundin. Ich hab's doch
gewusst.«

»Ha!«, sagte Mischa. »Alle werden denken, dass ich pleite
bin. Die Frau des Chefs muss mitarbeiten, werden sie sagen. Das kommt überhaupt nicht in Frage.«

»Er denkt, dass ich blöd bin«, jammerte Lena, »er traut mir
nicht zu, dass ich die Buchhaltung führen kann.«

»Wie stellt sie sich das denn vor?«, jammerte Mischa, »will
sie etwa nachts hinterm Tresen stehen? Dafür hat sie doch
nicht Philosophie studiert.«

»Dann gehe ich eben nach Konstanz«, trotzte Lena.

»Soll sie doch gehen. Dasswidanja«, trotzte Mischa.

Ich beobachtete die erneute Ehekrise mit freundschaftli-
chem Interesse, weigerte mich aber, Ratschläge zu erteilen,
für die ich später zur Verantwortung gezogen werden könnte. Pack schlägt sich, Pack verträgt sich, dachte ich, hörte
beiden mitfühlend zu und saß das Problem einfach aus.

Meine Erfahrung trog mich nicht. Lena schaffte es ganze drei Tage ohne Mischa in Konstanz, und als sie zurückkehrte, hielt er ihr, mental und physisch um Jahre gealtert, ein Angebot der Uni Kiel unter die Nase.

»Na also«, sagte ich zu ihr, »dann ist alles wieder in bester Ordnung. Was hältst du davon, das nächste Mal gleich den Verstand einzuschalten?«

»Könnte man machen«, antwortete sie, »wäre aber nur halb so schön.«

Artjom kündigte eine seiner Geschäftsreisen an. Zwei Wochen Düsseldorf.

»Was machst du denn zwei Wochen in Düsseldorf?«, fragte ich.

»Vier Tage arbeiten, und dann treffe ich mich mit fünf scharfen Blondinen. Das braucht eben Zeit«, erwiderte er. »Schließlich hat jeder russische Mann, der etwas auf sich hält, mindestens eine Geliebte.«

Sein merkwürdiger Humor konnte mich nicht mehr schrecken, vielleicht war ich auch nur abgestumpft, ich sagte nichts dazu.

In epischer Breite erklärte er mir daraufhin, dass es sich bei diesem Event um ein Treffen deutscher Bisnessmän, russischer Bisnessmän aus Sankt Petersburg und Moskau und russischer Bisnessmän, die in Deutschland tätig waren, handelte. Eine große Geschichte also, die eine Woche Vorbereitung erfordere. Haarklein erklärte er mir, wann wer mit wem, wer mit wem nicht, warum der nicht mit dem, wie alles zusammenhing, was wer vorhatte und warum, und wie er nun gedachte, das alles unter einen Hut zu bringen.

Auch wenn ich es so genau gar nicht hatte wissen wollen, freute ich mich. Artjom hatte dazugelernt.

Am Wochenende vor seiner Abreise luden uns Alexej und Frau Hinrichs zur Einweihung ihrer Datscha ein. Saisonal war zwar noch nicht die Zeit für eine Gartenparty, aber die zwei waren so stolz auf ihre Neuerwerbung, dass sie auf keinen Fall warten wollten.

Also irrte die Großfamilie – alle Menschen, alle Hunde, nur Agathe fehlte – durch das Eppendorfer Moor und suchte die Laube. Die Kleingartenkolonie hatte etwas Verwunschenes, ein Stückchen urbanisierte Wildnis. Nachdem wir drei Mal falsch abgebogen waren und Darya sich ihre Nylons an Brombeerranken aufgerissen hatte, standen wir schließlich vor der richtigen Parzelle.

Deduschka entfachte ein mächtiges Feuer auf dem Rasen, Frau Hinrichs reichte Glühwein. Es war empfindlich kühl, wir bedienten uns und hörten von Alexejs Plänen. Er hatte vor, die alte Hütte in ein traditionelles russisches Holzhaus zu verwandeln, mit den typischen Schnitzereien und bunten Fensterläden, ein Stückchen Heimat in der Ferne.

»Wenn du Hilfe brauchst«, sagte Vater generös, »ich bin dabei.«

Frau Hinrichs, die vor Aufregung rote Bäckchen hatte, erklärte weitschweifig, dass wir uns in einem echten Naturschutzgebiet befänden und das echte Moor mit seinen echt seltenen Tierarten nur ein paar Schritte entfernt liege. Darya rümpfte die Nase, das war ihr entschieden zu viel Natur.

Später stieß Alexejs Kumpel, der Tierschützer, zu uns. Ich konnte Vater davon abhalten, ihn ins Feuer zu schubsen. Daraufhin beschlossen beide wortlos, einander zu ignorieren. Wir futterten Würstchen vom neuen Grill, den wir als Einweihungsgeschenk mitgebracht hatten, plauderten und schauten den Hunden beim Spielen zu.

Irgendwann erbrach sich Wassja mit unschönen Geräuschen in die Büsche und kippte auf die Seite. Darya war besorgt, Alexej flößte dem Rüden eine seiner Tinkturen ein und gab Entwarnung: »Alläs gutt.«

Ich tätschelte dem sabbernden Koloss den Kopf und sagte: »Na, Alterchen, hast du auch was Falsches gefressen? Dann geht's dir ja wie mir.«

Die Nacht brach an, wir rückten enger ans Feuer, Artjom nahm mich in den Arm.

»Was meinst du, Schatz, hältst du's zwei Wochen ohne mich aus?«

»Klar, ich hab hier alles im Griff«, sagte ich, »fahr du nur.«

EPILOG

Gesenkten Hauptes verlassen wir das Polizeirevier, den Schauplatz unserer Niederlage. Ein schönes Paar sind wir, denke ich, als ich mit Darya durch leere Straßen schlurfe. Sie hinkt ein wenig, einer ihrer Absätze hat sich verabschiedet. Sie hat sich bei mir untergehakt, wir sind dreckig, unter meinen Fingernägeln klebt schwarze Erde. Alles in allem kein schöner Anblick.

Ich habe keine Ahnung, wo wir eigentlich sind, geschweige denn, wo genau der Friedhof liegt und unser Auto steht. Mir ist zum Heulen zumute. Der Einsatz in Ohlsdorf, unsere Verhaftung, das Verhör – ich habe die fürchterlichste Nacht meines Lebens hinter mir.

Endlich sehe ich ein Taxi und winke es heran. Der Fahrer bremst ab, guckt und fährt weiter. Erst der dritte Wagen nimmt uns mit.

Auf der Fahrt wird mir schlecht, nur unter äußerster Willensanstrengung schaffe ich es, mich nicht in den Fußraum zu erbrechen. Der Fahrer bringt uns zur Datscha, ich renne in den Garten und kotze in die nächstgelegene Rabatte, eine kleine Reminiszenz an Wassja, den alten Haudegen. Darya schaut mir zu und fragt: »Alläs gutt?«

»Nix ist gut«, röchle ich und schwanke ins Haus. Ich muss mich hinlegen, jetzt, sofort. »Ruf Vater an, wir brauchen Hilfe. Diesmal stecken wir echt in Schwierigkeiten«, sage ich und krieche unter die Bettdecke.

Ich habe einen wirren Traum, der von den unterschiedlichsten Gestalten bevölkert wird. Alle wollen etwas von mir und zerren an mir herum. Sie brüllen in einer fremden Sprache auf mich ein, ich versuche wegzulaufen, sie halten mich fest. Zusammen bilden wir eine große Traube und taumeln auf einen Abgrund zu. Vergeblich stemme ich meine Füße in den Boden. Wir fallen.

Als ich aufwache, bin ich schweißgebadet, in meinem Kopf pocht es, aber die Übelkeit hat nachgelassen. Von irgendwoher höre ich Gelächter und Stimmen. Ich raffe mich auf und suche nach der Quelle der Heiterkeit. Ich finde sie im Wintergarten.

Da hockt die bekloppte Bande: Rostislav, Alexej, Frau Hinrichs, Mutter, Vater und Darya, die wohl dieses Familientreffen einberufen hat. Nur Artjom fehlt. Alle sind bester Laune, Vater wischt sich gerade die Lachtränen aus den Augenwinkeln.

»Schön, dass ihr euch amüsiert«, sage ich, »darf ich mitlachen?«

»Wir haben gerade über euren Ausflug gesprochen«, freut sich Vater, »da habt ihr euch ja was eingebrockt, herrlich!«

»Herrlich? Ich werde meine Zulassung verlieren.«

»Unsinn, so schnell verliert man seine Zulassung nicht, da musst du schon mehr anstellen.«

»Na, wenn du dir sicher bist.«

»Natürlich bin ich mir sicher, Paula«, Vater ist beleidigt, dass ich hier vor allen seine Kompetenz anzweifle, »aber wenn du alles besser weißt ...«

Ich weiß es nicht besser. Er behält recht. Ein paar Wochen später ist die Sache so gut wie vom Tisch. Vater hat seine Verbindungen spielen lassen, das Verfahren gegen uns wird ungewöhnlich zügig eröffnet, meine Freundin Elisabeth, vom Richter a. D. Matthes gecoacht, verteidigt uns.

Einigermaßen glaubhaft stellt sie dar, dass Frau Polyakowa in der schicksalhaften Nacht nicht ganz bei Sinnen gewesen sei, der Tod des geliebten Haustieres habe kurzzeitig ihren sonst messerscharfen Verstand getrübt.

»Frau Matthes hat verzweifelt versucht, ihre Schwiegermutter von dieser zugegeben sehr großen Dummheit abzuhalten, war ihr aber körperlich unterlegen.«

Das stimmt sogar, denke ich und mache mich auf meinem Stuhl noch etwas kleiner. Der Richter lässt Milde walten, immerhin sind wir bis dato unbescholtene Bürger. Wir werden rechtskräftig verurteilt, müssen aber nur ein hohes Bußgeld bezahlen.

Ich bin jetzt vorbestraft. Ich versuche, das positiv zu sehen. Meine Klienten können in Zukunft nur davon profitieren. Ihre Anwältin weiß, wovon sie spricht.

Nach der Verhandlung stehen wir noch etwas herum, mein Magen rebelliert wieder, kein Wunder bei der Aufregung, denke ich und eile zur Toilette.

Elisabeth kommt hinterher. »Paula, alles klar bei dir?«

»Geht schon, mir ist nur ein bisschen schlecht. Ich hab mir da irgendwas im Urlaub eingefangen und werd's nicht wieder los.«

»Warst du beim Arzt?«

»Alexej hat mir einen Kräutertee zusammengemischt. Er meint, das ist nichts Schlimmes.«

»Hat er das bei Wassja nicht auch gesagt? Mensch, geh bloß zum Arzt! Vielleicht hast du Salmonellen oder so was.«

Genau, zum Arzt. Da will ich seit Wochen hin. Und immer kommt irgendetwas dazwischen. Meine Arbeit, mein

Mann, der mich mit seinen Anfällen von Liebesbedürftigkeit vom Arbeiten abhält, und natürlich Darya.

Als sie erfährt, dass Wassjas Kadaver zum Abdecker transportiert wurde, ist sie kurz davor, einen Mord zu begehen. Zum Glück weiß sie nicht, wen sie konkret für diese Schweinerei verantwortlich machen soll, und will von mir wissen, ob die Polizisten, die uns verhaftet haben, daran schuld seien. Das verneine ich besser und verspreche ihr, mich um Wassjas Überreste zu kümmern.

Ich besorge mir die Adresse des Tierkrematoriums und fahre hin. Ein missmutiger Mann in einem blauen Arbeitsoverall gibt sich wenig mitteilsam, mühsam muss ich ihm die Informationen aus der Nase ziehen und erfahre, dass der Neufundländer sich selbstredend längst in Rauch aufgelöst hat.

»So 'ne Verschwendung«, sagt der Tierfreund, »woanders machen sie da wenigstens noch Industriefett draus.«

Ja, denke ich, der alte Wassja als Kolbenschmierer. Was Darya wohl dazu sagen würde? Ich will es mir gar nicht vorstellen.

»Kann ich bitte seine Asche mitnehmen?«, frage ich.

»Was wollen Sie?«

»Die Asche. Von unserem Hund. Haben Sie die noch?«

»Quatsch. Was glauben Sie denn? Das kommt alles auf'n großen Haufen, und dann wech damit.«

»Ach so. Na dann, tschüss.«

Mit der Geschichte brauche ich nicht nach Hause zu kommen, so viel ist mir klar. Ich beschließe, Deduschka und Frau Hinrichs zu besuchen, aber in der Datscha ist niemand. Glück muss der Mensch haben, denke ich, schleiche über den Rasen und wühle mich durch den Kompost.

»Was machen Sie denn da?« Vom Nachbargrundstück schiebt sich der Kopf einer älteren Frau durch die Hecke.

»Ja, äh, ich brauche etwas Dünger, für meine Balkonkästen.«

»Soso. Wer sind Sie überhaupt?«

»Paula. Ich bin quasi die Enkelin von Herrn Polyakow und Frau Hinrichs.«

»Soso. Ich hab Sie hier aber noch nie gesehen.«

»Wollen wir meine Großeltern kurz anrufen?«, frage ich und halte mein Handy in die Luft.

»Nee, nee, schon gut.« Der Kopf verschwindet.

»Schön, dass Sie so gut aufpassen. Das ist sicher beruhigend für meine Großeltern«, rufe ich in die Blätter hinein und denke, dass deutsche Laubenpieper ein komisches Volk sind. Dann finde ich, was ich suche – die Reste unseres Großfeuers. Ich stopfe etwas davon in einen Plastikbeutel und verschwinde.

Darya wartet schon auf mich. Auf der Fahrt zu ihr habe ich verschiedene Beileidsbekundungen im Kopf durchgespielt, ich entscheide mich aber für die Variante »kurz und schmerzvoll«.

»Dascha, du musst jetzt stark sein«, sage ich, »Wassja wurde verbrannt.«

»Hmm?«

»Verbrannt. Eingeäschert. Feuer. Flammen. Puff. Verstehst du?«

Sie versteht und schlägt die Hände vors Gesicht. Bevor sie weinen kann, rufe ich: »Guck mal!«, und schwenke triumphierend meine Tüte. »Wassja«, sage ich und überreiche ihr feierlich die Asche. »Jetzt brauchen wir nur noch eine schicke Urne, und dann stellst du ihn dir ins Regal.«

Endlich habe ich meinen Arzttermin. Nachdem ich mich im Wartezimmer zwei Stunden von allen Seiten habe anhusten lassen, bin ich dran. Frau Dr. Meyerhoff ist die alte Hausärztin unserer Familie. Viel hat sie in den langen Jahren nicht an uns verdient, ein echter Matthes wird nicht krank.

»Paula, wir haben uns ja lange nicht gesehen. Schön, dass du mal vorbeikommst. Du hast geheiratet, habe ich gehört ...«

Mutter, die alte Plaudertasche, denke ich, und dann muss ich ihr alles erzählen. Wo Artjom herkommt, was er beruflich macht, wie alt er ist und wie wir uns kennengelernt haben.

»Dann hat sich alles zum Guten gewendet. Ich weiß noch, wie unglücklich deine Mutter nach deiner Trennung gewesen ist. Das ist eben schwierig, in deinem Alter. Da muss man auch froh sein ...«

Offensichtlich galt ich als schwer vermittelbar. Ich lächle etwas gequält.

»Also, warum ich eigentlich gekommen bin ...«

»Fehlt dir etwas?«

»Ich habe mir im Urlaub den Magen verdorben. Und seitdem ist mir immer mal wieder ein bisschen übel. Manchmal muss ich sogar spucken.«

»Hast du Fieber?«

»Nein.«

»Bauchweh? Magenkrämpfe?«

»Nein.«

»Durchfall?«

»Nein. Sonst ist alles in Ordnung.«

»Na, dann zieh mal den Pulli aus, und leg dich hin.«

Sie misst meinen Blutdruck, guckt mir in den Hals, die Ohren, die Augen und tastet mich ab.

»Tut das weh?«

»Nein.«

»Das?«

»Nein.«

»Und das?«

»Neihein.«

»Hmm. Ich kann nichts feststellen. Sag mal, Paula, wann hast du denn das letzte Mal deine Regel gehabt?«

»Weiß ich gar nicht. Ich hab immer so viel Stress, die kommt nie pünktlich.«

»Hmm, hmm. Kann es sein, dass du schwanger bist?«

»Nein! Ich hab doch eine Spirale.«

»Hmm, hmm, hmm. Ich schreib dir trotzdem eine Überweisung für die Frauenärztin, und dann lässt du das mal kontrollieren.«

»Frau Dr. Meyerhoff, ich bin nicht schwanger, bestimmt nicht.«

»Wenn du meinst. Aber hingehen schadet nicht.«

»Wenn Sie meinen.«

Etwas kopflos verlasse ich die Praxis. So ein Unsinn, denke ich, schwanger! Ich! So ein Unsinn. Frau Dr. Meyerhoff wird langsam alt. Trotzdem steuere ich die nächste Apotheke an. »Einen Schwangerschaftstest, bitte.«

Ich stopfe die verräterische Packung ganz nach unten in meine Handtasche und sehe zu, dass ich nach Hause komme. Ich bin nicht schwanger, ich bin nicht schwanger, sage ich mir, während ich auf das Stäbchen pinkle. Pupsik schaut mir interessiert dabei zu.

»Ich bin nicht schwanger«, sage ich zu ihm, »mach dir keine Sorgen.«

Pupsik sieht nicht aus, als ob er irgendwelche Sorgen hätte. Ich lege das Stäbchen beiseite, gehe ins Schlafzimmer, ziehe die Wäscheschublade auf und sortiere die Socken. Nach

Farben. Dann zähle ich bis fünfhundert und dann noch einmal vorsichtshalber bis zweihundert. Ich gehe zurück ins Bad und schaue auf das Stäbchen. Pupsik wedelt aufgeregt mit seinem Stummelschwanz. Ich rufe Artjom an.

»Schatz, kannst du nach Hause kommen?«

»Jetzt? Ich bin noch mit Mischa unterwegs. Was ist denn los?«

»Komm nach Hause. Bitte.«

»Ist etwas Schlimmes passiert?«

»Wie man's nimmt«, sage ich, »ich bin schwanger.«

Er legt auf. Einfach so. Ohne ein Wort zu sagen.

Keine zwanzig Minuten später stürmt er die Wohnung. Er heult wie ein Schlosshund. Pupsik heult gleich mit.

»Artjom«, sage ich, »reg dich nicht auf. Wir werden jetzt ganz in Ruhe überlegen …« Er reißt mich in die Luft und wirbelt mich herum.

»Paula, das ist der Wahnsinn! Ich werde Vater!«

Von dem Herumgeschwenke wird mir schlecht, ich springe ins Bad und würge. Jetzt wirft Artjom Pupsik in die Luft und brüllt: »Wahnsinn. Pupsik, du wirst Onkel!«

Es klingelt an der Tür, Darya und Rostislav kommen herein, sie weinen und lachen und reden durcheinander. Ich spucke solange ein bisschen. Erneutes Klingeln. Mutter und Vater. »Frau Dr. Meyerhoff hat mich angerufen«, keucht Mutter, »Paula, ist das wahr?«

So viel zum Thema ärztliche Schweigepflicht, denke ich, während mir der Rotz aus der Nase läuft.

Angelockt von dem Lärm stehen nun auch Alexej und Frau Hinrichs in der Tür, die drüben ihr Mittagsschläfchen im Warmen machen wollten. Alle drängeln sich ins Badezimmer und klopfen Artjom auf die Schulter. Irgendjemand tritt aus Versehen Pupsik, der gerade sein Geschäft verrichten wollte. Vor Schreck kackt er mir auf die Hacken.

»Ich bekomme einen Sohn!«, schreit Artjom. »Ich bekomme einen Sohn!«

Woher will er das denn wissen, denke ich, das wollen wir doch erst mal sehen, und kotze weiter.

Meine Familie schaut mir andächtig dabei zu. Darya tätschelt meinen Kopf: »Alläs gutt, Poletschka.«

»Was für wundervolle Neuigkeiten«, sagt Mutter, »das wurde aber auch Zeit.«

Vater guckt verwirrt, scheint aber gerührt zu sein. Deduschka und Frau Hinrichs halten beglückt Händchen.

»Pass auf, Paula«, sagt Artjom, »das wird super, wenn der kleine Racker da ist.«

»Aber die Kanzlei …«, gurgle ich.

»Mach dir keine Sorgen, Schatz«, Artjom streicht mir die Strähnen aus dem Gesicht, »das kriegen wir alles hin. Du arbeitest, und Mam kümmert sich um das Baby. Oder, Mam?«

»Charascho, charascho«, bestätigt Darya.

»Und ich bin ja auch noch da«, merkt Mutter spitz an.

Ich stecke meinen Kopf tiefer in die Schüssel. Genau das habe ich befürchtet.

DANK AN:

Elena und Steve. Für tiefe Einblicke in eine andere Mentalität. Ihr seid nach wie vor für eine Überraschung gut.

Frauke. Für mentalen Beistand, juristischen Rat und Deine Freundschaft. Einfach für alles.

Peter. Für unzählige Abende, an denen ich immer kühles Bier und wärmenden Unterschlupf fand.

Christa. Für Dein »Ich glaub' an dich«.

Katrin Kroll. Für ihren Einsatz, ihre Kompetenz, ihre Geduld, ihr Verständnis und die liebevolle Betreuung.

Andrea Müller. Für ihr Lob, ihre guten Ideen, ihr hervorragendes und befruchtendes Lektorat.

KLEINES RUSSISCH-WÖRTERBUCH FÜR ANFÄNGER

Russisch	Trans-kription	Aus-sprache	Deutsch
ДОБРОЕ УТРО	dobroe utro	Dobraje utra	Guten Morgen
ДОБРЫЙ ДЕНЬ	dobryi den	Dobryj den	Guten Tag
ДОБРЫЙ ВЕЧЕР	dobryi wetscher	Dobryj wjetschir	Guten Abend
ЗДРАВСТВУЙТЕ	sdrawst-wuite	sdrasstwujti	Hallo (formal)
ПРИВЕТ	priwet	priwjet	Hallo (salopp)
ДО СВИДАНИЯ	do swidanija	dasswidanja	Auf Wieder-sehen
ПОКА	poka	paka	Tschüss (salopp)
ДО ЗАВТРА	do sawtra	dasaftra	Bis morgen
КАК ДЕЛА?	kak dela?	Kak dila?	Wie geht's?
ХОРОШО	choroscho	charascho	gut
ОЧЕНЬ ХОРОШО	otschen choroscho	otschin charascho	sehr gut
НОРМАЛЬНО	normalno	normalna	normal
ТАК СЕБЕ	tak sebe	takssibje	geht so

ПЛОХО	plocho	plocha	schlecht
СПАСИБО	spasibo	spassiba	danke
НЕ ЗА ЧТО	ne sa tschto	nje sa schto	dafür nicht
ДА	da	da	ja
НЕТ	net	njet	nein
ДАВАЙ	dawai	dawai	Los! Komm!
ИЗВИНИТЕ	iswinite	iswiniti	Ent- schuldi- gung
НИЧЕГО	nitschewo	nitschiwo	macht nichts
Я люблю тебя	ja ljublju tebja	ja ljublju tibja	Ich liebe dich

ZUM LESEN:

Alina Bronsky: »Die schärfsten Gerichte der tatarischen Küche«, Kiepenheuer & Witsch
Kein Kochbuch, sondern ein Roman über die groß- und bösartigste Großmutter der Welt.

Lothar Deeg, Susanne Brammerloh: »Kulturschock Russland«, Reise Know-How Verlag
Reiseführer der besonderen Art; alles, was man wissen muss über Geschichte, Kultur, Gesellschaft und Alltag.

Daria Boll-Palievskaya: »Russische Frauen: Innen- und Außenansichten«, Books on Demand
Wie die russische Frau tickt und warum sie tickt, wie sie tickt: ein Blick hinter die Stereotypen.

ZUM LERNEN:

www.russlandjournal.de
Internet-Portal rund um Russland und die Russen, viele In-formationen jenseits gängiger Klischees, mit Podcasts zum Russischlernen.

ZUM GUCKEN:

»Kaminer goes Kaukasus«
Zu Besuch bei der Schwiegermutter im Kaukasus – ein
kleiner Film des russischen Autors Wladimir Kaminer, zu
sehen auf seiner Homepage www.wladimirkaminer.de unter dem Menüpunkt »Film«.